Fredrika Gers

# Teufelshorn

Holzhammer ermittelt

Ein Alpen-Krimi



Rowohlt Taschenbuch Verlag

4. Auflage Juli 2016

Originalausgabe
Veröffentlicht im Rowohlt Taschenbuch Verlag,
Reinbek bei Hamburg, Juni 2013

Umschlaggestaltung yellowfarm gmbh, Stefanie Freischem
(Abbildung: momanuma, by-studio, Barbara-Maria Damrau,
Anselm Baumgart / Fotolia.com; Marcobarone / iStockphoto.com)
Karte auf der Umschlaginnenseite © Peter Palm, Berlin
Satz Kepler PostScript (InDesign)
bei Pinkuin Satz und Datentechnik, Berlin
Druck und Bindung CPI books GmbH, Leck, Germany
ISBN 978 3 499 26687 4

**Gewidmet meinem Schwiegervater**

Josef Hofreiter
«Beck'n-Sepperl»
1926 – 2013
Schönau am Königssee

# 1

Kurz nach dem Steilaufschwung betrug die Sicht vielleicht noch 10 Meter. Nur Max konnte den großen alten Steinbock sehen, der mitten auf dem Weg stand und ihn aus diesen rätselhaften hellen Augen mit den länglichen Pupillen ruhig ansah. Das Tier wog gut doppelt so viel wie er und machte keine Anstalten, zur Seite zu gehen. Hinter Max gab es einen Stau.

Die achtköpfige Gruppe war am frühen Morgen bei Sonnenschein von der Wasseralm aufgebrochen. Da hatten sie auf der anderen Seite des Königssees noch den Watzmann im Morgenrot aufragen sehen. Später hatte sich der herbstliche Tau in den Tälern erwärmt und war dampfend zu ihnen aufgestiegen. Inzwischen hüllte dichter Nebel die Teufelshörner ein wie Schlagsahne ein Stück Zwetschgendatschi.

Vom See aus hätte man diese Schicht als Wolken bezeichnet. Wer mittendrin war, sprach immer von Nebel. Oder man sprach gar nicht, sondern konzentrierte sich darauf, die roten Punkte und spärlichen Steindauben, die den Weg markierten, nicht aus den Augen zu verlieren.

Doch über die Wegfindung machten diese Bergsteiger sich am allerwenigsten Sorgen, denn an ihrer Spitze ging Max Saumtrager, ein versierter Gebietskenner. Trotzdem wurde wenig gesprochen beim Aufstieg. Obwohl die Gruppe bei diesen wenig einladenden Verhältnissen unterwegs war, handelte es sich nämlich keineswegs um eine freundschaftlich verbundene Bergsportgemeinschaft. Im Gegenteil: Hier waren zwei feindliche Lager unterwegs – mindestens.

Und dann gab es vielleicht auch noch den einen oder die andere, für den die Überschreitung der Teufelshörner eben doch kein Spaziergang war.

Tatsächlich war die ganze Tour als eine Art Konklave gedacht. Der gestrige Abend auf der Hütte hatte dazu dienen sollen, sich auszusprechen und eine für alle akzeptable Regelung zu finden. Doch dann waren die Fetzen geflogen. Die beiden Seilbahnbetreiber waren sich fast an die Gurgel gegangen und hatten von ihren jeweiligen Bürgermeistern getrennt werden müssen. Über diese Szene würde man sich später allerdings ausschweigen.

«Was ist los?», rief eine Männerstimme. In der wassergesättigten Luft klang es dumpf und fern.

«Stoabock. Steht direkt vor mir!», rief Max zurück. Nur rund 3 Meter trennten ihn von dem beeindruckenden Gehörn des selbstbewussten Vierbeiners. Näher heran würde er auf keinen Fall gehen, und den Weg zu verlassen war in diesem Nebel auch keine Option.

«Sag eam, parken verboten», rief jemand von ganz hinten, wahrscheinlich der langjährige Bürgermeister von Schönau am Königssee. Er war nicht mehr der Jüngste und bildete daher den Schluss. Dies war einer der wenigen Punkte, die man später mit Sicherheit würde feststellen können.

Erstaunlicherweise schritt der Steinbock nach dieser amtlichen Anweisung unwillig ein paar Meter zur Seite. Die Gruppe konnte passieren und erreichte wenige Minuten später den Gipfel des Großen Teufelshorns. Der spitzte tatsächlich ein paar Meter durch die Wolken, und sie genossen die umfassende Aussicht. Es sah sogar aus, als würde der Nebel sich noch weiter zurückziehen. Fast konnte man schon drüben den niedrigeren Gipfel des Kleinen Teufelshorns erahnen.

Doch zunächst ging es auf Schrofen und losem Schutt hinab in den Sattel zwischen den Hörnern und damit zurück in den Nebel. Genau auf diesem Flachstück ballte sich besonders dicke Watte. Niemand würde später sagen können, in welcher Reihenfolge sie den Sattel durchquert hatten. Man achtete zwar darauf, den Vordermann nicht zu verlieren – aber wer das nun war ...

Die schwierigsten Stellen kamen erst auf der anderen Seite, beim Aufstieg auf das zweite, das Kleine Teufelshorn. Man musste sich etwas rechts halten und durch eine steile Rinne hinauf. Hier ließ Max zwei geübte Teilnehmer vorgehen, den anderen würde er bei Bedarf etwas Hilfestellung leisten. Während er zusah, wie die beiden Einheimischen in der Rinne nach oben verschwanden, hörte er mit halbem Ohr hinter sich Steine poltern. Möglicherweise auch gezischte Wortfetzen, einen kurzen Aufschrei? Da wollte er sich später nicht festlegen.

Hauptwachtmeister Franz Holzhammer saß stillvergnügt auf der Veranda seiner Gartenhütte, die er im letzten Jahr endlich fertig gebaut hatte. Auf dem Tisch vor ihm befanden sich ein Thinkpad mit 17-Zoll-Bildschirm sowie ein Weißbier. Nicht nur die Anwesenheit dieser beiden Gegenstände trug zu seinem Seelenfrieden bei, sondern auch gewisse Abwesenheiten – insbesondere die seiner lieben Frau Marie, die mit der katholischen Frauengruppe irgendwo Wohltätigkeit verbreitete. Sie würde erst am Nachmittag zurück sein, bis dahin vollkommene Ruhe herrschen. Später erwarteten sie Sohn Andi und Tochter Heidrun zu Kaffee und Kuchen. Beide waren schon erwachsen, immerhin zählte Holzhammer inzwischen siebenundvierzig Lenze. Familie war ja ganz wunderbar, aber aus diesen ruhigen Momenten schöpfte Franz Holzhammer Kraft für das Zusammensein mit den Liebsten. Und für die Arbeit.

Die Hütte, die er im letzten Jahr mit Andi zusammen gebaut hatte, war sein Ein und Alles. Die Nachbarn und auch seine Frau sagten Saufhütte dazu, aber für ihn war die Holzkonstruktion einfach ein Ort des Friedens. Nur die Sitzgelegenheit ließ noch zu wünschen übrig. Der Gartenstuhl, den er von der Terrasse vor dem Wohnzimmer entführt hatte, war etwas zu hoch für seine 1,65 Meter, um wirklich bequem zu sein. Die Sitzfläche hingegen war zu schmal. Deshalb hatte er vor einigen Tagen eine bequeme Saunaliege im Internet bestellt. Aber die war noch nicht da.

Holzhammer hörte ein Brummen, und dann flog auch schon der rote Hubschrauber über das friedliche Gartenhüttenidyll hinweg. «Da ist etwas passiert», sagte er zu seinem Weißbier. Mehr Gedanken machte er sich nicht, schließlich flog der Hubschrauber in der Hauptsaison fast täglich. Außerdem beanspruchte das Schachspiel auf seinem Computer seine ganze Aufmerksamkeit. Er duellierte sich mit einem recht versierten Ami, der soeben seine Dame bedrohte. Das Spiel zog sich schon ziemlich lange hin, auf beiden Seiten wurde erbittert gekämpft – doch dann war Holzhammer schachmatt. Das machte ihm nichts aus, er spielte ja, um seine grauen Zellen auf Trab zu halten – nicht um des Sieges willen. Fair gratulierte er dem amerikanischen Rentner im sonnigen Florida. Englisch war auch kein Problem, schließlich hatten die Amis bis vor ein paar Jahren auf dem Obersalzberg gesessen. Und im Hotel Berchtesgadener Hof, das sie in General Walker umgetauft hatten. Jeder ältere Berchtesgadener konnte sich daher auf Englisch zumindest halbwegs verständigen. Theoretisch. Denn nicht jeder machte freiwillig davon Gebrauch.

Holzhammer betrachtete den Garten und beschloss, vor der Rückkehr beziehungsweise Ankunft seiner Familie noch schnell das Gras zu mähen. Bei dem Gedanken blitzten seine Augen, denn seit ein paar Wochen machte ihm das einen Riesenspaß: Der Rasen war neuerdings perfekt gepflegt, was allein sein Verdienst war – nur eben auf eine etwas andere Weise, als seine Frau sich das wohl ausmalte.

Ein Technikfreak wie er quälte sich heutzutage nicht mehr stundenlang mit einer laut ratternden Maschine kreuz und quer über den Rasen, um die Halme zu kürzen. An einem ruhigen dienstfreien Vormittag, während Marie ihren geliebten Dienst im Supermarkt tat – mit vielen netten Gesprächen an der Kasse –, hatte er einen feinen Draht rund um den Rasen verlegt und sorgfältig mit einigen Zentimetern Erde bedeckt. Und dann hatte er den kleinen runden Mähroboter zum ersten Mal laufen lassen. Das Ding funktionierte prima, man durfte das Gras nur nicht zu hoch werden lassen. Und es brauchte auch ein bisschen länger, da es nicht so systematisch vorging wie sein menschlicher Besitzer, sondern manchmal ziemlich depperte Routen einschlug.

Daher beaufsichtigte Holzhammer seinen kleinen Freund bei einem Weißbier und zeigte ihm von Zeit zu Zeit geduldig die Ecken, die er noch nicht gefunden hatte. Und bevor seine umtriebige Frau zurückkehrte, sammelte Holzhammer sein Helferlein wieder ein, stöpselte es sorgsam an die Ladestation in der Hütte und schob einen großen Korb mit Holzscheiten davor. Gut, es war ein bisschen kindisch, und irgendwann würde er Marie wohl einweihen müssen. Aber im Moment bereitete es ihm noch allzu sehr das stille Vergnügen, sich auf diese Weise ein Alibi zu verschaffen. Wenn Marie fragte, was er denn so gemacht habe, während sie am Wochenende in Angelegenheiten wichtiger Wohltätigkeit unterwegs war, dann brauchte er nur auf das frisch gemähte Gras zu zeigen.

Holzhammer holte also seinen kleinen Freund aus der Hütte und setzte ihn liebevoll auf den Rasen. Doch er kam nicht dazu, ihn loslaufen zu lassen, denn das Handy klingelte: Dr. Klaus Fischer. Sein ungeliebter Chef. Damit hatte sich der ruhige Samstag definitiv erledigt.

❀ ❀ ❀

«Ich weiß wirklich nicht, warum wir heute unbedingt auf den Grünstein müssen», maulte Matthias.

«Weil er da ist», antwortete Christine mit einem leichten Grinsen. Das hatte Edmund Hillary auf die Frage hin gesagt, warum er als erster Mensch den Mount Everest besteigen wolle. Der Grünstein maß allerdings nur 1304 Meter, weshalb die überwiegende Mehrheit der Touristen ihn ohne künstlichen Sauerstoff anging.

Matthias war kein großer Wanderer, obwohl er in Berchtesgaden aufgewachsen war. Christine, die erst seit einem Jahr hier lebte und eigentlich ein echtes Nordlicht war, hatte in dieser Zeit mehr Gipfel erklommen als Matthias in den letzten zwanzig Jahren. Bereits fertig angezogen, stand sie in ärmelloser Bluse und leichter Berghose im Wohnzimmer. Sie wusste, dass ihr Hintern in der elastischen Hose gut zur Geltung kam und Matthias solchen Reizen nicht abgeneigt war – ein kleiner Ansporn zumindest. Ihre widerspenstigen Haare hatte sie mit einem Baumwolltuch gebändigt, sodass sie fast schon wie eine Einheimische aussah. Außerdem war der Grünstein ihrer beider Hausberg. Und trotz des Maulens ging Matthias natürlich mit.

In seiner Jugend hatte er den Grünstein zeitweise täglich bestiegen. Zu Trainingszwecken, zusammen mit einem Fußballspezi. Aber mit dem Training war es schon lange vorbei, auf seine 1,94 Meter verteilten sich inzwischen über 95 Kilo. Warum sollte er auf einen Berg gehen, auf dem nichts wartete außer der Aussicht, wieder hinuntergehen zu müssen? Da sah er überhaupt keinen Grund. Und auch an diesem schönen Samstag Ende September lief wieder mal die Sportschau im Fernseher. Aber schließlich liebte er Christine. Jeden Zentimeter ihrer zierlichen Figur, von den fusseligen Haaren bis zu den Füßchen Größe 36. Ihr entscheidendes Argument war jedoch gewesen, dass die Grünsteinhütte noch geöffnet hatte.

Anderthalb Stunden später saßen sie auf der Bank neben dem Gipfelkreuz und blickten auf ein 360-Grad-Panorama, das vom Hohen Göll über den Jenner mit der Seilbahn bis zum Kahlersberg reichte und vom Watzmann über den Hochkalter bis zur Reiteralm. Viele der umliegenden Berge hatte Christine im letzten Jahr bestiegen und sich stolz ins Gipfelbuch eingetragen. Der ein oder andere stand noch auf ihrer Wunschliste. Sie fasste die Gipfel nacheinander ins Auge und versuchte, sich an die genaue Höhe zu erinnern. Als Ärztin und Liebhaberin der Naturwissenschaften war sie ein Fan exakter Angaben. Nicht umsonst hieß sie mit vollem Namen Dr. Dr. Christine Müller-Halberstadt.

Das Kalkgestein, das in den Berchtesgadener Bergen vorherrschend war, hieß mit vollem Namen Ramsaudolomit. Und es hieß tatsächlich nach der Gemeinde Ramsau im inneren Landkreis. Ein Gestein aus lauter einzelnen Trümmern, die mehr oder weniger fest zusammenklebten. An der Oberfläche meist weniger, denn seit Jahrtausenden beschäftigten sich Regen und Frost damit, das Ganze wieder in seine Bestandteile aufzulösen. Mit einigem Erfolg, wie man zum Beispiel an der 300 Meter dicken Schuttschicht im Wimbachgries sehen konnte. Eines fernen Tages würde der Watzmann in Trümmern liegen – wie vor einem Jahr Christines Ehe. Die war brüchig geworden, ohne dass sie es gemerkt hatte.

Christine machte Fotos, teils von der Landschaft, teils von den Touristen. Interessant war vor allem, in welch unterschiedlicher Verfassung die bunt gekleideten Trendsportler den Grünstein-Klettersteig verließen, der aus Richtung Königssee heraufkam und direkt auf dem Gipfel endete. Einige glücklich schwitzend, andere völlig ausgepumpt und froh, es hinter sich zu haben. Sie selbst waren auf dem Normalweg von Hammerstiel aufgestiegen.

«So ein schöner Tag, bist du nicht froh, dass du mitgekommen bist?», fragte Christine.

«Ja, sehr schön», sagte Matthias, ohne eine Miene zu verziehen. Er stand auf und griff nach seinen Stöcken.

Christine war klar, was das bedeutete: Als Buddhist hatte Matthias zwar mehrere Leben und insofern alle Zeit der Welt – aber jetzt hatte er vor allem eins, nämlich Durst.

In diesem Moment war ein Knattern zu vernehmen, und die Touristen wandten die Köpfe. Auf der Bank nebenan fiel eine Flasche Sprudel um, Apfelschorle düngte den Boden. Dann sah man auch schon aus Richtung Berchtesgaden den roten Rettungshubschrauber Christoph 14 anfliegen, der im Tal bestens bekannt war. Er hielt auf den glitzernden Königssee zu und überflog ihn, ständig höher steigend, in ganzer Länge. Dann verschwand er nach links hinter den Abbrüchen des Feuerpalvens.

«Da ist etwas passiert», sagte Christine automatisch. Den Satz sagten ihre Patienten immer, wenn der rote Hubschrauber von den Panoramafenstern der Reha-Klinik aus zu sehen war.

«Hoffentlich hat es nicht unsere geballte Prominenz getroffen», meinte Matthias.

«Was für Prominenz?»

«Heute ist doch das Wochenende, an dem sie sich am Berg zusammenraufen wollen. Die Großkopferten von Bischofswiesen und der Schönau. Sie sind zur Wasseralm – alle, die mit dem Götschen und dem Jenner zu tun haben, und wahrscheinlich noch ein paar weitere Wichtigtuer dazu. Und der Chef vom DSV-Stützpunkt natürlich.»

«Und worum geht's da?», fragte Christine. Sie kannte die Wasseralm. Es war die wohl urigste Hütte in den Berchtesgadenern. Als sie im Sommer oben gewesen war, hatte der Wirt sie in die gesamte Komfortausstattung eingewiesen: «Der Wellnessbereich ist dahinten», hatte er gesagt und dabei auf die Wiese am Bach gezeigt.

«Es geht darum, dass der Skiverband vom Götschen zum Jenner umziehen will, weil es da bessere Trainingsmöglichkeiten gibt», erklärte Matthias. «Beziehungsweise weil die Bischofswieser nicht mitziehen, was den Ausbau betrifft. Und die Schönauer sind natürlich ganz heiß drauf. Du kennst ja den Hias.» Der Hias war Matthias' Cousin. Und Bürgermeister der Schönau.

«Ja, der tut wirklich viel für die Gemeinde, oder? Er scheint auch ziemlich beliebt zu sein.»

«Schon, sonst hätten sie ihn wohl nicht schon zum vierten Mal wiedergewählt. Er setzt sich wirklich ein. Mal fährt er wegen der Olympiade nach Kanada, dann wieder wegen dem Pfarrer nach Polen. Kennst du die Story? Die hatten doch so einen beliebten polnischen Pfarrer in der Schönau. Und irgendwann wollten die Polen den wiederhaben. Da hat der Hias den halben Gemeinderat ins Auto gepackt, und sie sind ab nach Kattowitz, um mit dem Bischof zu reden. Natürlich hatten sie Berchtesgadener Tracht dabei, ist ja Ehrensache. Aber zum Bischof rein sind sie in zivil. Und während sie dadrinnen um den Pfarrer verhandelten, wurde ihnen draußen die Tracht aus dem Auto geklaut. Gamsbart, Lederhose, graublaue Joppe, alles. Ihre Mission war erfolgreich. Aber den Spott nach ihrer Rückkehr kannst du dir vorstellen.»

Die Grünsteinhütte stand auf einem terrassenartigen Flachstück, 80 Höhenmeter unter dem Gipfel. Zum Königssee hin brach das Gelände abrupt ab. Eine einfache Holzbrüstung schützte die Gäste vor dem Absturz. Die zehn Biertische waren fast komplett besetzt. Der Schweiß, der beim Bergsteigen floss, musste durch isotonische Flüssigkeit in Form von Weißbier ersetzt werden.

Genau das machte für Christine die Faszination des Bergsteigens aus: nicht das Weißbier, sondern dass man sich die Belohnung so hart erarbeiten musste. Ein Bergsteiger vergoss an einem Tag mehr salzigen Schweiß als ein Modelleisenbahner in einem Jahr. Vor allem aber floss der Schweiß nicht allein aufgrund der Anstrengung. Es war meist auch ein gewisses Maß an Nervenkitzel dabei, das sich je nach persönlicher Vorliebe beliebig steigern ließ.

Für Christine barg ein einziger Bergtag den geistigen Erholungswert eines dreiwöchigen Urlaubs am Strand. Es gab ihr unendlich viel, Murmeltiere beim Spielen zu beobachten oder im trockenen Mattenrasen ein Edelweiß zu entdecken. Dabei vergaß sie allen Ärger, der im Tal wartete – die langwierigen Berichte, die sie zu schreiben hatte, schwierige Patienten und den immer wieder aufflammenden Ärger mit der Klinikleitung.

Noch vor zwei Jahren hatte sie die alten Bergfilme mit Luis Trenker nur als Lachnummern betrachtet, den klassischen Spruch «auffi muas i!» als Heimatromantik abgetan. Doch inzwischen wusste sie genau, was jeder Bergsteiger damit meinte. Und was auch Edmund Hillary gemeint hatte, als er sagte, er wolle auf den Everest, «weil er da ist». Und manchmal war sie traurig, dass sie dieses Hobby erst so spät entdeckt hatte. Christine beneidete die jungen Einheimischen, die mit den Bergen aufgewachsen waren. Oft wurde sie von munter plaudernden Mädels überholt, in einem Tempo, bei dem sie selbst keinen zusammenhängenden Satz mehr herausgebracht hätte. So fit würde sie nie werden, mit über vierzig war sie da ohnehin im Hintertreffen. Außerdem hatte sie einfach zu spät angefangen.

Seltsam, dass Matthias von diesem Bergvirus so gar nicht befallen war. Stattdessen kamen immer mehr Flachländer in die Berge. Was sich an schönen Tagen an den modernen Klettersteigen abspielte, musste man gesehen haben, um es glauben zu können. Modernst ausgerüstete Touristen standen sich buchstäblich auf den Zehen, in einer endlosen, oftmals stockenden Kette bewegten sie sich am Stahlseil dem Gipfel zu – anstehen nach dem Abenteuer. Und so manch einer merkte auf halbem Wege plötzlich, dass er doch nicht so schwindelfrei war wie gedacht. Oder ein Partner ging nur zum Gefallen des anderen mit, obwohl ihm die Sache von vornherein nicht geheuer war. Irgendwann befiel den unfreiwilligen Teilnehmer eine panische Lähmung, und er konnte keinen Schritt mehr vor oder zurück. Dann musste die Bergwacht ausrücken und den nicht mehr so Abenteuerlustigen von der Steilwand pflücken.

Glücklich, wer dann im Alpenverein und somit gegen Bergungskosten versichert war. Sonst war man mit mindestens tausend Euro dabei. Mit Hubschraubereinsatz kam leicht das Dreifache zusammen. Das wussten die Bergsteiger natürlich, und neulich hatten sogar welche versucht, diese Zeche zu prellen. Christine hatte Matthias die Geschichte vorgelesen: Nach einer Bergung von der Watzmann-Südwand hatten sie sich glatt geweigert, ihre Personalien anzugeben. Natürlich waren sie damit nicht durchgekommen.

Auf der Grünsteinhüttenterrasse waren inzwischen diverse Klettersteiggeher damit beschäftigt, sich gegenseitig bei der Schilderung ihrer Heldentaten zu übertrumpfen. Es wurde immer lauter. Daher hielten Christine und Matthias sich nicht lange auf. Sie tranken nur ein Radler und machten sich dann an den Abstieg.

Auf dem Weg nach Hammerstiel überholten sie nach und nach eine ganze Schulklasse. Die Kinder trödelten herum, sammelten Stecken auf und warfen sie in den Wald. Matthias erzählte Christine, dass eine Schule aus Kassel in der Schönau ein Schullandheim unterhielt. Die fand es jedoch viel interessanter, dass ihr Lieblingsbuddhist die ganze Zeit versuchte, nicht auf eins der zahlreichen Mitgeschöpfe zu treten, die heute ebenfalls auf Wanderschaft waren – Ameisen zum Beispiel. Dass er das nicht ostentativ, sondern im Gegenteil möglichst unauffällig machte, fand sie besonders liebenswert. Sie wollte ihm gerade einen spontanen Kuss geben, da erblickte sie eine

Frau am Wegesrand, die mit schmerzverzerrtem Gesicht ihre Ferse rieb. Christine musste ein bisschen schmunzeln, als sie neben der Frau deren Schuhe im Gras sah: Pumps. Doch Matthias war sofort bei ihr und nestelte ein Pflaster aus seinem Rucksack.

«Ich bin bei dem Schulausflug kurzfristig als Begleitung eingesprungen», sagte die Frau, während Matthias ihre aufgescheuerte Ferse versorgte. «Und dann gleich am ersten Tag so eine Gewalttour.»

Das mit der Gewalttour war natürlich Ansichtssache. Für Christine war der Weg auf den Grünstein inzwischen nur ein Spaziergang. Allerdings wäre sie trotzdem nicht auf die Idee gekommen, die rund 500 Höhenmeter in Pumps zurückzulegen.

In diesem Moment hörte sie Matthias fragen: «Erdkunde unterrichten Sie wohl nicht?»

Die Lehrerin bekannte sich zu Deutsch und Sozialkunde. Gut verpflastert überließen sie die Lädierte ihren Schülern. Sie fuhren noch beim Konditor vorbei und holten Kuchen, den sie in der Nachmittagssonne genüsslich auf ihrem Balkon unter dem Grünstein verzehrten.

Im roten Hubschrauber saßen neben dem Piloten zwei Berchtesgadener Bergwachtler und ein Arzt, ebenfalls geländegängig, mit Bergwachtausbildung. Christoph 14 schwebte auf die Wasseralm zu. Einige Meter darüber begann der Nebel, deshalb würden die Retter von der Alm aus zu Fuß zu den Verunglückten aufsteigen müssen. Natürlich wussten alle, wen sie da retten sollten: Den Notruf hatte der Hias, Bürgermeister der Schönau, immerhin höchstpersönlich abgesetzt, und damit war die Sache klar. Er hatte zwei abgestürzte Personen gemeldet. Der eine, Holger Stranek vom Skiverband, sei von oben weder zu sehen noch zu hören. Der andere, Alois Seiler von der Jennerbahn, sei nur wenige Meter abgerutscht und inzwischen bei Bewusstsein, zu ihm bestand Rufkontakt. Aber er konnte nicht herauf und niemand zu ihm hinunter, weil es zu gefährlich war. Keiner hatte ein Seil dabei, was niemand vorzuwerfen war. Auf eine Tour, die lediglich eine kurze IIer-Stelle aufwies, nahm man nicht unbedingt ein Seil mit. Es sei denn, man hatte auswärtige Gäste im Schlepptau, aber der einzige Auswärtige auf dieser Tour war der Stranek gewesen, und bei dem hatte man wohl aufgrund seiner Tätigkeit eine gewisse Bergerfahrung vorausgesetzt.

Daher entschieden die Retter, sich aufzuteilen. Team 1, bestehend aus dem Arzt und einem Bergwachtler, sollte zu der vermuteten tieferen Absturzstelle im Blockwerk unterhalb der Teufelshörner vordringen. Team 2, allein aus dem zweiten Bergwachtler bestehend, würde zum Gipfel des Großen Teufelshorns aufsteigen und von dort in die Senke des Teufelshornnieder hinab, wo sich das Unglück ereignet hatte.

Es ging schnell, bis Team 1 Holger Stranek fand. Und genauso schnell stellten die beiden Männer fest, dass hier jede Hilfe zu spät kam. Etwas anderes wäre auch ein Wunder gewesen, nach 200 Meter Absturz. Am Ende des langen Stürzens, Schlitterns und wieder Stürzens war Holger Stranek mit dem Kopf auf einen Felsblock geschlagen. Sein Schädel war so weit eingedrückt, dass eine Bratpfanne als Hut gepasst hätte. Also ließen sie ihn zunächst liegen und stiegen ihrem Kollegen hinterher.

Oben, im Sattel des Teufelshornnieder, hatten sich derweil

die Teilnehmer der Bergtour versammelt, die den zweiten Gipfel, den des Kleinen Teufelshorns, noch nicht erreicht hatten. Wer schon drüben war, mochte bei dem dichten Nebel nicht zurücksteigen, man war froh, dass das schwierigste Stück überstanden war – vor allem jetzt. Denn so ein Unfall sorgte ja erst recht für weiche Knie.

Als Team 2 bei der Gruppe ankam, machte der Bergwachtler nicht viele Worte. Er baute schnell eine Sicherung an einem Felsköpfel, ließ sich die paar Meter zu dem Verunglückten ab und legte diesem den Rettungsgurt um. Damit war ein wichtiger Schritt geschafft, Alois Seiler war nicht mehr in unmittelbarer Gefahr.

Jetzt war die Frage: auffi oder obi. Abwärts waren es 200 Meter, nach oben nur 5. Per Flaschenzug konnte zwar einer allein eine hilflose Person hochziehen, aber das würde für die hilflose Person ziemlich unangenehm werden. Doch es waren ja genug Leute da, einige auch mit Sicherungsmitteln vertraut, zum Beispiel Max Saumtrager, der Inhaber des Bergsportgeschäfts. Der Retter war gerade dabei, zwei Helfer zu rekrutieren, als auch schon seine beiden Kameraden vom Großen Teufelshorn herabkamen.

Damit war es kein Problem mehr, Seiler halbwegs schonend hinaufzubugsieren. Der Arzt stellte fest, dass ihm außer ein paar Rippenbrüchen und diversen Schürfwunden wohl nichts fehlte, und machte einen Kopfverband. Dann wurde Seiler auf eine Trage gelegt und bis zur Wasseralm hinabgetragen, wobei die Wanderer wechselweise mithalfen. Per Zuruf verständigte man sich mit den beiden Teilnehmern, die bereits drüben am Kleinen Teufelshorn waren. Sie stiegen von dort über den Grat und die sanften Wiesen des Schlossangers selbständig ab.

An der Wasseralm wurde die Trage in den Hubschrauber gehievt, der Arzt flog mit. Die Bergung des Toten musste warten. Die beiden Bergwachtler begleiteten die inzwischen wieder zusammengetroffene Wandergruppe hinab zur Saletalm, nochmals ein Weg von zweieinhalb Stunden, der schweigsam zurückgelegt wurde.

Der Einsatzleiter unten im Tal verständigte die Polizei. Eine obligatorische Maßnahme, da es einen Toten gegeben hatte.

Der diensthabende junge Wachtmeister hatte die Meldung aufgenommen und dann direkt den Dienststellenleiter angerufen, Kriminaloberrat Dr. Klaus Fischer. Er war der unfreiwillige Leiter der Polizeiinspektion Berchtesgaden, die extra zur Kriminalstation aufgewertet worden war, um ihn hierher abschieben zu können. Und Dr. Fischer tat, was er meistens tat, er schob ebenfalls etwas ab, nämlich die Arbeit. Und zwar an seine etwas renitente rechte Hand.

Holzhammer freute sich darauf, seinem kleinen Freund beim Mähen zuzusehen, während er selbst sich am zweiten Weißbier des Tages labte. Entsprechend war er über die Störung alles andere als begeistert. Vor allem als er merkte, worauf die Sache hinauslief.

«Ich will eine Obduktion», sagte Fischer am anderen Ende. «Und um die beim Staatsanwalt durchzukriegen, brauche ich Fleisch. Also geh los und nimm die Aussagen auf. Und zwar vollständig. Und die Spusi geht aufs Teufelshorn, sobald der Nebel weg ist.»

«Wozu denn des, bitt schön?», fragte Holzhammer. Bei Bergunfällen schickte man nicht die Spurensicherung. Seinem Chef bekam die Landluft wohl nicht. Sonst ließ er sich in der Dienststelle kaum blicken, und jetzt machte er plötzlich auf CSI.

Aber Fischer blieb stur, Holzhammer hatte keine Chance. Also trug er seinen Mähroboter wieder in die Hütte, versteckte ihn liebevoll vor Marie und machte sich dienstbereit. Er zog die Uniform an, denn er musste immerhin zu zwei Bürgermeistern und einer trauernden Witwe. Das Diktiergerät lag im Auto. Die Adressen fast aller Teilnehmer waren ihm bekannt, einer lag eh im Krankenhaus, und Max Saumtrager würde er höchstwahrscheinlich in seinem Laden antreffen.

Er beschloss, als Erstes den Besuch bei der Witwe hinter sich zu bringen. So etwas war immer furchtbar. Hoffentlich würde sie halbwegs gefasst sein. Er war noch nie bei den Straneks daheim gewesen, die lebten ja noch nicht lange im Landkreis und verkehrten auch in anderen Kreisen als er.

Das Gartentor war offen, ein Plattenweg führte durch gepflegte Rabatten. Links und rechts der modernen Haustür standen zwei riesige amphorenförmige Pflanzkübel, aus denen exotisch aussehendes Grünzeug wucherte. Der Türklopfer war aus Messing und stellte einen aufgerichteten Bären dar, der einen Fisch im Maul trug. Die verschiedenen Deko-Elemente passten weder zueinander noch zu Berchtesgaden. Aber bitte, über Geschmack ließ sich nicht streiten.

Mit, wie er hoffte, pietätvoller Sanftheit betätigte Holzhammer den Bären. Er würde die Witwe nicht lange belästigen. Nur ein paar kurze Fragen fürs Protokoll, damit Fischer zufrieden war. Nach wenigen Augenblicken hörte er Schritte herannahen. Die Tür wurde geöffnet, und er stand vor einer großen, schlanken Frau in Schwarz.

«Frau Stranek? Holzhammer, Polizeiinspektion Berchtesgaden.» So förmlich stellte er sich nur selten vor. Aber Förmlichkeit war ein guter Schutz.

«Bitte», sagte die Witwe und hieß ihn mit einer sparsamen Geste eintreten. Ihre hochhackigen Schuhe klackerten auf dem Marmorboden der geräumigen Diele. Schon draußen hatte Holzhammer das Gefühl gehabt, dass man hier einem alten Berchtesgadener Bauernhaus Gewalt angetan hatte. Im Innern wurde der Eindruck übermächtig. Was sollte der Marmor dort, wo doch Holzdielen hingehörten?

Die Witwe führte ihn in ein großes Wohnzimmer, für das man vermutlich einige Wände herausgerissen hatte, und wies auf eine cremefarbene Ledergarnitur.

Holzhammer setzte sich, und die Witwe faltete sich ihm gegenüber in einen Sessel. «Frau Stranek ...», begann er zögernd.

«Ich weiß, Sie tun nur Ihre Pflicht», sagte sie, ein kleines schwarzes Taschentuch hervorziehend.

Holzhammer nickte dankbar. Wenigstens keine Szene.

«Aber ich kann Ihnen gar nichts sagen. Der Nebel war so dicht, und mein Mann ging hinter mir. Ich konnte also gar nichts sehen.»

«Und g'hört? Es muss doch a Geräusch geb'm ham», sagte Holzhammer.

«Ich hab mich drauf konzentriert, den Anschluss zu den anderen nicht zu verlieren. Es war etwas heikel in diesem dichten Nebel. Ich hab mich erst umgedreht, als ich den Schrei gehört habe.» Graziös tupfte sie sich bei der schrecklichen Erinnerung mit dem Taschentuch aus schwarzer Spitze die Wange. Holzhammer ertappte sich bei dem Gedanken, wo in aller Welt es wohl so winzige Taschentücher zu kaufen gab.

«Gut, Frau Stranek …» Er erhob sich.

«Sie wollen sicher noch wissen, ob mein Holger Feinde hatte», sagte da die Witwe unvermittelt.

«Äh ja?» Eigentlich hatte er sich diese blöde Standardfrage sparen wollen, zumal die spannungsgeladene Konstellation der Wandergruppe ja bekannt war. Aber wenn sie schon davon anfing, war es natürlich gut fürs Protokoll.

«Also, natürlich hatte er viele Neider. Mein Holger war außerordentlich erfolgreich, da können Sie jeden fragen. Und dann wissen Sie ja sicher, dass er den DSV-Stützpunkt verlegen wollte.»

Holzhammer nickte. «Ja, das war der Anlass der ganzen Tour.»

«Ein Riesenfehler!», rief die Witwe plötzlich. «So ein Wahnsinn, er hätte nie mitgehen dürfen!» Wieder kam das Taschentuch zum Einsatz.

«Sie glauben also, es hat jemand nachgeholfen?» fragte Holzhammer.

Einen Moment sah ihn die Witwe irritiert an. «Ja – die Polizei etwa nicht?»

«Wir ermitteln noch. Aber Sie erfahren die Ergebnisse selbstverständlich als Erste.»

Als Holzhammer wieder draußen war, musste er erst mal tief Luft holen. Dann nahm er die anderen Zeugen in Angriff. Wie einer vom Paketdienst fuhr er den ganzen Nachmittag kreuz und quer durch den Talkessel. Aber es brachte genau überhaupt nichts.

Keiner hatte im dichten Nebel etwas gesehen. Es war nicht einmal exakt herauszubekommen, in welcher Reihenfolge die Gruppenteilnehmer gegangen waren. Einige sagten, sie hätten einen Schrei gehört oder auch so etwas wie einen Wortwechsel. Zum Seiler wollten sie ihn im Krankenhaus nicht lassen, und als er beim Bürgermeister von Bischofswiesen vorsprach, musste Holzhammer erfahren, dass er auch diesen Weg umsonst gemacht hatte. Georg Zilinsky war von seiner Frau im Krankenhaus abgeliefert worden, weil er völlig neben sich stand. Holzhammer fuhr also zurück zum Spital. Doch bis er dort war, hatte man Zilinsky schon wieder entlassen. Mit der Anweisung, sich schön zu erholen.

Jetzt reichte es Holzhammer. Schluss mit dem Unsinn, er würde nicht zum zweiten Mal nach Bischofswiesen rausfahren. Er machte sich auf den Weg zur Dienststelle und rief von dort bei Zilinsky an. Doch der Mann redete nur wirres Zeug. Auch gut. Holzhammer brachte das Diktiergerät ins Sekretariat. Sollte das abtippen, wer Lust hatte. Dabei fiel ihm ein, dass er sich eigentlich schon längst so ein chices Smartphone zulegen wollte. Für die Dinger gab's ja auch Apps zum Diktieren. Und bestimmt was zum Schachspielen. Vielleicht Weihnachten.

Aber was sollte er jetzt Fischer sagen? Der wartete ja auf «Futter», wie er sich auszudrücken beliebte. Gedankenverloren spielte Holzhammer an seinem Dienstcomputer herum. Die beschränkten Zugriffsrechte, die man ihm in seiner Position zugestand, hatte er insgeheim längst ein wenig erweitert.

Sein Handy dudelte. Holzhammer konnte sehen, dass es Fischer war, und wappnete sich.

«Und – was haben wir?», fragte sein Chef.

Mir ham nix, und ich hab Wochenende, hätte Holzhammer am liebsten gesagt. Stattdessen antwortete er: «Ned wirklich was. Es konnt niemand was sehen, in dera Suppn.»

«Schöner Mist. Aber ich hab eh schon alles veranlasst. Der

Staatsanwalt hat die Obduktion genehmigt, der Mann war schließlich ein wichtiger Funktionsträger. Aber wir müssen natürlich am Ball bleiben.»

Wir – von wegen, dachte Holzhammer.

Direkt nach dem Gespräch verließ er die Dienststelle. Was jetzt? Unweigerlich kam er zu dem Schluss, dass er sich ein bis zwei weitere Weißbiere verdient hatte und außerdem etwas nette Gesellschaft jetzt nicht schlecht wäre.

❀ ❀ ❀

# 2

Am Abend schauten Christine und Matthias bei Manu vorbei. In der schummrigen Kneipe hatte sich einiges verändert. Die lange L-förmige Theke war zwar noch da, ebenso die Emailleschilder und die vielen Promi-Fotos an der Wand. Es waren aber neue Fotos hinzugekommen, Weltcupsiegerin Maria Riesch und Toni Palzer, der Nachwuchsstar der Skibergsteiger, schauten frisch gerahmt und unvergilbt von der Wand. Die Wände unter den Fotos waren jedoch nicht mehr grün, sondern ochsenblutrot, und die Fenster hatten Vorhänge bekommen. Über der Theke schimmerte ein nagelneuer großer Flachbildfernseher inklusive Sky-Tuner. Er war auch der Grund, weshalb Matthias in letzter Zeit öfter mal allein hereingeschaut hatte. Manu positionierte sich neuerdings als Sportsbar, über den Bildschirm flimmerten alle wichtigen Fußballspiele live. Außerdem glänzte in der Ecke, in der früher das Klavier gestanden hatte, inzwischen ein Dart-Automat. Auch er sollte helfen, neue Zielgruppen zu erschließen. Damit die Spieler die Scheibe auch sehen konnten, war dieser Bereich jetzt deutlich heller beleuchtet – ein Glanz, der dem Ambiente weniger gut bekam, denn dadurch sah man auch die Flecken auf den Tischen und den Staub in den Ecken besser.

Kaum hatten Christine und Matthias sich auf den ehemals fellbezogenen Barhockern niedergelassen, da standen auch schon ihre üblichen Getränke auf dem Tresen: für

Christine ein Glas Rotwein – Hausmarke –, für Matthias ein Weißbier. Und kaum hatten sie sich zugeprostet, da schwang die Tür auf, und ein sichtlich entnervter Hauptwachtmeister stürmte herein – in Uniform, was ungewöhnlich war, noch dazu am Wochenende. Normalerweise warf er das grüne Gewand nach dem Dienst so schnell wie möglich ab und schlüpfte in Jeans und T-Shirt.

«Servus, Holzei», grüßte Matthias, «was ist denn dir über die Leber gelaufen?»

«Grias di, Matthias, und Christine auch, da schau her. Ja, Fischer dreht am Rad, mein Wochenende ist gelaufen, und wenn es ganz blöd hergeht, hat Fischer sogar recht, und mir ham an neuen Mord. Jetzt muss ich erst a mal a Weißbier inhalieren.» Während er sprach, war dieses Weißbier bereits vor ihm aufgetaucht, sodass er seinen Worten Taten folgen lassen konnte.

Christine als geschulte Zuhörerin sagte nichts, und auch Matthias wartete in Ruhe ab, bis Holzhammer Lust hatte, seinen Frust loszuwerden. Sie brauchten nicht lange zu warten, und der wackere Polizist gab eine Zusammenfassung der Ereignisse.

Der rote Hubschrauber, den sie beim Wandern gesehen hatten, war tatsächlich einem Notruf der bewussten Promi-Gruppe gefolgt. Gleich zwei Leute waren abgestürzt. Einer tot – einer verletzt.

Der Tote, Holger Stranek, war Leiter des örtlichen DSV-Stützpunkts gewesen. Er hatte erst fünf Jahre im Talkessel gelebt und kam aus Garmisch. Auch seine Frau hatte er von dort mitgebracht. Über beider Privatleben war nicht viel bekannt. Über Alois Seiler hingegen, den Chef der Jennerbahn, wusste Holzhammer umso besser Bescheid. Und er mochte ihn nicht.

Außerdem gab es noch einen Teilnehmer mit einem schweren Schock, Georg Zilinsky, den Bürgermeister von Bischofswiesen. Er war verwirrt und konnte sich nicht erinnern, wie er überhaupt aufs Teufelshorn gekommen war. Zumindest hatte er das am Telefon gesagt.

Die Bergung des Toten war inzwischen vom Polizeihubschrauber unter Anwesenheit eines Bergführers der Polizei durchgeführt worden. «Auch so eine Fortbildung, die i bewusst ned mitgemacht hab», sagte Holzhammer. «Des dad mir noch fehlen, meine Wochenenden damit verbringen, Tote am Berg anzumschauen.»

«Und wieso warst du dann überhaupt mit der Sache beschäftigt?», fragte Christine.

«Ich sage doch, der Fischer dreht am Rad. Mei famoser Chef will wohl diesmal nix anbrennen lassen, nachdem er letztes Jahr die Angelegenheit im Wesentlichen ausgesessen hat. Deshalb hat er mi losgeschickt, um die Aussagen aller illustren Beteiligten aufzumnehmen. Gebracht hat's bislang nix, so viel kann ich euch offiziell sagen. Keiner hat was g'sehn, es war so dichter Nebel, dass teilweise ein Teilnehmer den anderen ned gesehen hat. Einige sagen, dass sie an Schrei g'hört ham. Andere wollen an Wortwechsel g'hört ham, dass welche gestritten ham. Fischer hat sich auf jeden Fall beim Staatsanwalt die Genehmigung für a Obduktion geholt und die Leich im Polizeihubschrauber direkt nach München schaffen lassen. Diesmal will er nichts verpassen. Und der arme Josef muss morgen aufs Teufelshorn, Spuren suchen.» Josef Berg war der Chef der Spurensicherung in Traunstein und als geborener Berchtesgadener ein guter Bekannter von Holzhammer.

«Aha. Ein namenloser Urlauber interessiert ihn nicht die

Bohne, aber kaum trifft es einen Funktionär, gibt er alles. Was denkt denn dein famoser Vorgesetzter, was da passiert ist?», fragte Matthias. «Glaubt er ernsthaft, dass jemand nachgeholfen hat?»

«Na ja, sogar er liest den *Berchtesgadener Anzeiger*, und da stand in den letzten Wochen ziemlich viel über die Querelen am Götschen drin. Der Skiverband war mit dem Götschen eigentlich noch nie ganz zufrieden. Daher verlangen sie jetzt ultimativ an zeitgemäßen Ausbau der Lifte, der Piste und der Beschneiung. Der Gemeinderat von Bischofswiesen weigert sich aber, weil es angeblich zu teuer ist. Und jetzt, nach dem Ausbau der Beschneiung am Jenner, bietet der sich natürlich als ideale Alternative an. Die Leute vom Götschen, die den Lift und die Gastwirtschaft betreiben, sind von der Aussicht natürlich weniger begeistert. Auf der anderen Seite stehen die Schönauer schon in den Startlöchern. Der Alois Seiler, Betreiber der Jennerbahn, ist sowieso geldgeil wie sonst was, und der Bürgermeister zieht anscheinend schon länger im Hintergrund die Fäden. Und zwar zieht er an diesen Fäden den DSV zum Jenner. Wäre ja auch super für die Gemeinde. Sehr prestigeträchtig.»

«Ja, der Hias ist ein Strippenzieher», stimmte Matthias zu. Sie sahen sich nicht oft, da der Hias nur auf wenigen ausgewählten Familienfesten erschien, und das meistens auch erst dann, wenn er mindestens zwei offizielle Termine hinter sich gebracht hatte. Sie hatten beide den gleichen Vornamen, da sie nach dem gleichen Urgroßvater benannt waren. Was aber nie zu Verwechslungen führte, da der Bürgermeister grundsätzlich Hias genannt wurde, die bayerische Form von Matthias.

«Ach, deshalb wurde plötzlich am Jenner die Beschneiung

bis ins Tal genehmigt und diese sogenannte Geländeanpassung. Nur gut, dass der Nationalpark erst ein paar 100 Meter weiter beginnt», sagte Christine.

Monatelang hatte sie auf ihren Wanderungen die Baufortschritte beobachten können. Momentan sah es um die Mittelstation herum aus wie auf dem Mond. Bei der letzten Bürgerversammlung hatte der Bürgermeister eine Art Vision namens «Erlebnisberg Jenner» mit diversen Bauprojekten vorgestellt. Zum Beispiel eine neue Bergbahn für ein paar Millionen, eine Rodelbahn, einen Parcours für Snowboarder und eine vorgebaute Aussichtsplattform, neudeutsch Skywalk. Allerdings hatte er auch freimütig zugegeben, dass die Finanzierung dieser Kleinigkeiten noch völlig in den Sternen stand. Nur die Pläne für den Krautkaserhang, wo der DSV einziehen sollte, waren schon ganz konkret: Die Piste wurde in beide Richtungen verlängert und bekam einen nagelneuen Sessellift. Fehlten nur noch die Athleten.

«Ja, und wieso ist dein Wochenende gelaufen?», fragte Matthias. «Du hast alles aufgenommen, nichts ist rausgekommen – und?»

«Morgen kimmen vielleicht schon die ersten Ergebnisse der Autopsie aus München. Und der Josef geht erst morgen hoch mit seine Leut, der war heut ned aufzutreiben, der Hund. Deshalb soll ich mich in Bereitschaft halten. ‹Um auf die Ergebnisse zeitnah reagieren zu können›, wie Fischer meinte. Was er selbst am Sonntag vorhat, hat er ned gesagt.»

«Ja, und was denkt der Fischer nun, was da passiert ist? Oder was denkst du?», fragte Christine nach.

«Also aus dene Aussagen kann man fast nix schließen. Ich muss das aber nochamal in Ruhe durchlesen. Rein theoretisch ist es natürlich möglich, dass da einer den anderen gestoßen hat. Es war dichter Nebel, Sichtweite um die 10, 15 Meter. Das hat auch der Hubschrauberpilot bestätigt. Jeder in der Gruppe konnte also allenfalls den Nächstgehenden sehen, mehr auf keinen Fall. Einige ham ausgesagt, dass sie was g'hört ham – an Wortwechsel, etwas wie ‹was willst du› oder ‹geh mir weg›. Aber was heißt das schon? Vielleicht hat da einer g'sagt: ‹Was willst du, damit ihr am Götschen bleibt?›, oder: ‹Geh mir weg mit deinen blödsinnigen Ideen!› Außerdem stehen die ja alle noch unter Schock.» Für Holzhammer war «unter Schock» nur eine Floskel, die in solchen Fällen immer passte. Wie so ein Schock von innen aussah, war ihm nur in sehr groben Umrissen klar. Er konnte sich nicht erinnern, jemals selbst einen Schock gehabt zu haben.

«Trotzdem sind die ersten Aussagen sicher die wertvollsten», meinte Christine. «Erinnerungen verändern sich ziemlich schnell. Bei jedem Aufruf werden sie überschrieben. Oft kommt etwas hinzu, was zu passen scheint, andere Dinge verschwinden, weil sie inkonsistent oder unverständlich sind. Und gerade das sind natürlich oft die wichtigsten Details.»

«Du kannst deinen Beruf a ned verleugnen, Frau Psychologin», sagte Holzhammer. Natürlich war das als Kompliment gemeint.

«Und was ist mit dem Motiv? Ist dieser Umzug des DSV überhaupt ein Mordmotiv?», fragte Matthias, der sich Mord aus Gier überhaupt nicht vorstellen konnte. Und aus anderen Gründen auch nicht. Als Buddhist war es für ihn völlig unvorstellbar, Mitmenschen absichtlich ins Jenseits zu befördern. Obwohl sie natürlich früher oder später wiedergeboren werden würden.

«Es haben schon Leut für weniger ins Gras beißen müssen», antwortete Holzhammer vage, aber selbst nicht überzeugt. Selbst wenn man die uralte Rivalität zwischen den Gemeinden des inneren Landkreises hinzunahm, reichte es nach seinem Gefühl nicht für einen Mord. Nein, wirklich nicht!

«Wird denn der Tod des DSV-Menschen den Umzug vom Skiverband überhaupt aufhalten?», warf Christine ein. «Ich meine, da rückt doch jetzt vermutlich einer nach, der haargenau die gleichen Interessen vertritt, oder?»

«Das ist wahr», stimmte Holzhammer zu, «die schicken einfach einen Neuen.»

«Wer war denn jetzt eigentlich genau bei der Tour dabei?», fragte Christine.

«Fischer hat gesagt, dass ich nicht drüber reden soll. Der weiß immer noch nicht, wie das Leben hier funktioniert. Es stand zwar nicht im *Anzeiger*, aber es kennt doch eh ein jeder mindestens einen der Teilnehmer und kann den fragen. Also bitte, ihr habt es nur nicht von mir, sondern meinetwegen von der Frau vom Hias», schwor Holzhammer sie ein.

Christine und Matthias nickten. Auch Manu, die Wirtin, die selbstverständlich jedes Wort mitgehört hatte, nickte eifrig. Dabei war sie wahrscheinlich die Person, die am allerwenigsten den Mund halten konnte – Gerüchte, Klatsch und Tratsch waren Teil ihrer Geschäftsgrundlage.

«Also, es waren acht Leut», erzählte Holzhammer leise, damit die Kids um den Dart-Automaten wenigstens nichts mitbekamen, «Stranek, vom DSV – tot. Der Hias von der Schönau – quicklebendig. Georg Zilinsky, Bürgermeister von Bischofswiesen – aber mit weicher Birne. Alois Seiler von der Jennerbahn – Loch im Kopf und angebrochene Rippen. Den hab ich übrigens noch nicht vernommen. Außerdem Xaver Gössl, der Wirt und Liftbetreiber vom Götschen, der Max Saumtrager, keine Ahnung wieso, dann Leni Seiler, die Frau von

Alois, außerdem Hilde Stranek, die Frau vom Holger Stranek.»

«Was, seine Frau war auch dabei?», rief Christine. «Das ist ja furchtbar. Ist er vor ihren Augen abgestürzt?»

«Sie sagte, dass sie nichts gesehen hat», antwortete Holzhammer. «Ein Glück für sie. Aber es muss schon ein Schock gewesen sein. Sie war ziemlich still.»

«Na, kein Wunder! Ich hoffe, du hast sie nicht irgendwie bedrängt?»

Holzhammer warf ihr nur einen Blick zu, der sagte: «Wofür hältst du mich?»

Christine hatte derweil im Kopf schon eine Rechnung aufgemacht: «Also, die acht Leute kann man ja wohl in drei Parteien einteilen: Die erste Partei will den DSV am Götschen behalten. Das wären dann Gössl und Zilinsky. Die zweite Partei will den DSV zum Jenner holen, das wären dann Seiler, dessen Frau und natürlich Hias. Und die dritte Partei, das ist der Stranek, um den sie sich streiten, plus seine Frau, die vermutlich die gleichen Interessen hat. Bleibt nur noch zu klären, welche der beiden ersten Parteien ein Interesse an Straneks Tod hatte.»

«Exakte Analyse, Frau Psychologin», meinte Holzhammer. «Bleibt als Parteiloser der Max, denn dem kann es egal sein, ob die Leut die Skiausrüstung aus seinem Laden am Götschen oder am Jenner tragen.»

«Theoretisch wäre es ja sogar möglich, dass unseren Honoratioren jemand aufgelauert hat», warf Matthias ein. «Dass sie gehen wollten, war eh offiziell. Und sich zusammenzureimen, welche Tour sie wohl von der Wasseralm aus machen, ist ja nun keine Hexerei.»

«Mach die Sache nicht noch komplizierter», seufzte Holzhammer und trank den Rest seines Weißbiers in einem

Zug – worauf Manu automatisch zum Zapfhahn griff.

Die anderen merkten, dass das Thema für den rundlichen Hauptwachtmeister durch war, und beließen es dabei. Christine widmete sich dem Versuch, Matthias zu überreden, am morgigen Sonntag mit ihr auf den Kehlstein zu gehen.

«Zu *gehen*? Da fährt doch ein Bus rauf!» Für Matthias war mit dem heutigen Gipfelsturm auf den Grünstein das Sportkontingent dieses Wochenendes mehr als ausgeschöpft.

«Man kann aber auch zu Fuß gehen, es gibt sogar mehrere Wege.» Das wusste Christine aus dem Internet.

«Die Aussicht von da ist gar nicht schlecht», mischte Holzhammer sich ein, froh, dass ein neues Gesprächsthema gefunden war. «Aber die vom Jenner ist besser. Meiner Meinung nach fahren die Leut nicht wegen der Aussicht auf den Kehlstein rauf, sondern wegen dem Hitler. Der Mann meiner Schwägerin ist ja Busfahrer da oben, dafür musste er eine extra Ausbildung machen, weil die Straße so eng und steil ist. Und der sagt, da sind immer noch manchmal seltsame Gestalten im Bus.»

«Meistens Amis», mischte sich Manu ein. «In der Nähe vom Berghof haben sie vor zwei Jahren einen englischsprechenden Adolf Hitler in voller Montur erwischt.» Manu betrachtete es nicht nur als ihr Recht, sondern quasi als ihre Pflicht, die Gespräche der Gäste zu komplettieren.

Ganz in der Nähe des bis auf die Grundmauern verschwundenen Berghofs stand ein Fünf-Sterne-Hotel. Vor dem Bau hatte es jahrelange Diskussionen gegeben. Durfte man an so einem Ort ein Hotel bauen? Die Berchtesgadener waren in der Sache gespalten gewesen. Die meisten sagten, dass der Ort nicht schützenswert wäre, nur weil der Gröbaz da oben einen Zweitwohnsitz gehabt hatte, der eh von den Amis am 25. April

1945 mit 1800 Tonnen Bomben in Schutt und Asche gelegt worden war. 1000 Tonnen pro Gebäude – da konnte von schützenswerter Landschaft doch wohl kaum noch die Rede sein. Und schließlich stand inzwischen ganz in der Nähe, bei der Abfahrtsstelle zum Kehlstein, das allseits gelobte Dokumentationszentrum. Vehement gegen den Hotelbau war eigentlich nur eine Gruppe gewesen: Die Hotelbesitzer unten im Tal.

Christine saß in dem ersten weißen Elektroboot, das an diesem Sonntagmorgen von der Seelände abgelegt hatte. Da Matthias nicht mitwollte, hatte sie eine etwas ausgedehntere, aber einfache Tour gewählt. Vielleicht steckte ihr die Unterhaltung über den gestrigen Unfall doch noch ein bisschen in den Knochen. Auch die Teilnehmer der unglückseligen Bergtour waren vorher über den See gefahren ... Sie wollte von St. Bartholomä über die Sigeret-Platte zum Trischübel-Pass, eventuell noch die Hirschwiese mitnehmen und anschließend durchs Wimbachgries absteigen. Matthias hatte zugesagt, sie an der Wimbachbrücke aufzusammeln, wenn sie von dort anrief.

Das Elektroboot fuhr an der Falkensteinerwand mit dem roten Kreuz vorbei. Kurze Zeit später wurde es langsamer, und dann stellte der Kapitän mitten auf dem See den Motor ab. Der zweite Schiffer an Bord, der Maat und Kartenabreißer, öffnete die Luke und holte seine Trompete hervor. Unter den Fahrgästen machte sich aufgeregtes Murmeln breit. Nur für die Kellner und Köche, die nach St. Bartholomä und Salet zur Arbeit fuhren, war das berühmte Echo vom Königssee eine lästige Zeitverzögerung. Für Christine eigentlich auch, denn sie machte die Fahrt bereits zum neunten Mal in diesem Jahr.

Der Bläser machte seine übliche Ansage mit den üblichen Witzen. Dann gab er die alte Weise zum besten – mit langen Pausen für das Echo. Die Gäste lauschten ergriffen; wenn man das zum ersten Mal erlebte, war es natürlich sehr romantisch. Danach ging der Trompeter herum und sammelte Trinkgeld ein. Christine beobachtete, dass er auch bei den Kellnern vorbeiging. Die würden doch nicht jeden Tag etwas geben? Nein, taten sie auch nicht. Sie machten zwar die entsprechende Handbewegung, aber kein Geld fiel von der einen Pfote in die andere. Christine musste schmunzeln, als Psychologin fand sie das schlau, denn wenn eine ganze Reihe nichts gab, würden sich auch die anderen Mitfahrer weniger bemüßigt fühlen.

Einer der Standardwitze der Echobläser war: «Geben Sie etwas mehr, ich muss ja mit dem oben am Berg teilen.» Wobei es tatsächlich schon vorgekommen war, dass ein talbekannter Witzbold sich mit einer Trompete oben hingesetzt hatte – und eine ganz andere Melodie zurückgeblasen hatte. Das «Antreiben» war in Berchtesgaden bekanntlich eine anerkannte Kunstform. Christine erinnerten Scherze auf Schiffen hingegen an eine sehr norddeutsche Tradition: Die Barkassen- und Fremdenführer im Hamburger Hafen trugen die treffende Berufsbezeichnung «He lücht».

Matthias hatte ihr mal erzählt, dass die Schiffer auf dem Königssee vor Jahren gestreikt hatten, weil man ihnen verbieten wollte, so deutlich um Trinkgeld zu werben. Daraufhin waren sie in Echostreik getreten – es wurde nicht mehr geblasen. Natürlich hatten die Schiffer gewonnen. Matthias hatte auch gesagt, dass die Königsseeschifffahrt so etwas wie eine Erbpfründe war. Die angenehmen Arbeitsplätze wurden vom

Vater an den Sohn weitergegeben.

Bei der berühmten Kapelle, die auf jedem zweiten Buch über Bayern abgebildet war, stieg Christine aus und schulterte ihren Rucksack. Ohne Eile schritt sie am Seeufer entlang. Ein Fischreiher stand im seichten Wasser. Die Touristen strömten Richtung Kapelle und Biergarten. Einige Wanderer in Bergschuhen nahmen den gleichen Weg wie sie. Die Teufelshörner lagen links, weit oben in der Morgensonne. Was hatte sich dort wohl gestern zugetragen?

Eine Stunde später erreichte Christine die Weggabelung, wo sich ihr Steig von dem breiten Weg Richtung Kärlingerhaus trennte. Jetzt war sie allein. Bald stand sie an der Sigeret-Platte. Eine Seilversicherung leitete über die abfallende und ausgesetzte Platte. Erst kürzlich war hier eine Frau vor den Augen ihrer Familie in den Tod gestürzt. Warum und wieso, konnte man nur spekulieren. Hätte eine bessere Ausrüstung das Unglück verhindern können? Oder eine genauere Information über die Wegbeschaffenheit? Gar die neuerdings vom Alpenverein herausgegebene Bergwandercard? Wenn man auf dieser scheckkartengroßen Karte seine Trittsicherheit mit der Länge und dem Schwierigkeitsgrad des Weges verband, erfuhr man angeblich auf der Stelle, ob man den betreffenden Weg gehen konnte oder nicht. Als Nächstes kamen wahrscheinlich die Seilbahncard und die Einkehrcard. Mit diesen Gedanken stieg Christine weiter hinauf. Die erste Pause würde sie am Pass machen. In diesem Jahr hatte sich so viel verändert. Dabei hatte sie nicht einmal ihren Arbeitsplatz gewechselt, sie war nur 80 Kilometer weiter gezogen, von Rosenheim hierher. An ihren Exmann dachte sie nur noch selten, die Scheidung war reibungslos über die Bühne gegangen, er war aus ihrem Leben gestrichen, einfach so. Nach über zwanzig Jahren, sie hatten sich im Studium kennengelernt.

Ihre Beziehung mit Matthias hingegen funktionierte erstaunlich gut. Natürlich gab es Reibungspunkte. Aber die wurden nicht ignoriert, wie es in ihrer Ehe der Fall gewesen war, sondern von beiden Seiten offen angesprochen. Damit war die Beziehung nicht nur enger, sondern auch belastbarer. Denn damals, bei ihrem Mann, hatte sie immer nur gedacht, es wäre alles in Ordnung. Dabei war nichts in Ordnung gewesen, über lange Zeit. Bei Matthias wusste sie, dass nicht alles komplett harmonisch war, weil sie einfach sehr verschieden waren. Aber sie waren sich dessen beide bewusst. Und das war der Unterschied.

Inzwischen war sie schon seit einem Jahr mit Matthias zusammen – und wunderte sich eigentlich immer noch darüber. Bei ihrer ersten Begegnung hatte sie ihn für einen Neandertaler gehalten. Nie im Leben hätte sie gedacht, einmal mit jemandem zusammen zu sein, der sich so wenig aus den Dingen machte, die in ihrer früheren Welt als wichtig galten: Prestige, Karriere, Geld. Und nicht nur das. Auch ihre eigenen Prioritäten hatten sich erstaunlich verändert. Genauso wie Matthias den Erfolg eines Jahres nicht am Gehaltszettel festmachte, sondern eher an der Zahl der Motorradkilometer, so zählte für sie neuerdings die Zahl der erklommenen Gipfel. Noch besser wäre es wohl, die Zahlen ganz aus der Rechnung rauszulassen. Aber das schaffte nicht einmal ihr Matthias.

Sonntagmittag. Franz Holzhammer wollte gerade das Steakmesser in die von seiner Frau liebevollst zubereitete – also fertig gegart vom Metzger geholte und kurz im Backofen erwärmte – Schweinshaxe rammen, da klingelte sein Handy. Josef Berg von der Spurensicherung war dran. Er war gerade mit dem Hubschrauber in der Schönau gelandet und schwer zu verstehen, da im Hintergrund noch der Rotor ratternd rotierte.

«Also wir haben ein bisschen Blut von den Felsen gekratzt, aber sonst nichts Interessantes gefunden», meldete er. «Wir waren auch oben an der Absturzstelle. Aber das Einzige, was ich dir sagen kann, ist, dass dort seit gestern rund dreißig Gämsen und fünfzehn Steinböcke vorbeikommen san.»

«Oiso keine Spuren eines Kampfes?», fragte Holzhammer nach.

«Keine umgeworfenen Möbel am Berg, nein. Auch oben kein Blut, keine Stofffetzen, die der Wind nicht weggeweht hätte. Der Polizeibergführer war ja dabei, und der meinte, es sei sowieso eine Schnapsidee von eurem Dr. Fischer, da oben nach Spuren suchen zu lassen. Und ich find es keine Schnapsidee, sondern eine absolute Scheißidee.»

«Ja, wahrscheinlich. Duad ma leid, dass dein Sonntag hinüber ist. Aber der Bericht hat ja dann Zeit.» Sie verabschiedeten sich, und Holzhammer tauschte das Handy wieder gegen das Steakmesser. Jetzt brauchte nur noch die Entwarnung aus der Rechtsmedizin zu kommen.

Natürlich war auch seine Frau Marie inzwischen auf dem Laufenden. Er hatte ja die Familien-Kaffeerunde gestern sausenlassen müssen, aber dass sein letzter Arbeitsschritt ihn in Manus Kneipe geführt hatte, musste sie nicht unbedingt wissen. Stattdessen hatte er seine Arbeit etwas aufgebauscht. Marie hatte auch schon eine klare Meinung zu dem Vorfall: Eine dritte Person hatte alle beide hinuntergestoßen, den

DSVler und den von der Jennerbahn. «Und es ist doch völlig logisch, dass das einer von den Bischofswiesern war», schloss sie ihre Ausführungen.

«Mei liabs Madl», sagte Holzhammer etwas genervt, «denk, was d wuist ...»

«Sehr großzügig.»

«... nur verbreit den Schmarrn bitt schön ned bei deine Ratschkattln. Es gibt bis jetzt kan einzigen Hinweis, dass es überhaupts a Mord war.» Mit diesen Worten widmete er sich endgültig seiner Haxe, dem Rotkraut und dem Semmelknödel. Marie saß halbtags im Supermarkt an der Kasse, hauptsächlich deshalb, weil es sich da so schön ratschen ließ und man alles aus erster Hand erfuhr.

Zum Nachtisch bekam er den Zwetschgendatschi, den er gestern nicht hatte essen können. In der Mikrowelle kurz angewärmt, schmeckte er saftig und wieder fast wie neu.

Marie war eine sparsame Hausfrau und ließ nichts verkommen. Früher war sie mal ein ziemlich heißer Feger gewesen, um den seine Kumpels Holzhammer beneidet hatten. Einige hatten noch versucht, bei ihr zu landen, als sie beide praktisch schon verlobt waren. «Was willst du mit dem Krischperl?!», war die gängige Argumentation gewesen, denn Holzhammer war auch zu seinen besten Zeiten nur 1,65 groß und damals auch ziemlich dünn gewesen. Aber Marie stand auf sehnige Bergsteigertypen, und seine Gesamtgröße korrelierte keineswegs mit allen Einzelteilen.

Heute konnte beim besten Willen niemand mehr Holzhammer als Krischperl bezeichnen, da er in erster Näherung am ehesten einer Kugel glich. Heute hätte auch niemand mehr versucht, ihm die Frau auszuspannen, zum einen aus Respekt, den er überall genoss, zum anderen weil Marie sich vom begehrten Feger zum gefürchteten Besen weiterentwickelt hatte. Sie war einen Kopf größer als ihr Mann und trug die Haare tagsüber in einem altmodischen Zopfkranz, wie er im Talkessel immer noch häufig zu sehen war.

Ihr Mundwerk war «waffenscheinpflichtig», wie ihr oftmals attestiert wurde, jedoch setzte sie es meistens für gute Zwecke ein. Zum Beispiel, wenn es darum ging, Bekannte und Verwandte für wohltätige, meist kirchliche Aufgaben zu begeistern, Tische für eine Benefizveranstaltung aufzubauen, Altkleider zu sammeln. Überhaupt soziale Aktionen aller Art, dafür engagierte sie sich, und für solche Zwecke wurde man von ihr zwangsverpflichtet, wenn man nicht sehr gute Gegenargumente hatte. Bei den Hilfsbedürftigen war sie natürlich entsprechend beliebt, und sie hatte es auch schon öfter in den *Berchtesgadener Anzeiger* gebracht, wenn sie als Sprecherin des katholischen Frauenbunds irgendwo einen Scheck übergab, eine Tafel eröffnete oder einen Flohmarkt abhielt.

Holzhammer war mit seiner Wahl immer noch zufrieden. Er kam mit seiner quirligen Frau gut klar. Er kannte sie schließlich am besten, und er wusste genau, dass unter dem Besen eine herzensgute Person steckte, die sich wirklich aus innerem Bedürfnis für andere engagierte. Er hatte auch kein Problem damit, dass sie oft unterwegs war, im Gegenteil. Dann hatte er zu Hause seine Ruhe. Nur eins hatte er bereits vor Jahren ein für alle Mal klargestellt: Er stand für ihre Sozialaktionen nicht zur Verfügung. Seine Aufgabe in der Gesellschaft bestand darin, die Kriminalität im Zaum zu halten und böse Buben zu verhaften – nicht darin, ihnen Ostereier in den Knast zu bringen. Und alten Leuten half er vielleicht über die Straße, aber er las ihnen keine Geschichten vor.

Unter solchen Gedanken verspeiste er zwei Zwetschgendatschi mit Sahne und legte sich dann rechtschaffen müde aufs Kanapee, wo er alsbald entschlummerte. Im Traum hatte er eine Begegnung mit Romy Schneider beim Nacktbaden am Wasserfall. Die war ja in der Schönau aufgewachsen, und ihre Mutter Magda hatte bis zu ihrem Tod hier gelebt.

Aus diesem ästhetischen Traum riss ihn brutalstmöglich sein Diensthandy. Es dauerte einige Klingelzeichen, bis er sich aufgerappelt und die Augen so weit aufbekommen hatte, dass er die Tasten und das Display sehen konnte.

Er sah die Münchner Nummer und drückte «annehmen». Und schon hatte er den Salat beziehungsweise den Gerichtsmediziner am Ohr: Aus den Wunden konnte man nichts Zielführendes ablesen. Aber man hatte Faserspuren unter den Fingernägeln gefunden. «Der Tote hat sich also vor dem Absturz an einer anderen Person festgekrallt», erklärte der Pathologe überflüssigerweise.

«Absolut phantastisch», murmelte Holzhammer und sah vor seinem geistigen Auge, wie Romy Schneider ihm eine lange Nase drehte.

Der Pathologe bezog die Bemerkung auf seine Arbeit. «Reine Routine», wehrte er bescheiden ab, offensichtlich in der Annahme, der Hinterwäldler aus Berchtesgaden habe noch nie von den aktuellen Methoden der Kriminaltechnik gehört.

Holzhammer war das egal. Viel wichtiger und unangenehmer war die Bedeutung des Fundes. Fasern vom Festkrallen bedeuteten, dass ein Kampf stattgefunden hatte. Und das bedeutete, dass auf die unterbesetzte und trotzdem als Kriminalstation firmierende Polizeidienststelle Berchtesgaden wieder eine Mordermittlung zukam. Klar war ebenfalls, dass sein Chef ihm auch diesmal keine große Hilfe sein würde und der famose Dr. Fischer sich trotzdem dagegen wehren würde, externe Unterstützung anzufordern. Damit er den Ruhm später allein einstreichen konnte. Mit anderen Worten bedeutete es, dass Holzhammer sich geregelte Dienstzeiten ab heute bis zur Aufklärung abschminken konnte.

«Können Sie noch irgendwas über die Faser sagen?», fragte er den Münchner, obwohl er die Antwort schon vorher wusste.

«Wir hier können nur sagen, dass es wohl irgendein Funktionsstoff ist. Wir geben das Asservat an die KTU weiter, und die wird sich dann bei Ihnen melden.»

«Ja, verstehe, dankschön.» Genauso hatte Holzhammer sich das vorgestellt. Ein Pathologe war logischerweise kein Faserspezialist, jedenfalls keiner für Kleidung, sondern nur für Fleischfasern. Klamotten machte die Kriminaltechnische Untersuchungsstelle in München. Auch sein Freund Josef hätte ihm da nicht helfen können, die Traunsteiner machten nur einfachere Untersuchungen, auch wenn Josef das ungern hörte. Die härteren Nüsse durften sie nur einsammeln und zur KTU beim Landeskriminalamt weiterschicken. Apropos sammeln – er hatte seine Sonntagsaufgabe: Joppen sammeln.

Am liebsten hätte er Marie geschickt, schließlich war sie diejenige, die sich gern am Wochenende mit wohltätigen Altkleidersammlungen vergnügte. Aber es musste wohl sein. Erst gestern hatte er diese Rundtour durch den Talkessel machen müssen. Jetzt schon wieder. Aber hätte er einen seiner jungen Kollegen von der Freundin wegzitieren sollen? Dazu war er zu gutmütig.

Wieder fuhr er nach Bischofswiesen, zum Götschen, durch Berchtesgaden, in die Schönau, nach Königssee-Dorf und schließlich zur Seelände, wo der Hias wohnte. Seiner Bitte, die gestrige Überbekleidung herauszugeben, kam man überall sofort nach. Der verletzte Alois Seiler lag im Kreiskrankenhaus, aber seine Kleidung war inzwischen daheim, seine Frau hatte sie abgeholt, um sie zu waschen, wie sie sagte. Als sie dann gesehen hatte, dass sowohl die Hose als auch die Jacke zerrissen waren, hatte sie beides gleich in die Mülltonne geworfen. Holzhammer musste die Sachen unter Bratenresten und Katzenstreu herausziehen.

Er hatte diesmal auch an die vorschriftsmäßigen Asservatenbeutel gedacht und alles säuberlich einzeln verpackt und beschriftet. Am Ende war er im Besitz von acht Berghosen der Marken Millet, Mammut und Astri, einer Funktionsjacke der Marke Millet, einer Salewa sowie sechs absolut identischen Mammut-Jacken, die sich lediglich in der Größe unterschieden. Wenig verwunderlich, denn wer auf sich hielt, und das taten zweifellos alle Teilnehmer der denkwürdigen Bergtour, der trug bei ernsthaften Outdoor-Unternehmungen das jeweils aktuelle Spitzenmodell des Herstellers mit dem Elefanten. Diese Kleidungsstücke hatten inzwischen mühelos die Fünfhundert-Euro-Schwelle überschritten.

In einem Bergsteigerforum im Internet hatte Holzhammer einmal eine etwas seltsame Frage nach der besten Bekleidung «für wärmere asiatische Berg-Gegenden» gelesen. Die nicht ganz ernst gemeinte Antwort hatte gelautet: «Was du anziehst, ist egal. Hauptsache, es ist ein Urzeit-Elefant darauf.» Kurze Zeit später hatte man den damaligen Verteidigungsministerbaron in einer Mammut-Jacke am Hindukusch gesehen.

Jedenfalls brachte Holzhammer seine gesammelten Altkleider aufs Revier und entschied, damit der Wahrheitsfindung für den heutigen Sonntag Genüge getan zu haben.

Christine war inzwischen am Pass Trischübel angekommen. Von der ehemaligen Alm war nicht mehr viel zu sehen, nur die Flora zeigte noch an, dass hier jahrhundertelang Kühe gedüngt hatten. Auf der anderen Seite der Hundstodgrube ragte der Große Hundstod auf, ein kahler Berg mit reichlich losem Schotter im Gipfelanstieg. Das war der Hausberg der Ingolstädter Hütte, Christine hatte ihn im Sommer bestiegen. Nach rechts bog der kleine Steig ab, der zum Hirschwieskopf, meist kurz Hirschwiese genannt, führte. Die Aussicht von seinem Gipfel sollte interessant sein. Christine sah auf die Uhr und entschloss sich, die zusätzlichen 300 Höhenmeter in Angriff zu nehmen.

An einer kleinen Forsthütte vorbei ging es auf einem schmalen Steig aufwärts. Eigentlich nur Trittspuren, die man aufmerksam verfolgen musste. Der steile Weg führte über sandige Stellen, die durch die lange Trockenheit ziemlich rutschig waren. Die oberste Sandschicht machte sich unter den Sohlen selbständig. Doch eine Stunde später stand sie auf einer flachen Grünfläche. Der Hirschwieskopf war wirklich mehr eine Hirschwiese. Die meiste Zeit stand wohl sogar Wasser in einer flachen Mulde – eine Hirschtränke. Jetzt war sie jedoch ausgetrocknet.

Christine sah sich um. Nach Südwesten stachen die Teufelshörner hervor, die beiden spitz zulaufenden Zwillingsberge. Von hier sahen sie wirklich aus wie Hörner. Christine machte Fotos, mit und ohne Zoom. Dann drehte sie sich um und blickte genau auf die Watzmann-Südspitze mit ihren steilen Schutthängen. Über diese Hänge führte der Abstieg von der Watzmannüberschreitung. Jedes Jahr liefen Tausende dort hinunter. Christine sah genauer hin. Tatsächlich konnte sie einzelne Personen erkennen, die sich mehr oder weniger schnell abwärtsbewegten. Ihre Digitalkamera hatte einen Zehnfach-Zoom, damit würde sie zu Hause sogar noch mehr erkennen. An der Grieshütte, der ersten Menschentränke nach dieser Tour, würde sie später noch vorbeikommen.

Westlich unter ihr lag das Wimbachgries. Sie trat an die Abbrüche heran. Von hier konnte sie das gesamte Gries überblicken. Der riesige Schuttstrom erstreckte sich vom Talschluss bei den Palfenhörnern bis fast in die Ramsau. Er war 15 Kilometer lang und angeblich bis zu 300 Meter tief. Alles kleine Bergstückchen, die nach und nach von den umliegenden Hängen abgebröckelt waren. Und ein sehr bequemer, knieschonender Abstieg. Das Wimbachgries war eine Zauberlandschaft. Hier gab es die einzigen aufrecht wachsenden Latschenkiefern der Ostalpen. Die Gekrümmten hatten wohl Probleme mit dem ständig nachströmenden Schutt. Während sie hinunterschaute, biss Christine gedankenverloren von ihrem Müsliriegel ab.

Irgendwann nahm sie aus dem Augenwinkel eine Bewegung wahr. Da war noch jemand. Vorsichtig drehte sie den Kopf. Einige Meter neben ihr stand eine Gämse und blickte aufmerksam in die gleiche Richtung, in die Christine hinuntergeblickt hatte. Ganz offensichtlich wollte sie wissen, was es da unten so Interessantes zu sehen gab. Christine verhielt sich still, aber innerlich speicherte sie diesen Moment für die Ewigkeit. Solche Tiererlebnisse waren es, für die sie immer wieder auf die Berge steigen würde, solange ihre Knie es erlaubten.

Schließlich merkte die Gämse, dass sie in ihrer Neugier ertappt war.

«Hallo, wie geht's?», sagte Christine. Irgendwie hatte sie sich angewöhnt, mit den Tieren zu reden. Um diese Tatsache vor ihrem Verstand zu rechtfertigen, sagte sie sich, dass die Tiere sich vielleicht den Klang ihrer Stimme merkten und dann beim nächsten Wiedersehen schon wussten, dass von ihr nichts zu befürchten war.

Die Gämse antworte nicht. Sie schaute Christine an, dann drehte sie ohne Hast um und trottete davon. Ob sie ihren Freundinnen von dem Zweibeiner erzählen würde? Christine stellte sich vor, wie die Gämsen über sie sprachen. Sie fühlte eine Wärme in sich aufsteigen. Der Tag hatte sich gelohnt. Doch jetzt ging es an den steilen Abstieg zum Hauptweg.

Runter war immer schwieriger als rauf, stellenweise fand sie es sogar etwas heikel. Doch nach einer Stunde war sie wieder auf dem Hauptsteig. Von jetzt an gab es keine Schwierigkeiten mehr, und bald erreichte sie die Wimbachgrieshütte. Auf der Terrasse saßen stolze Watzmannüberschreiter. Wer jetzt schon unten war, gehörte zu den Fitten. Die Überforderten würden erst später ankommen, manche erst im Dunkeln.

Vor kurzem hatte Christine ein Interview mit dem Wirt der Grieshütte im Bayerischen Rundfunk gehört. Da hatte er gesagt, dass fünfzig Prozent aller Leute, die die Watzmannüberschreitung machten, seiner Meinung nach nicht auf diesen Berg gehörten. Es hätten sich auch schon Leute bei ihm beschwert, dass der «Weg» am Watzmanngrat in einem so schlechten Zustand sei. Als wäre der Berg eine Art Turngerät, das vom Fremdenverkehrsverein extra aufgestellt wurde. Ja genau, am besten asphaltieren, den Grat. Kein Wunder, dass viele Einheimische die Touristen für geistig minderbemittelt hielten. Denn die speziellen Einzelfälle sind das, was im Gedächtnis bleibt. Und das sind oft die Idioten.

Ja, die Watzmannüberschreitung war die Paradetour schlechthin im Berchtesgadener Land, jeder wollte sie machen, ob er konnte oder nicht. Das wäre doch mal wieder ein Betätigungsfeld für die Checklistenfetischisten vom Alpenverein. Wie wäre es mit einer Watzmanncard? Christine hatte die Watzmannüberschreitung auch schon gemacht. Danach hatte sie gedacht: «Einmal reicht», aber inzwischen war sie sicher, dass sie den imposanten Grat in den nächsten Jahren noch öfter besuchen würde.

Nach einem schnell getrunkenen Radler zog sie weiter, wobei sie nicht den angelegten Weg nutzte, sondern in der Mitte des Schuttstroms stapfte. Hier gab es keine Flora, die man schonen musste, hier gab es nur Sand und Steine.

❀ ❀ ❀

# 3

Christine lag im Tiefschlaf und träumte von freundlichen Gämsen. Da drangen Geräusche an ihr Ohr. Mehrere laute Geräusche. Zuerst versuchte ihr Gehirn, die Geräusche in den Traum einzubauen. Auf die arme Gämse wurde geschossen. Doch dann machte ihr REM-Schlaf eine unsanfte Landung im Wachzustand. Da schoss tatsächlich jemand, draußen vor dem Fenster. In unmittelbarer Nachbarschaft. Es war noch stockdunkel. Christine horchte. Es klang sogar nach mehreren Schützen. Die Schüsse hallten dumpf vom Grünstein wider. Sie tastete nach dem Lichtschalter und sah auf die Armbanduhr, die auf dem Nachtkasten lag. Es war genau fünf Uhr.

Matthias und sie hatten getrennte Schlafzimmer. Ihr Geliebter schnarchte so unglaublich, dass an gemeinsame Nachtruhe nicht zu denken war. Das Haus war ja groß genug, Christine hatte lediglich zwei der unbenutzten beziehungsweise zur Abstellkammer degradierten Zimmer wieder in Betrieb nehmen müssen. Das eine als Schlafzimmer, das andere als kleines Lesezimmer für die Fälle, in denen auf dem großen Fernseher im Wohnzimmer Fußball lief. Vor Matthias hatte sie keine Ahnung gehabt, wie viele wichtige Fußballspiele in diesem Land zelebriert wurden – und insgeheim bezweifelte sie deren Wichtigkeit immer noch stark.

Jetzt aber brauchte sie männlichen Beistand und marschierte schlaftrunken in ihrem Flanellnachthemd zu Matthias hinüber. Sie öffnete die Tür. Kein Schnarchen. Also war er ebenfalls wach geworden. Aber er schien keineswegs beunruhigt, sondern lag friedlich da und lupfte die Decke, damit sie zu ihm schlüpfen konnte.

«Hast du das auch gehört?», fragte sie und kuschelte sich an ihn.

«Ja, Weihnachtsschützen», sagte er.

Natürlich wusste Christine von der Existenz der Weihnachtsschützen. Sie schossen mit Vorderladern in die Luft – und zwar an Weihnachten. Deshalb hießen sie ja so.

«Es ist September», gab sie zu bedenken.

«Wahrscheinlich eine Hochzeit», antwortete Matthias, «sie schießen auch bei Hochzeiten.»

«Um fünf Uhr morgens?», fragte Christine.

«Nein, eigentlich nicht», sagte Matthias. «Eigentlich schießen sie um vier Uhr morgens. So war es jedenfalls bis vor kurzem. Aber im Zuge der *Total Service Quality* wollte man den Feriengästen das nicht mehr zumuten. Deshalb schießen sie jetzt um fünf.»

«Eine Riesenverbesserung», murmelte Christine, schon wieder halb eingeschlafen. Bestimmt hatte diese Konzession die Verantwortlichen viel Schweiß und jahrelange Verhandlungen gekostet.

❀ ❀ ❀

Vier Stunden später saß Christine an ihrem prätentiösen Arbeitsplatz in der Reha-Klinik, der eher an einen Ölmagnaten denken ließ als an Psychotherapie. Vermutlich hatte der Innenarchitekt der Klinik diese Möbel ausgesucht, damit sich auch das Dubai-Publikum wie zu Hause fühlte. Allerdings hatte sie noch nie einen Scheich in der Sprechstunde gehabt, sondern allenfalls Sparkassenvorstände mit Burnout. Prominenz war bisher nur in Gestalt von Weltmeistern, Europameistern oder wenigstens Deutschen Meistern in irgendwelchen Wintersportarten aufgetaucht. Durchaus manchmal tragische Fälle, wenn so eine medaillenverwöhnte Sportskanone sich aufgrund eines karrierebeendenden Unfalls eine ganz neue Rolle im Leben suchen musste.

Auf der fußballfeldgroßen Buchenplatte ihres Schreibtischs lagen die neuen Patientenakten. Erstaunt las Christine den Namen Georg Zilinsky. Der Bürgermeister von Bischofswiesen war in der Reha gelandet, obwohl es da gar nicht viel zu rehabilitieren gab – außer seinen Kopf. In der Akte konnte Christine schwarz auf weiß nachlesen, was Holzhammer schon gestern Abend erzählt hatte: Der Mann hatte einen schweren Schock. Er litt sogar an Amnesie. Die zwei Stunden vor und die eine Stunde nach dem Unfall waren angeblich in seinem Hirn komplett gelöscht. Er war gestern kurz im Krankenhaus gewesen. Die hatten aber nichts mit ihm anfangen können und ihn mit Benzodiazepin nach Hause geschickt. Seine Frau aber hatte noch am gleichen Abend die Rettung gerufen und darauf bestanden, dass ihr Mann «irgendwo eingeliefert» werde. Nach Rücksprache mit dem Hausarzt hatte man sich dann darauf geeinigt, ihn hier abzuliefern. Die Alternative wäre die Psychiatrie in Gabersee gewesen.

Christine überlegte, was sie über den Mann wusste. Es war nicht viel. Sie wusste nicht einmal, wie er aussah. Entweder war er wirklich weniger in der Öffentlichkeit präsent als der Schönauer Bürgermeister, oder man bekam nur in Bischofswiesen etwas von ihm mit. Sie hatte keine Ahnung, was Georg Zilinsky jemals für seine Gemeinde getan hatte oder warum er überhaupt gewählt worden war. Nun ja, Letzteres ließ sich wohl einfach dadurch erklären, dass er der CSU-Kandidat war. Wie er das geworden oder wie lange er schon Bürgermeister war, wusste sie nicht. Sie würde Matthias danach fragen. Ein bisschen Hintergrundwissen konnte nicht schaden.

Sicher war jedenfalls, dass Politiker im Landkreis nicht zu den wirklich wichtigen Leuten zählten. Viel wichtiger – und vor allem viel beliebter – waren die Sportler. Christine allerdings erkannte die meisten davon nicht mal, wenn sie direkt vor ihr standen. Bis auf Georg Hackl, von dem hing nämlich ein großes Bild am Ortseingang von Bischofswiesen. Er war so eine Art Maskottchen des inneren Landkreises und nicht nur bekannt, sondern auch außerordentlich beliebt. Wann immer irgendwo ein Aushängeschild gebraucht wurde, stellte er sich zur Verfügung. Bei jedem Seefest gab er Autogramme, bei jedem Sportereignis beantwortete er die Fragen der Reporter, stand bei Faschingsumzügen auf Treckeranhängern und fungierte als Werbeträger, nicht nur wenn mal wieder eine Olympiabewerbung anstand, sondern auch für lokale Geschäfte. Und wenn es galt, Hochschwarzeck eine neue Rodelbahn zu bauen, dann stand da garantiert später ein Schild, dass Hackl Schorsch diese Bahn mitgeplant habe. Am Anfang seiner Karriere hatte man ihn im Fernsehen untertitelt, weil Norddeutsche sonst kein Wort verstanden hätten. Inzwischen schrieb er sogar Kolumnen und kandidierte für den Kreistag.

Um zehn war es Zeit für die Wochenlage, die wöchentliche Besprechung aller Oberärzte und Stationsleiter. Auf diesen Besprechungen ging es in erster Linie um neue oder schwierige oder wichtige Patienten, manchmal auch um neue Richtlinien oder Sparbefehle aus der Zentrale. Denn die Klinik gehörte zu einem großen Verbund, einem Gesundheitskonzern, wie sie immer stärker die Krankenhauslandschaft in Deutschland dominierten.

Die Filiale in der Schönau hatte jedoch durch die hohe Anzahl einheimischer Patienten gute Karten. Hier sprach sich alles sehr schnell herum, daher konnte man sich keine übertriebene Sparsamkeit leisten. Aus Kliniksicht war es außerordentlich günstig, dass die Berchtesgadener sich alle naselang bei diversen Sportarten Arme und Beine brachen, Kreuzbänder rissen und Wirbel verschoben. Viele waren schon zum dritten oder vierten Mal hier. Und kaum konnten sie wieder auf zwei Beinen stehen, ging es auch schon zurück an Felswände und auf Skipisten. Das Schöne war, dass die meisten ihre Verletzungen nicht weiter tragisch nahmen. Die gehörten einfach dazu. Deshalb war in der großen Sporthalle, wo man sich nachmittags nach den Anwendungen zum Training traf, oder auch in der Cafeteria oft Highlife.

Christine schaute in den Spiegel, der über dem Waschbecken in ihrem Büro hing, und versuchte, in ihre widerspenstigen, krausen roten Haare so etwas wie die Illusion einer Frisur zu bürsten. Dann machte sie sich auf den Weg zur Besprechung in den Verwaltungstrakt.

Dort gab es nicht viel Neues, außer dass Alois Seiler avisiert wurde, der Betreiber der Jennerbahn. Er lag noch im Kreiskrankenhaus. Anscheinend hatte er neben den Rippenbrüchen nur eine Gehirnerschütterung und diverse Platzwunden, die genäht wurden.

Natürlich wurde ihr auch Georg Zilinsky besonders ans Herz gelegt. Zum einen in seiner Eigenschaft als Multiplikator und Funktionsträger, zum anderen weil sie die Einzige in der Klinik war, die überhaupt etwas für ihn tun konnte. Er hatte ja keine physischen Verletzungen. Und weitere Psychotherapeuten gab es nicht. Sie war zwar Leitende Oberärztin und offiziell Leiterin der psychosomatischen Abteilung, aber das bedeutete nicht, dass es unter ihr weitere Spezialisten für Psychosomatik oder Psychotherapie gegeben hätte. In erster Linie ging es in dieser Klinik um die physische Wiederherstellung. Eine optimierte Psyche bekam man nur als Zuckerl obendrauf.

Christine sagte also zu, gleich am nächsten Tag einen Termin für Zilinsky freizuschaufeln und ihn ab da dreimal die Woche einzuplanen. Natürlich würde sie auch Alois Seiler bestens betreuen, wenn er denn anrückte. Viel mehr wurde nicht besprochen, und schon eine Viertelstunde vor ihrem Elf-Uhr-Termin war Christine wieder in ihrem Büro. Aus dem Fenster sah sie auf die Wiese, auf die letztes Jahr der Gleitschirmflieger gefallen war. Dahinter erhoben sich der Hohe Göll und das Skigebiet am Jenner.

Das alles kam ihr inzwischen sehr vertraut vor. Seit sie den Talkessel nicht mehr abends verließ, hatte sich einiges verändert in ihrem Verhältnis zu Berchtesgaden und den Berchtesgadenern. Nur die feinen Unterscheidungen, die hier zwischen den einzelnen Gemeinden – Berchtesgaden, Schönau am Königssee, Ramsau – gemacht wurden, waren ihr nicht zu eigen geworden. Für sie war das alles einfach Berchtesgaden, wie für die Urlauber auch.

Kein einziger Arzt in der Klinik stammte aus dem Landkreis. Nur einige Physiotherapeuten und viele der Schwestern. Natürlich gingen auch einige Einheimische nach dem Abitur studieren und kamen als Arzt oder Anwalt zurück. Und viele kamen zurück – sagte jedenfalls Matthias. Denn die Berchtesgadener zog es heim in die Berge, selbst wenn sie Städte wie

München, Berlin oder Buenos Aires kennengelernt hatten. Doch wie viele Akademiker brauchte man schon in Berchtesgaden? Es gab keine Hightech-Firmen, keine Verwaltungssitze, sondern nur ein paar kleine produzierende Unternehmen und den Tourismus. Und natürlich gab es Bürgermeister – nach Meinung mancher sogar viel zu viele Bürgermeister. Es hatte bereits eine Initiative gegeben, die Gemeinden des inneren Landkreises zusammenzulegen, um Verwaltungskosten zu sparen. Das Bürgerbegehren war jedoch abgeschmettert worden, wie nicht anders zu erwarten. Nur deshalb gab es überhaupt noch einen Bischofswieser Bürgermeister Zilinsky, über den sie so wenig wusste. Sie überlegte, ob sie Matthias anrufen sollte, um ihn nach Zilinsky zu fragen. Er war die verlässliche Auskunftsstelle für alles Mögliche und Unmögliche im Talkessel.

Das Telefon klingelte und riss sie aus ihren Überlegungen. Matthias war dran.

«Kannst du Gedanken lesen? Ich wollte dich gerade anrufen», sagte sie.

«Du weißt doch, alles ist mit allem verbunden. Und ganz besonders meine Gedanken mit dir. Was wolltest du denn?»

Diese esoterische Version der Quantentheorie hatte Christine schon öfter gehört, nicht nur von Matthias. Ihr Vater, der Physiker, rotierte wahrscheinlich in seinem Grab. Aber es gab Schlimmeres. Zum Beispiel Leute, die ihren Kindern Zuckerkügelchen gaben, anstatt mit ihnen zum Arzt zu gehen.

«Hast du ein paar Minuten Zeit? Ich wollte fragen, was du über Zilinsky weißt. Der ist nämlich gerade hier gelandet. Da dachte ich, ein bisschen Background könnte nicht schaden.»

«Zilinsky ist ein Lagerer», informierte Matthias sie.

Als werdende Einheimische konnte Christine mit diesem

Wort bereits etwas anfangen. Auf jeden Fall erklärte es den so unbayerischen Nachnamen des Bürgermeisters. Nach Kriegsende waren im Bischofswieser Ortsteil Winkl viele Flüchtlinge aus Böhmen untergekommen. Teilweise in bestehenden Kasernen, deren Bewohner sich ein paar Tage vor dem Einmarsch der Amerikaner in Luft aufgelöst hatten, teilweise in notdürftig errichteten Baracken, die inzwischen natürlich längst verschwunden waren. «Du meinst seine Eltern?», fragte sie.

«Ja natürlich. Er selbst ist wohl ungefähr so alt wie wir. Er ist verheiratet und hat zwei Kinder.»

«Ein ganz schöner Aufstieg – mit nichts hergekommen und jetzt Bürgermeister.»

«Wie man's nimmt. Ich glaub nicht, dass es besonders viele Kandidaten für den Job gegeben hat. Da braucht man nur bei der Freiwilligen Feuerwehr zu sein, im Trachtenverein und bei den Weihnachtsschützen, dass einen die Leute kennen, dann natürlich in der CSU, damit man überhaupt a Chance hat. Dann stellt man sich am Wochenmarkt hin und schüttelt jedem die Hand, schon ist man im Gemeinderat. Und irgendwann ist man Bürgermeister. Wer will denn schon Bürgermeister von Bischofswiesen sein?»

Da war sie wieder, die typische Animosität zwischen den einzelnen Gemeinden, die für Christine ein reiner Witz war. Konkret gefragt, behaupteten die Einheimischen zwar, es sei nur Spaß. Das behaupteten sie auch bei den allfälligen Österreicherwitzen, die den Ostfriesenwitzen in Christines Heimat teilweise bis aufs Wort glichen. Aber wie immer steckte irgendwo tief darunter eine vermeintliche Wahrheit, die sich durch ständige Wiederholung manifestierte. Im Gehirn bildeten sich entsprechende Verknüpfungen, und diese Assoziationen verfestigten sich mit jedem Aufruf, mit jeder Erwähnung, jedem Erzählen und jedem Hören. Die Sprache bestimmt das Bewusstsein.

«Alles klar, auf jeden Fall vielen Dank. Ich bin dann pünktlich zu Hause», sagte sie.

«Fein, aber bis dahin setzt du sicher noch ein paar gute Ursachen.»

«Selbstverständlich. Ich tu alles, damit ich im nächsten Leben eine Gämse werden darf», antwortete sie. Matthias verklärte ihre Tätigkeit. Christine selbst sah das viel kritischer und hatte ihm das auch schon öfter gesagt.

Hauptwachtmeister Franz Holzhammer war im Dienst, auch wenn ein Außenstehender das nicht unbedingt vermutet hätte, so wie er da im Eiscafé an der Seelände saß, einen Latte macchiato vor sich. Die italienische Familie, die das Café seit Jahren betrieb, hatte die maximal erlaubte Anzahl Tische auf den Platz direkt vor dem Ticketschalter und den Anlegestegen gestellt. Die runden Metalltische und die Stühle aus Kunststoffgeflecht verkleinerten den Platz, auf dem sich die Touristen bewegen konnten, sodass das Gedränge drum herum noch größer wurde.

Natürlich war Holzhammer im Dienst, auch wenn es ihm nicht im Traum eingefallen wäre, jetzt die Tische nachzuzählen oder zu kontrollieren, ob sie etwa irgendwo über die Markierungen hinausstanden. Nachdem er sich mühsam in einen Korbstuhl gezwängt hatte, verbreitete er rein passiv Ruhe und Ordnung und vermittelte den Urlaubern aus aller Welt hoffentlich ein Gefühl der Sicherheit. Ob dies der Fall war und ob er umgekehrt eventuell anwesenden auswärtigen Taschendieben ein Gefühl der Unsicherheit vermittelte, konnte er nur mutmaßen. Bei den einheimischen Spitzbuben wusste er allerdings genau, dass sie Respekt vor ihm hatten.

Seit kurzem wurden auf die Schiffsfahrkarten Fahrtnummern und Abfahrtszeiten aufgedruckt, sodass sich für die Touristen ein Drängeln am Steg erübrigte. Man kam sowieso nur auf das Schiff mit der entsprechenden Fahrtnummer. Natürlich hatte diese Regelung auch den wichtigen Vorteil, dass Gäste, die erst in einer Stunde fahren durften, diese Zeit nicht mit Schlangestehen verbringen mussten, sondern herumwandern und ihr Geld in den Andenkenläden in Kitsch investieren konnten.

Holzhammer war nicht zufällig an der Seelände. Er hatte vielmehr von seinem allseits unbeliebten Chef den Auftrag erhalten, die Schiffer zu befragen, ob ihnen am Samstag bei der Überfahrt der diversen Großkopferten irgendetwas aufgefallen war. Natürlich waren die Promis nicht Linie gefahren, sondern hatten ein eigenes Schiff gehabt. Sie hatten sich also nicht zum hundertsten Mal das berühmte Echo anhören müssen.

Die Schiffer, die Holzhammer befragen sollte, waren gerade losgeschippert, als er an der Seelände angekommen war. Und statt das Polizeiboot zu bemühen, hatte er dies als Wink des Schicksals genommen, eine gemütliche Zeit an der belebten Seepromenade zu verbringen. Die Temperatur war angenehm, es war in der Sonne nicht mehr zu heiß, ein leichtes Lüftchen wehte – ideales Bergwetter. Die Berghütten würden diesen Herbst ein gutes Geschäft machen, ebenso die Jennerbahn und die Königsseeschifffahrt. Anfang November würde alles für vier Wochen in eine Art Zwischensaisonstarre verfallen, mit geschlossenen Restaurants und abgeschalteter Jennerbahn. Bis dann zur Adventszeit das touristische Leben wieder erwachte.

Holzhammer beobachtete die Urlauber. Da waren die Japaner, die von oben bis unten in Funktionskleidung gehüllt waren, mit der man gut und gern einen Sechstausender besteigen konnte. Damit fuhren sie jetzt zur Salet und wanderten maximal bis zum Wasserfall, der vermutlich um diese Jahreszeit nach der langen Schönwetterperiode komplett ausgetrocknet war. Auch deutsche Großstädter liefen in Dreilagenjacken herum. Landgefühl für Städter. Oder das Gefühl «Ich könnte, wenn ich nur wollte». Jede Expedition zu Aldi ein echtes Abenteuer.

Wie Holzhammer so dasaß, kam er nicht umhin, auch zahlreiche Hosen samt Inhalt zu begutachten, denn sein Blick war genau auf Hinternhöhe. Mehrere hübsche weibliche Exemplare spazierten vorbei, rund, aber nicht zu rund – die engen Beinkleider standen ihnen prächtig. Er registrierte das, wie er im Garten einen niedlichen Vogel registriert hätte, ganz nebenbei und ohne den Wunsch, ihn näher kennenzulernen oder gar anzufassen. Ja, diese Hosenträgerinnen standen ihm etwa so fern wie eine Kohlmeise.

Geräuschlos schwebten die weißen Boote heran. Nur beim Anschlagen am Steg machten sie manchmal ein kleines, dumpfes Geräusch. Schon seit 1909 fuhren sie mit Elektromotoren, sodass kein Maschinengeräusch die Stille und das Plappern der Touristen störte.

Die ziemlich laute Stille störte dann Holzhammers Handy. «Ich habe Ihnen gerade das Laborergebnis gemailt, wollte nur noch kurz Bescheid sagen», tönte es hochdeutsch aus München.

«Lassen Sie mich raten», antwortete Holzhammer trocken, «die Fasern stammen von einer schwarzen Jacke der Firma Mammut.» Die Chancen betrugen sechs zu zwei.

«Äh, ja, Sie haben den Täter also schon?»

«Eben nicht, leider. Fast alle trugen die gleiche Jacke.»

«Na, was für ein Zufall. So ein Pech.»

Holzhammer verabschiedete sich, ohne den Münchner darüber aufzuklären, dass der Zufall jetzt nicht so wahnsinnig groß gewesen war, wenn man die örtlichen Bekleidungsgewohnheiten kannte.

Er wusste genau, wer mit dieser Nachricht aus dem Kreis der möglichen Täter ausschied: Max Saumtrager und Alois Seiler. Der Max hatte aber sowieso keine Aktien in der ganzen Sache drin. Dem konnte es völlig egal sein, wo der DSV in Zukunft trainierte. Er hatte den Job seines Lebens schon gefunden, und zwar im Bergsportgeschäft in Berchtesgaden. Warum er überhaupt bei der Tour dabei gewesen war, war Holzhammer inzwischen auch klargeworden. Man hatte ihn als Führer mitgenommen. Das war nämlich das Einzige, was Holzhammer ohne jeden Zweifel über die Reihenfolge der Wanderer herausbekommen hatte: Max war vorangegangen. Er war schon am Einstieg zum Kleinen Teufelshorn gewesen, als zwischen den Hörnern der Unfall passierte. Da er somit nicht der Mörder sein konnte, wurde er im Grunde zum einzigen Zeugen, auf den man sich halbwegs verlassen konnte.

Den anderen Nicht-Mammut-Träger wollte Holzhammer nicht so schnell vom Haken lassen: Alois Seiler. Der konnte dreimal selber abgestürzt sein und die falsche Jacke angehabt haben – Holzhammer mochte ihn nicht. Und er traute ihm nicht.

Und noch eins wurde Holzhammer beim Latte macchiato an der Seelände bewusst: Er wollte gern mit Christine sprechen. Die bekam den Seiler ja demnächst frei Haus geliefert. Und Zilinsky mit seiner weichen Birne war eh schon in ihren Händen. Ja, wenn er mit den Schiffern gesprochen hatte, würde er sich mit Christine beraten.

Mit Seiler hatte er immer noch nicht sprechen können, der Stationsarzt im Krankenhaus hatte es wegen der Gehirnerschütterung verboten und ihn auf morgen vertröstet.

Schließlich legte das Boot mit seinen beiden Zeugen an. Über Funk hatten sie schon erfahren, dass Holzhammer auf sie wartete, und so kamen sie gleich an seinen Tisch. Die Schiffer waren ziemlich entspannte Typen, denn ihre Arbeitsplätze bei der Königsseeschifffahrt waren sicher und stellten fast so etwas wie eine Erbpfründe dar. Da kam man von außen kaum herein.

Ja, sie hatten die Gruppe zur Salet gefahren, mit dem kleinsten Schiff der Flotte, und zwar Freitagnachmittag gegen vierzehn Uhr, sie waren also gegen vierzehn Uhr dreißig an der Salet gewesen. Der Aufstieg zur Wasseralm war für Geübte eine Sache von zweieinhalb Stunden, sodass jede Menge Zeit blieb, die Alm zu erreichen, sich einzurichten, zu kochen und dann zum gemütlichen Teil überzugehen.

«Ist euch denn bei die Leut nix aufgefallen?», fragte Holzhammer. «Haben die gestritten, hat einer besonders bös geschaut, war einer besonders z'wider? Worüber haben die g'redt?»

«Na ja, gut Freind warn's ned alle», sagte der ältere Schiffer. Der jüngere nickte dazu. Beide trugen ein weißes Hemd und eine blaue Hose.

«Wer jetzt – geht's etwas genauer?», fragte Holzhammer.

«Die Ehepaare ham halt gestritten», volontierte der jüngere Schiffer.

«Wie, miteinander oder gegeneinander?»

«Ein jeder mit der Seinigen», antwortete der Ältere.

Zumindest schien es sich um eine gesicherte Information zu handeln. Auch wenn es nicht besonders interessant war. Eher gelangweilt fragte Holzhammer weiter: «Und um was ging es da wohl?»

«Also der Seiler und sei Frau, die ham über Geld g'redt. Und gestritten», sagte der Jüngere.

«I hob ned so vui mitkriagt, i war am Ruder», sagte der Ältere.

«Der Stranek und sei Frau, die haben sich mehr so angeschwiegen. Und ab und an kam die Giftspritze, mal von eam, mal von ihr», erklärte der Jüngere weiter. «Ich glaub nicht, dass die ein spezielles Thema hatten. Die ham sich einfach ned mehr mögen.»

«Und der Zilinsky und der Seiler oder der Gössl und der Stranek, die ham nix g'sagt? Ned gestritten?»

«Ned wirklich, ned dass i wüsst.»

«Ist euch sonst noch was Interessantes aufgefallen? Denkt's halt nach.»

Beide Schiffer legten demonstrativ für eine Sekunde den Kopf schief. Dann schüttelten sie synchron die Häupter.

«Guad, dann war's des. Dank euch schön», entließ Holzhammer die beiden Zierden der bayerischen Seenschifffahrt. Die zwei stapften zurück zu ihrem Schiff. Der Ältere ging ans Ruder, der Jüngere blieb auf dem Steg stehen und öffnete die Kette, hinter der sich bereits die Passagiere der nächsten Fahrt versammelt hatten.

Holzhammer zahlte. Aber er blieb noch einen Moment sitzen. Er wollte den Moment hinauszögern, in dem er wieder die Anwesenheit seines Chefs ertragen musste.

Dr. Klaus Fischer, Leiter der Polizeiinspektion Berchtesgaden wider Willen, saß an seinem Mahagonischreibtisch und dachte über sein trauriges Schicksal nach. Immer noch saß er in diesem Kuhdorf fest, während in München die Karriere an ihm vorbeilief.

Letztes Jahr hatte er zu spät reagiert und diese Scharte später nur mühsam auswetzen können. Diesmal wollte er nichts versäumen, selbst wenn er dabei einigen Lokalgrößen auf die Füße trat. Im Gegenteil, das würde man ihm in München als Courage anrechnen, so wie die Dinge momentan liefen. Nein, diesmal würde er nichts unversucht lassen. Äußerst praktisch war natürlich, dass der Täterkreis exakt auf die Teilnehmer der Bergtour begrenzt war. Das bedeutete, er konnte nichts falsch machen, wenn er diese Leute unter Druck setzte. Niemand konnte ihm vorwerfen, in eine falsche Richtung ermittelt zu haben. Es gab nur diese eine Richtung.

Es klopfte, und Hauptwachtmeister Holzhammer trat ein. Fischer konnte den Einheimischen immer noch nicht so richtig einordnen. Ihm dämmerte inzwischen, dass unter der kugelförmigen Oberfläche und dem schweren Dialekt eine ganze Portion Hirn verborgen war. Aber so richtig greifen ließ sich das nicht. Immerhin, der Hauptwachtmeister hatte den erteilten Auftrag ordnungsgemäß ausgeführt und bei den Schiffern ermittelt. Allerdings nichts Weiterführendes herausgefunden. Und was wollte er jetzt noch?

«... habe ich mir überlegt, dass es vielleicht gut wäre, unsere zwei Kandidaten in der Reha-Klinik a bisserl zu beobachten, also äh, beobachten zu lassen.»

«Zu lassen?»

«Ja, ich hab mir gedacht, die Christine könnte den beiden doch ein bisschen auf den Zahn fühlen. Wenn die zu ihr in die Sprechstunde kommen. Die ist doch quasi für so etwas ausgebildet.»

Holzhammer war anzuhören, dass er sich der Delikatesse seiner Idee bewusst war. Und leider wusste Dr. Fischer auch, wieso. Der Polizeichef hatte sich nämlich letztes Jahr einen etwas unrühmlichen One-Night-Stand mit der Ärztin geleistet – just an jenem Tag, an dem sie von ihrem damaligen Mann verlassen worden war. Eine Glanzleistung, auf die er nicht stolz war. Obwohl Christine später niemals etwas gesagt hatte, wusste er genau, dass sie es ihm übelnahm, ihre akute Anlehnungsbedürftigkeit ausgenutzt zu haben. Im Gegenzug hatte sie dann ihre Kompetenzen meilenweit überschritten. Aber am Ende hatte sie tatsächlich zur Aufklärung des Falles beigetragen. Darum stimmte Fischer zu. Es war unorthodox, Christine in die Ermittlungen einzuspannen, es war möglicherweise sogar gegen irgendwelche Dienstvorschriften. Aber es konnte helfen. Und wie war das damals mit Helmut Schmidt während der Sturmflut in Hamburg gewesen – der hatte nicht nur seine Kompetenzen überschritten, der hatte sogar ungefragt die Armee in Marsch gesetzt. Und am Ende war er der Held gewesen. Das war fünfzig Jahre her, aber es hatte sich in Beamtenkreisen bis nach Bayern herumgesprochen. Es kam nur darauf an, dass auch wirklich das richtige Ergebnis herauskam. Und genau das war das Problem – das konnte man eben meistens nicht voraussehen. Außer in diesem Fall. Egal, ob sich ein Verdacht gegen einen der beiden ergab oder im

Gegenteil ausgeschlossen werden konnte – beides diente der Aufklärung. Also!

«Ja, von mir aus. Aber mach das diskret. Keine Besprechungen in der Klinik, keine Besprechungen in der Dienststelle. Und sie soll auch nichts in ihren Patientenakten vermerken.»

«Is scho recht.» Damit machte Holzhammer kehrt und verschwand.

Für wie blöd hielt ihn dieser Saupreiß eigentlich, fragte sich Holzhammer draußen auf dem Gang der Polizeidienststelle. Aber Hauptsache, er hatte zugestimmt. Jetzt konnte er ganz offiziell-inoffiziell mit Christine über den Fall reden. Er rief sie gleich auf dem Handy an.

«Grüß dich, Christine, hier ist die Staatsgewalt.»

«Hallo, Franz, was gibt's?»

«Ja, hättest du was dagegen, diesmal mit dem Segen von oben ein bisschen zu schauen? Oder machst du das nur, wenn es verboten ist?»

Christine wusste, worauf Holzhammer anspielte. Und ihr war auch klar, warum er anrief. «Sagen wir mal so, bei lebenden Patienten hab ich natürlich ein Arztgeheimnis zu wahren.»

«Stimmt, das gibt's ja auch noch. Aber sag, können wir das vielleicht persönlich besprechen? Und zwar halbwegs privat?»

Christine kam eine Idee: «Nur wenn du mit mir auf den Kehlstein gehst.» Sie hatte es nämlich nicht geschafft, Matthias dazu zu überreden. Und sie hatte so etwas wie Torschlusspanik, was das Ende der Bergsaison betraf. In die letzten schönen Tage wollte sie so viele Berge wie möglich packen. Und wenn es nur eine kleine Nachmittagstour war. Für Samstag hatte sie sich schon den Grünstein-Klettersteig vorgenommen. Und für den Feiertag am Montag noch eine letzte, größere Tour – wenn das Wetter irgendwie mitmachte.

«Gehen sicher ned. Und auffi fahren kann ich da nur mit Blaulicht, das wär das Gegenteil von unauffällig.» Die Kehlsteinstraße war nicht für den allgemeinen Verkehr freigegeben, da durften nur die Busse fahren. Holzhammer überlegte. «Aber wie wäre es mit dem Jenner, da komm ich mit der Seilbahn hin. Du kannst ja auffi gehen, mir treffen uns oben. Vielleicht gibt's da sogar noch was Interessantes zu erfahren.»

«Gute Idee», antwortete Christine. «Wie eilig ist es denn? Ich hätte morgen Nachmittag frei.»

«Das langt schon, auf einen Tag kommt's ned an. Es besteht ja keine Fluchtgefahr. Und diesmal auch ned die Gefahr von weiteren Toten. Vermutlich.»

So verabredeten sie sich für den nächsten Tag auf der Terrasse des Bergrestaurants am Jenner. Christine würde zu Fuß hinaufgehen, Berghammer mit der Seilbahn fahren. Dann hatte er auch noch genug Zeit, vorher bei Alois Seiler im Krankenhaus vorbeizuschauen. Wenn die Ärzte ihn endlich zu dem Menschen ließen.

# 4

Dienstagvormittag. Holzhammer hatte gut geschlafen, gut gefrühstückt und dann mehr oder weniger gut an seinem Schreibtisch etwas Papierkram erledigt. Er sah auf die Uhr und rechnete vom ausgemachten Treffen mit Christine zurück. Ja, man konnte guten Gewissens sagen, dass er jetzt dringend losmusste. Er wollte ein Stück Landschaft zwischen sich und die Dienststelle bringen, bevor Fischer auftauchte und ihn nach Ermittlungsergebnissen löcherte, die er nicht hatte.

Er war extra nicht in Uniform zum Dienst erschienen, denn das Treffen sollte ja inkognito erfolgen. Und zum blöden Seiler konnte er mit oder ohne Uniform, der wusste, wer Franz Holzhammer war. Er lenkte seine Schritte zum Dienstwagen und diesen dann Richtung Krankenhaus. Tatsächlich hatte er diesmal keine Schwierigkeiten, zu dem Seilbahnbetreiber vorgelassen zu werden. Die Frau an der Pforte nannte ihm, ohne zu zögern, eine Zimmernummer im dritten Stock. Holzhammer nahm natürlich den Fahrstuhl.

Er kannte sich im Krankenhaus aus – nicht nur wegen der etwas illegalen Aktion, die er letztes Jahr mit Christine im Keller durchgezogen hatte. Er hatte auch selbst schon in einem der Betten gelegen. Damals hatte die gestrenge Schwester Lambertis noch hier gewirkt. Jahrzehntelang war die Ordensfrau als Oberschwester tätig gewesen. Sie hatte Tausende Berchtesgadener gepflegt. Jeder kannte sie, jeder mochte sie, und jeder fürchtete sie. Denn wenn es um die Genesung ging, verstand Schwester Lambertis keinen

Spaß. Wer seine Übungen nicht machte oder seine Tabletten nicht regelmäßig und pünktlich nahm, der bekam ihren ungefilterten biblischen Zorn zu spüren.

Holzhammer hatte damals mit einem Spezi zusammen auf einem Zimmer gelegen, beide mit Sportverletzungen. Damit es etwas lustiger wurde, hatten sie sich von einem dritten Spezi mit einem Tragerl Bier versorgen lassen, obwohl Alkohol im Krankenhaus strengstens verboten war. Dann war Schwester Lambertis zum Bettenmachen hereingekommen. Und während sie so schön die Kissen aufschüttelte, war eine volle Bierflasche unter dem Bett hervorgerollt. Holzhammer und sein Kollege hatten einen Riesenschreck bekommen, sie dachten beide, dass sie jetzt rausfliegen würden. Aber was hatte Schwester Lambertis getan? Sie hatte gefragt, ob sie das Bier nicht besser im Schwesternkühlschrank kalt stellen solle. Ja, Schwester Lambertis hatte gewusst, was ein Berchtesgadener zur Genesung brauchte.

Der Lift war angekommen, und die Türen glitten mit dem typischen Liftgeräusch auseinander. Holzhammer hörte Stimmengewirr. Was war denn da los? Eine Zimmertür stand weit offen. Genau die Tür, die er suchte. Grelles Licht schien aus dem Zimmer. Sehr merkwürdig. Holzhammer pirschte sich näher heran und spähte um die Ecke. Da stand ein Scheinwerfer im Zimmer. Und ein Beleuchter. Und ein Reporter mit einem Mikrophon mit einem BR-Aufkleber. Außerdem noch der rasende Reporter von Radio Untersberg, das jetzt Bayernwelle SüdOst hieß. Der Fernsehmann vom Bayerischen Rundfunk interviewte gerade Alois Seiler, und der Radiomann hielt sein Mikrophon auf Verdacht in die gleiche Richtung.

Das war ja wieder große Klasse. Gestern hatte Holzhammer noch nicht zu ihm gedurft, und jetzt war die Presse vor ihm da. Und wieso eigentlich? Holzhammer zog seine Nase zurück. Da die Reporter Seiler fixierten und Seiler die Kamera, hatte ihn noch niemand bemerkt. Er stellte sein Diktiergerät an und hielt es Richtung Krankenzimmer.

Das war die Geschichte, die Seiler den Reportern aufband: Holger Stranek war direkt vor ihm gegangen und plötzlich gestolpert. Und zwar an einer eigentlich einfachen Stelle, nämlich dem Teufelshornnieder, dem Sattel zwischen den beiden Teufelshörnern. Dort konnte man eigentlich ganz bequem gehen, aber man sollte halt nicht zur Seite wegkippen. Seiler hatte Stranek stolpern sehen und war geistesgegenwärtig zu ihm hingesprungen. Stranek war dann gefallen, Seiler hatte zwar noch seine Jacke zu fassen gekriegt, ihn aber nicht halten können. Und durch den Zug an seiner Jacke habe er selbst das Gleichgewicht verloren. Er sei dann seitlich weggerutscht, habe verzweifelt versucht, sich mit den Händen irgendwo festzukrallen. Nach einigen Metern habe er auch tatsächlich irgendwas zu fassen bekommen, sei dann noch mit dem Kopf auf einen Stein geschlagen und im gleichen Augenblick insgesamt an einem Vorsprung hängen geblieben. Daher die Kopfverletzung und die Rippenbrüche.

Da hatte Holzhammer seine Aussage. Die er natürlich keinen Moment glaubte. Im Grund konnte er jetzt gehen, Seiler würde ihm nichts anderes erzählen als den Reportern. Schon gar nicht, solange die noch da waren. Möglichst leise stapfte er zurück zum Fahrstuhl. Das fehlte noch, dass er ebenfalls interviewt wurde. Außerdem würde Fischer ihm den Hals umdrehen, wenn er statt seines Chefs den Kopf in eine Kamera hielt. Das war Fischers Domäne. Interviewt zu werden war für seinen Chef wahrscheinlich besser als Sex.

Holzhammer fuhr direkt weiter zur Jennerbahn. Er hatte

noch etwas Zeit, daher ließ er sich in dem kleinen Laden gegenüber von der Talstation eine lecker belegte Semmel herrichten. Damit setzte er sich auf die Bank vor den Laden. Mit Blick auf die Talstation hing er seinen Gedanken nach.

Es dauerte nicht lange, da bekam er Gesellschaft von drei Herrschaften aus den neuen Bundesländern. Die kauften nichts im Laden, sondern setzten sich gleich auf die Bank. Es wurde eng. Holzhammer sah sich aber nicht veranlasst, sich dünn zu machen – zumal er dazu genau genommen gar nicht in der Lage war.

Da er in der Mitte saß, lief das Gespräch über ihn hinweg. Und so bekam er mit, dass die drei ebenfalls mit der Seilbahn auf den Jenner fahren und dann zu Fuß herunterlaufen wollten. Thema waren die teuren Tickets für die Bergbahn und die Schwierigkeit des Abstiegs.

Holzhammer wusste zufällig, dass Berchtesgaden von irgendeiner großen Zeitung erst kürzlich das Prädikat «besonders günstig» bekommen hatte. Verglichen mit dem benachbarten Österreich sowieso, aber auch mit deutschen Alpenorten wie Garmisch. Und was die Schwierigkeit des Abstiegs vom Jenner betraf, so handelte es sich um breite, flache Wege.

Dezent warf er einen Blick auf das Schuhwerk seiner Banknachbarn. Das konnte allerdings ein Problem werden. Zwei der drei trugen sogenannte Trekkingsandalen. Wieder einmal fühlte Franz Holzhammer sich darin bestätigt, alle Touristen für geistig minderbemittelt zu halten, bis sie im Einzelfall in der Lage waren, schlüssig das Gegenteil zu beweisen. Diese Sandalen waren auf ebenem Untergrund bestimmt ganz toll, aber Berge waren nun mal schief. Da wollte man keine Schuhe, in denen man meterweit herumrutschte und überall

Steinchen hineinbekam. Vielleicht sollte er doch was sagen, sonst war er nachher Schuld, wenn Berchtesgaden in schlechter Erinnerung blieb, wegen blutiger Haxen.

Er deutete auf das Paar Kunststofftreter direkt neben sich und sagte: «Die Sandalen san aber ned ideal zum obigehn.»

«Doch, dö sönd för Börgduren böstöns geeignöt, höt dör Vörköfer gesögt», antwortete die Trägerin.

«So, und welchanes Berchtesgadener Geschäft hat Ihnen die Strandpatschen als Bergschuhe verkauft?», fragte Holzhammer.

«Nein, nicht hier, bei uns in Leipzig.»

Na wunderbar. Im Bewusstsein, sein Möglichstes getan zu haben, erhob sich Holzhammer und schritt hinüber zur Seilbahn.

Christine hatte ihr Büro pünktlich zugesperrt und auf der Kliniktoilette Kostümwechsel gemacht. Wie Superman in der Telefonzelle, dachte sie. Aber sie hatte kein blaues Cape übergestreift, sondern Rock und Bluse gegen Berghose und Funktionsshirt getauscht. Die Bergstiefel konnte sie noch nicht anziehen, weil es sich damit schlecht Auto fahren ließ.

Christine fuhr Richtung Hinterbrand, als vor ihr plötzlich ein Schild auftauchte: «Straße gesperrt wegen Asphaltierungsarbeiten». Christine überlegte. Sollte sie das Schild ernst nehmen? Schon öfter hatte sie mitbekommen, dass Warnschilder nur für Touristen zu gelten schienen – jedenfalls nach Überzeugung der Einheimischen. Was zum einen damit zusammenhing, dass der durchschnittliche Einheimische sich dem durchschnittlichen Gast in Sachen Geländegängigkeit überlegen fühlte. Stand irgendwo ein Schild mit der Aufschrift «Vorsicht Lebensgefahr!», «Abgerutschter Steig!» oder «Durchgang verboten!», dann wurde es von den meisten Berchtesgadenern ignoriert, weil sie der Meinung waren, dass an dieser Stelle aufgrund besserer Technik für sie eben keine Lebensgefahr bestand. Doch auch Wegsperrungen aus anderen Gründen wurden gern ignoriert. Ob Holzfällerarbeiten oder gar Sprengungen. Es musste ein tief verwurzelter Widerwille gegen jegliche Art von Gängelung sein, die den Berchtesgadener erhobenen Hauptes an solchen Schildern vorbeigehen oder -fahren ließen. Angeborener Anarchismus. Im Grunde fand Christine das sympathisch – wobei sie selbst natürlich niemals an einem Schild «Vorsicht Sprengarbeiten» vorbeigelaufen wäre, nicht einmal an Feiertagen oder nachts.

Aber jetzt – Asphaltierungsarbeiten? Voll assimiliert, fuhr Christine einfach weiter. Bald tauchte ein weiteres Schild auf. Diesmal stand es mitten auf der schmalen Straße: «Durchfahrt gesperrt wegen Asphaltierungsarbeiten». Doch Christine hatte inzwischen der Ehrgeiz gepackt. Das wollte sie doch mal sehen. Sie atmete tief aus, damit das Auto schmaler wurde, und wand sich um das Schild herum.

Auf ihrer rechten Schulter saß so etwas wie das schlechte Gewissen aus der alten Waschmittelwerbung und schimpfte. Auf der linken Schulter saß die werdende Berchtesgadenerin in ihr und grinste breit. Noch ein Schild stand auf der Straße – wieder fuhr sie drum herum, ohne im Abgrund zu landen. Schließlich traf sie auf diverse Straßenbaufahrzeuge, die in einer Ausweichbucht geparkt waren. Dort stand auch ein teerverschmierter Mann in Orange und winkte bremsend mit der Hand. ‹Oha›, dachte Christine, ‹jetzt hab ich es doch zu weit getrieben mit der Anarchie›, und rechnete fest mit einer bayerischen Schimpftirade. Sie kurbelte die Scheibe runter, um den Rüffel und die Order zum Umkehren in Empfang zu nehmen.

«Fahr langsam, da hinter der Kurve stengen's» war jedoch das Einzige, was der Teermann zu ihr sagte. Christine hatte inzwischen ein BGL-Nummernschild, und sie hatte den Mund nicht aufgemacht. Nur so hielt man sie für eine Einheimische – und duzte sie entsprechend.

Christine bog langsam um die Kurve. Dort standen einige Arbeiter und ein großer Lastwagen mit Teer. Fast sah es so aus, als wäre es unmöglich, an dem großen Fahrzeug vorbeizukommen. Aber der erste Teermann hatte gesagt, sie solle fahren. Also fuhr sie. Die Truppe trat bereitwillig beiseite. Dann lief ein Arbeiter vor, um sie per Handzeichen dirigieren zu können. Da der alte Asphalt bereits abgetragen war, musste sie zwischen einem sehr hohen Bordstein und dem Laster hindurchzirkeln. Ihr rechter Außenspiegel glitt in drei Zentimeter Entfernung am Teerwagen vorbei. Als sie durch war, rief einer der Straßenarbeiter: «Bestanden!»

Christine winkte den Männern und fuhr weiter die gesperrte Straße hinauf. Sie fühlte sich heldenhaft und dazugehörig. Bald kam sie am Gasthof Vorderbrand vorbei und erreichte schließlich den großen Parkplatz am Hinterbrand, auf Höhe der Mittelstation der Jennerbahn. Von hier starteten die meisten Wanderer, die nicht mit der Seilbahn aus dem Tal kamen. Diese Straße auf rund 1100 Meter Seehöhe war während der NS-Zeit ausgebaut worden, ebenso wie die heute mautpflichtige Rossfeld-Ringstraße. Es hatte sogar Pläne gegeben, eine Straße quer durchs Steinerne Meer zu bauen. Dann würde es da oben heute zugehen wie an der Glocknerstraße. Christine stellte sich hupende Autos und röhrende Motorräder am Funtensee vor. Das war ja gerade noch mal gutgegangen.

Sie parkte und zog die Bergschuhe an. Früher hätte sie «Stiefel» gesagt. Aber Bergstiefel hießen nun mal Bergschuhe. Genauso wie Beine Füße hießen. Im Bayerischen ging der Fuß bis zum Hintern. Diese Tatsache hatte zwischen Matthias und ihr anfangs zu manch einem Missverständnis geführt.

Vom Parkplatz ging es auf einem breiten Weg fast horizontal bis zur Skipiste, die jetzt im Sommer natürlich Alm war. Sobald man aus dem Wald trat, hatte man einen prächtigen Blick auf den Watzmann sowie auf eine vegetationslose, von Raupenspuren zerfurchte, schlammige Fläche unterhalb des Weges. Die Spuren der sogenannten Geländeanpassung, die mit dem Ausbau der Beschneiungsanlage einherging. Man egalisierte die Skiabfahrt, Löcher wurden aufgefüllt, Erhebungen eingeebnet. In den letzten Wochen hatten sie in der Schönau manchmal sogar das Grollen von Sprengungen gehört. Die Maßnahme wurde als Dienst am Kunden verkauft, der Jenner würde einfacher zu befahren und damit familienfreundlicher werden. In Wirklichkeit diente die Einebnung jedoch vorrangig einem anderen Zweck – dadurch war nämlich viel weniger Schnee notwendig. Wenn es keine Bodenwellen gab, reichten 30 Zentimeter gut festgewalzter Schnee. Ließ man den Berg so uneben, wie er nun mal war, brauchte man mindestens das Doppelte, um komfortablen Skilauf zu ermöglichen. Geländeanpassung hieß jedenfalls: Das Gelände wurde an die Bedürfnisse der Menschen angepasst. Rot-weißes Absperrband flatterte im Wind.

Christine bog auf den Steig über den Krautkaserhang ein. Der Steig lief neben der Alm empor. Wenn der DSV an den

Jenner wechselte, würde hier ein modernes Trainingsgelände entstehen.

Noch grasten Kühe auf der zukunftsträchtigen Wiese, bergauf, bergab waren bunt gekleidete Touristen aller Altersstufen unterwegs. Als Christine hoch genug war, konnte sie zu Füßen des Watzmanns ein Stück vom Königssee sehen, der heute in seiner typisch grünen Färbung schimmerte.

Nach eineinhalb Stunden war sie an der Bergstation, die ein Selbstbedienungsrestaurant beherbergte. Als sie auf die Terrasse mit den Biertischen trat, sah sie Holzhammer bereits an der Brüstung stehen. Er blickte nach Süden auf die Gipfel des Steinernen Meeres. Durch die niedrige Luftfeuchtigkeit herrschte perfekte Sicht. Neben Holzhammer saß eine Bergdohle auf dem Geländer. Die spähte genau in die andere Richtung, auf die Currywurst eines Gastes.

Christine trat neben Holzhammer an die Brüstung. Sie begrüßten sich und gingen dann schweigend ein paar Schritte den Weg entlang, damit nicht mehr so viele Ohren um sie herum waren.

«Erlebnisberg Jenner», sagte Holzhammer.

«Mir ist das hier Erlebnis genug», antwortete Christine und machte eine umfassende Handbewegung vom Schneibstein übers Steinerne Meer bis hin zum Watzmann.

«Auf jeden Fall ist es koan Mord wert», sagte Holzhammer, um auf den Punkt zu kommen.

«Allerdings. Es ist also sicher Mord gewesen?», fragte Christine.

«Ja, des ham die Spuren eindeutig ergeben», sagte Holzhammer. «Mir wissen, dass der Stranek sich in a Joppn krallt hat, bevor er obi gefallen ist. Das bedeutet, er wurde gestoßen oder dass es zumindest ein Handgemenge gab. Wobei, i dad scho sog'n, dass wenn man auf so einer Tour ein Handgemenge anfängt, dann weil man will, dass einer fällt. Des ist kein Gelände, wo man zum Spaß rauft.» Holzhammer kannte den Übergang zwischen den Teufelshörnern sehr wohl. Es war zwar lange her, dass er oben gewesen war, aber solche Eindrücke vergaß man nicht.

«Und wie kann ich dir nun helfen?», fragte Christine.

«Mei, so genau kann ich das gar ned sagen», antwortete Holzhammer. «Des Problem ist halt, fast alle hatten die gleichen Joppen an. Bloß ausgerechnet der Seiler nicht. Der kommt also nach der Spurenlage als Täter ned in Frage. Aber er ist der Einzige, dem ich des ohne weiteres zutrauen dad.»

«Und ich soll dir helfen, ihm trotzdem was am Zeug zu flicken? Das ist aber ein bisschen merkwürdig, findest du nicht?» Christine fand das sogar ziemlich merkwürdig.

«Nein, so war das ned gemeint. Aber sieh mal, wieso ist er dann auch gefallen? I kimm direkt von seinem glorreichen Krankenbett. Vorher wollten sie mich ned zu eam lassen. Und ich sag dir, der lügt. Weißt du, was der sagt? Helfen wollt er! Er hat sich sogar Journalisten ans Krankenbett bestellt, um denen seine Heldentaten aufs Aug zum drücken. Er schildert des a so: Der Stranek ging vor ihm und bekam auf einmal Probleme. Schwindel, Angst oder sonst was. Der Seiler sieht, dass der Stranek schwankt, und springt hin, um ihn zu halten. Er kommt aber zu spät, der Stranek fällt. Und der Seiler fällt a. Aber nur a bissl. Sei heldenhaftes G'schichtl passt bloß ned zu unserer Erkenntnis, dass der Stranek Faserspuren unter die Fingernägel hatte. Und zwar eben grad ned von der Jacke vom Seiler.»

«Was hatte der Stranek denn für eine Jacke an?», fragte Christine.

«Oiso, der hatte auch eine Mammut, wie die meisten. Aber man krallt doch ned in sei eigene Joppn eini.»

«Also da wage ich zu widersprechen. Wenn man fällt und plötzlich keinerlei Halt mehr hat und außerdem den Tod vor Augen, dann kann es schon sein, dass man sich in so einer Art Schreckstarre an sich selbst festkrallt.» Christine blickte auf die friedlich und stoisch daliegenden Berge ringsum. Ob es öfter vorkam, dass Morde als Bergunfall getarnt wurden?

«Also, wenn du mi fragst und a wenn du mi ned fragst, die Sache stinkt gewaltig», erwiderte Holzhammer. «Da hat der Fischer schon recht. Denn wenn der Seiler den Stranek gar nicht mehr erreicht hat, der sich ned an eam festkrallt hat und so weiter, wieso ist der Seiler dann a gestürzt? Kannst du mir das bittschön erklären?»

«Keine Ahnung, vielleicht in der Hast und dann noch der Schreck, als er den anderen fallen sah. Da hat er selbst den Halt verloren und ist hinterhergesegelt.»

«Geh! So ähnlich schildert er das zwar auch, aber das glaubt doch kein Mensch. Der Seiler als Held, ja leck mich.»

«Besonders objektiv bist du ja nicht gerade», konstatierte Christine.

«Na, dafür kenn ich die Leut zu gut», gab Holzhammer unumwunden zu. «Ach ja, eins ist noch wichtig: Wir sagen vorläufig keinem was von die Faserspuren. Ich hab zwar alle Jacken eingesammelt, warum, werden die sich denken können. Aber was bei der Untersuchung herauskam, das behalten wir fürs Erste für uns.»

«Ja gut. Wieso kann man eigentlich nicht sehen, von welcher Jacke genau jetzt diese Faserspuren stammen? Man muss doch an den Jacken sehen können, ob was abgeschabt wurde?», fragte Christine und trat beiseite, um eine vom Gipfel kommende Gruppe Chinesen durchzulassen.

«Des kann man vergessen. Über so einer Funktionsjacke trägt man ja an Rucksack, der scheuert an alle möglichen Stellen an der Jacke. Und dann schrubbt man vielleicht noch mit der Jacke durch an Kamin, dann sind überall Abriebspuren. So hat es mir jedenfalls der Josef Berg erklärt. Und selbst bei einer brandneuen Jacke könnt man wahrscheinlich nichts sehen, weil es sich wirklich um ganz feine Partikel handelt. Es ist ja nicht so, dass der Tote direkt Stofffetzen unter den Fingernägeln hatte. Bloß winzige Partikel, die man mit bloßem Auge kaum sehen kann. Auf jeden Fall bleibt der Seiler wohl noch drei Tage im Krankenhaus, dann kommt er in deine Obhut. Schau doch einfach mal, was du von ihm hältst, ob er die Sache vielleicht auch mal anders erzählt oder sich in Widersprüche verwickelt. Du wirst ja mit ihm über die Sache reden, oder?»

«Eigentlich nur, wenn er es will. Keiner wird gezwungen, zu mir zu kommen. Das ist ein optionales Angebot der Klinik. Die meisten kommen aber, wenn der behandelnde Arzt es empfiehlt. Fast alle Menschen reden gern mal in Ruhe über sich selbst. Aber sag mal, hast du denn gar keine anderen Verdächtigen? Da waren immerhin acht Leute auf dem Berg.»

«Also rein interessenlagenmäßig hätten natürlich die Bischofswieser am meisten Grund, den Stranek zur Hölle zu wünschen. Schließlich wollte der ihnen den DSV-Stützpunkt wegnehmen. Deshalb ist es eh günstig, dass du den Zilinsky bei dir in der Klinik hast. Ich trau dem ja ehrlich g'sagt keinen Mord zu, aber wer weiß, stille Wasser san tief. Er war oben, und keiner weiß, was er da getrieben hat. Ned amal er selbst, angeblich.»

«Also, der Zilinsky wurde mir schon von der Klinikleitung ans Herz gelegt. Ich hatte heute Morgen den ersten Termin mit ihm.»

«Und?»

«Nicht viel. Im Moment spricht er kaum. Nur das Nötigste. Deshalb hat ihn seine Frau wohl einliefern lassen. Aber es kann gut sein, dass er innerhalb der nächsten Tage auftaut. Oder dass ihm sogar alles wieder einfällt.»

«Kann es sein, dass er deshalb so an Schock hat, weil er an Mord beobachtet hat?»

«Natürlich. Aber vielleicht hat er auch nur mit angesehen, wie jemand fiel. Oder er hat gar nichts mitbekommen und nur Schreie im Nebel gehört. Oder er hat nur anhand der Reaktionen der anderen mitbekommen, dass kurz vor ihm – auf dem Weg, den er in wenigen Sekunden selbst gegangen wäre – jemand abgestürzt ist. Dazu die Anspannung, die vielleicht sowieso schon da war – fertig ist der ausgewachsene Schock. Quasi die umgekehrte Version vom Reiter über den Bodensee.»

«Was für ein Reiter?» Den kannte Holzhammer nicht.

«Da ritt einer im Winter nichtsahnend über eine weite verschneite Ebene. Und hinterher erzählte ihm jemand, dass diese Ebene der zugefrorene Bodensee war. Daraufhin fiel der Reiter vor Schreck tot um. Nachträglich und auf ganz sicherem Boden.»

«Ziemlich sensibel.»

«Aber ein Klassiker. Und was ist mit dem anderen? Dieser Seilbahnbetreiber vom Götschen war doch auch dabei, oder? Der büßt doch am meisten ein, ohne die Athleten, hast du selbst am Samstagabend gesagt.»

«Ja, sehr richtig. Der Betrieb wird abnehmen, außer vielleicht zweimal die Woche zum Flutlichtfahren. Der vom Götschen ist der Gössl Xaver. Den kenn i ned so gut, i woaß nur, dass er a etwas komischer Kauz ist. Er sagt, er war weit hinten, als der sogenannte Unfall passierte. Aber dafür gibt's keinerlei Bestätigung. Wobei, der Gössl ist wohl ned so bergerfahren. Kann also gut sein, dass er hinten war. Ich denk, dass der auf dem Weg genug mit sich selbst zu tun gehabt hat. Wollen ma?» Das fragte Holzhammer nur aus Pflichtgefühl. Von ihm aus hätten sie auch gleich wieder umkehren können.

Christine nickte, und gemütlich gingen sie zum eigentlichen Gipfel vor. Wenn man die Bergbahn als Auf- und Abstiegshilfe nutzte, ließ der Jenner ließ sich auch mit Sandalen bezwingen. Daher fielen Christine einige ältere Semester auf, die teuerste Bergstiefel spazieren trugen, obwohl sie garantiert gleich wieder in die Seilbahn steigen würden. Die Stiefel hätten problemlos für den Mont Blanc getaugt. Sie machte Holzhammer darauf aufmerksam.

«Ja», sagte der, «die Leute kaufen sich die teuerste Ausrüstung und glauben, jetzt können sie alles machen. Dabei klettert nun mal nicht der Schuh, sondern immer noch der Mensch. Die trauen sich dann an die Watzmann-Überschreitung und bekommen mitten auf dem Grat die Panik.»

Christine sagte nichts. Sie erinnerte sich gut, wie sie bei ihrer allerersten Bergtour ohne jeglichen Regenschutz losgelaufen war und wie Matthias sie dann pudelnass aufgelesen hatte. So etwas würde ihr heute natürlich nicht mehr passieren. Oder? Sie gingen bis zur Aussichtsplattform und blickten auf den Königssee hinab. Unten fuhren winzig klein die weißen Boote. Eine Gruppe Koreaner knipste sich die Seele aus dem Leib.

Auf dem Rückweg legten sie einen Boxenstopp ein. Hinter

der Zapfanlage im Selbstbedienungsrestaurant residierte eine gestandene Frau mit stabiler Figur und dunkelblond gefärbten Haaren.

«Grias di Heidi, wie geht's?», begrüßte Holzhammer die Servicekraft.

«Danke gut, vor allem jetzt, wo der Chef unten in der Klinik liegt», gab die Frau zurück. «Was darf's denn sein?»

«Eine große Apfelschorle», bestellte Christine und musterte die Frau unauffällig. Sie trug ein sogenanntes Landhausdirndl, eigentlich etwas für Touristen. Bequemer und günstiger als echte Tracht, und man brauchte keine Schürze. Landhausmöbel zum Anziehen.

«Für mich auch», schloss sich Holzhammer an.

Spontan entschied sich Christine zu einem schnellen Vorstoß: «Sagen Sie, wie läuft das denn jetzt hier, während der Chef im Krankenhaus ist? Ich meine, wer schmeißt den Laden?»

Heidi sah von ihr zu Holzhammer und zurück: «Na, sei Frau ned, des is amal sicher. Aber manch oane is so bled, dass's für eam ois doan dad.»

‹So, so›, dachte Christine und sah zu Holzhammer hinüber. Doch der sagte nichts.

«Und wie stehen Sie persönlich zum Seiler?», fragte Christine in einem Anfall von Impertinenz.

«Das geht Sie einen feuchten Dreck an», antwortete die Bedienung in schöner Offenheit, knallte die beiden Gläser hin, machte auf dem Absatz kehrt und verschwand in der Küche.

Die junge Frau, die an der Kasse saß, hatte die Szene schweigend beobachtet. Außer dem zu zahlenden Betrag sagte sie nichts.

Christine und Holzhammer setzten sich zu einem Ehepaar, das völlig versunken die Landschaft betrachtete. In Christines norddeutscher Heimat verließ man eher hungrig die Gaststätte, als dass man sich zu anderen Gästen an den Tisch setzte.

«Da hast du ja zielsicher in a Wespennest stochen», meinte Holzhammer mit einem Grinsen, als sie sich in die Bierbank eingefädelt hatten. «Lernt man das auf der Psychologenschule?»

«Tja, nicht mal in seiner eigenen Wirtschaft hat der Seiler Freunde», antwortete Christine.

«Na, dass die Heidi ned gut auf ihn zu sprechen ist, hätt ich dir sagen können. Sie und der Seiler hatten vor Jahren eine heftige Affäre. Dann hat sie aber Knall auf Fall Schluss gemacht und ist zum Kehlsteinhaus gewechselt. Warum sie jetzad wieder hier ist, woaß i ned. Jedenfalls ned wegen dem Seiler.»

«Sehr praktisch für den Kehlsteinwirt», meinte Christine, «er hat eine erfahrene Kraft bekommen.»

«Ja, in jeder Hinsicht», stimmte Holzhammer zu und blickte versonnen zum Großen Hundstod, der in der trockenen Luft zum Greifen nah schien.

«Und der Seiler ist verheiratet?», fragte Christine.

«Ja, das hält ihn aber ned von seinen Abenteuern ab.»

«Verstehe. Dann ist vermutlich nicht einmal seine Ehefrau gut auf ihn zu sprechen?»

«Keine Ahnung, wie sie das mit ihm aushält. Früher hat sie in der Wirtschaft an der Bergstation gearbeitet, aber dann ist sie ins Tal gewechselt. Sodass sie ihren Mann wenigstens ned den ganzen Tag sehen muss.»

«Macht der Seiler denn viel Geld, hier am Jenner?», wollte Christine wissen.

«Schwer zu sagen. Aber ohne Gewinn würd er's kaum machen. Die Seilbahn wird von der Gemeinde subventioniert, ist ja wichtig für den Fremdenverkehr. Und die Gaststätte hier oben geht ned schlecht.»

«Und wenn das mit dem Erlebnisberg alles kommt? Bleibt er dann auch Alleinherrscher am Jenner?», fragte Christine.

«Sag mer so, er sitzt im Gemeinderat, da lässt sich gut abstimmen», sagte Holzhammer. «Er ist sogar zweiter Bürgermeister, aber das bedeutet hier so gut wie nichts, das ist ungefähr wie Vierter bei der Olympiade.»

Inzwischen war Christine richtig gespannt auf die Ankunft des vielgeschmähten Seilbahnbetreibers in der Reha-Klinik. Auf der gut besetzten Terrasse ließ sich schlecht über Mordverdacht diskutieren, darum tranken sie zügig aus.

Da Christine über den Krautkaserhang aufgestiegen war, wählten sie den etwas längeren Abstieg nach Süden übers Schneibsteinhaus. Dabei diskutierten sie die verschiedenen Möglichkeiten. Hatte Seiler den Stranek erpresst und ihn dann beseitigt, nachdem mit dem Umzug des DSV alles geklärt war? War etwa noch eine dritte Person beteiligt gewesen? War es vielleicht sogar umgekehrt gewesen, und Stranek hatte versucht, den Seiler umzubringen? Konnte es trotz allem doch ein Unfall gewesen sein? Wer von den Teilnehmern der Bergtour kam überhaupt für einen Mord in Frage? Holzhammer gab viel auf Christines Urteilsvermögen, mehr als sie selbst. Bislang kannte sie allerdings die meisten Beteiligten noch gar nicht. Aber das sollte sich ja bald ändern.

An der Einmündung des Wegs von der Priesbergalm wurde Holzhammer von einem Einheimischen begrüßt. Der Mann hatte ein markantes Gesicht, in das sich tiefe Furchen gegraben hatten, das aber trotzdem jung und lebendig strahlte. Er trug überschulterlange Haare und einen riesigen Rucksack.

«Grias di, Tom», verstand Christine gerade noch und dann nichts mehr. Beide fielen in schwersten Berchtesgadener Dialekt.

Theoretisch verstand sie ja inzwischen die meisten bayerischen und sogar viele speziell Berchtesgadener Ausdrücke. Aber wenn schnell gesprochen wurde, konnte sie oft nicht einmal unterscheiden, wo das eine Wort aufhörte und das nächste anfing. Umgekehrt war es ganz egal, ob sie selbst «Grüß Gott», «Grias di» oder «Guten Tag» sagte. Sie wurde in jedem Fall unweigerlich als Norddeutsche und damit als Touristin identifiziert. Eigentlich schon bei der ersten Silbe, denn sie sprach das «R» hinten im Rachen – nicht wie der Hiesige vorn mit der Zunge. Daher antwortete man ihr dann mit einem knappen «Hallo». Das wurde in den Gästeversteherkursen der Kurdirektion so gelehrt – man sollte die Gäste mit ihren heimischen Grußformeln anreden. Christine hatte aber den starken Verdacht, dass dieses «Hallo» von vielen als getarnte Beleidigung gemeint war. «Hallo» bedeutete demnach nichts anderes als «I woaß, dass du a Saupreiß bist».

Nach einigen Sätzen hatten Holzhammer und der Fremde offensichtlich die wichtigsten Nachrichten ausgetauscht, und der Langhaarige mit dem Riesenrucksack ging seines Weges.

«Wer war das denn?», fragte Christine.

«Ach, der Tom, der trainiert auf der kleinen Reibn fürs Karakorum. Des war schon die zweite Runde», erklärte Holzhammer.

«Wie, der ist heute bereits zweimal die kleine Reibe gegangen?»

«Ja, die erste Runde schon im Dunkeln. Auf den hohen Bergen steht man ja auch früh auf. Und des Karakorum ist ja quasi ein Ableger vom Himalaya.»

Christine fragte nicht weiter. Sie war immer noch bei ihren Sprachbetrachtungen. Wieder einmal war ihr deutlich geworden, dass Holzhammer für sie extra Hochdeutsch sprach. Was für sie noch tiefstes Bayerisch war, war für ihn bereits Fremdsprache. Matthias hingegen konnte fast perfekt Hochdeutsch, wahrscheinlich weil seine Mutter nicht von hier gewesen war. Außerdem musste er wegen seines Jobs tagtäglich mit Bankmenschen in ganz Deutschland telefonieren.

Es war inzwischen dämmrig geworden, außer ihnen war niemand mehr unterwegs. Christine und Holzhammer gingen gerade unter der Seilbahn hindurch, als sie Rufe hörten. Waren das Hilferufe? Sie gingen schneller. Ja, da rief jemand um Hilfe. Christine rannte bereits. Die Rufe kamen von unterhalb der Mittelstation. Von dort, wo die Talabfahrt momentan einer Mondlandschaft glich.

Ein rot-weißes Band sperrte diesen Bereich ab. Christine hob ein Bein über das Band und stand gleich bis zum Knöchel im Matsch. Holzhammer war dicht hinter ihr. Er blieb vor dem Band stehen und fischte nach seiner Taschenlampe und seinem Handy.

Nur wenige Meter vor Christine ragte etwas aus dem Matsch heraus. Die Hilferufe hatten aufgehört. «Sind Sie verletzt?», rief Christine nach vorne in die Dämmerung.

«I kimm nimmer aussa», klagte eine ältere Stimme jetzt klar vernehmlich.

Von hinten kam jetzt Holzhammers Taschenlampenkegel. Was da so im Matsch steckte, war der Verunglückte. Die Geländeanpassung fraß ihre Opas. Christine stocherte mit ihrem Trekkingstock und merkte, dass der Schlamm nach vorne immer tiefer wurde. Wenn sie weiterging, würde sie selbst stecken bleiben.

«Wir brauchen Bretter oder so was», sagte sie. Aber Holzhammer hatte die Situation schon erfasst und war bereits bei der alten Hütte. Entschlossen riss er an den Brettern der Holzverkleidung, bis er einige lose fand, die er abhebeln konnte. Sie legten die Planken wechselweise auf den Boden, bis sie den Mann erreicht hatten. Das Männlein steckte bereits bis zum Bauch in dem Schlammloch.

Halb stützte er sich auf die Bretter, halb zogen sie ihn heraus. Während Holzhammer den Krankenwagen rief, betreute Christine den krummbeinigen Opa, der aussah wie Luis Trenker. Sie gab ihm ihre Jacke, und als sie sein faltiges Gesicht sah, fragte sie: «Ja wie alt sind Sie denn?»

«Dreiundachtzig», kam die Antwort.

Sie betteten den Geretteten auf eine Bank vor der Hütte und warten auf den Krankenwagen. Es dauerte eine Viertelstunde, bis die Sanis da waren. Als diese den Opa eingepackt hatten, setzten Christine und Holzhammer ihren Weg nach Hinterbrand fort. Es waren ja nur noch ein paar Minuten.

«Da sieht man's mal wieder», sagte Christine, «Dreiundachtzigjährige Berchtesgadener sind fit genug für Bergtouren. Und Verbotsschilder sind nur für die Touristen da.»

«Ja», sagte Holzhammer, «und wenn schon Verbotsschilder missachtet werden, dann am besten gleich von allen, damit auch jemand zum Retten da ist.»

Auf der Heimfahrt fiel Christine ein, woran sie der angekarrte Schlamm vom Jenner erinnerte: an den Aushub der Elbe, den man in den Sechzigern in Hamburg-Blankenese auf den Strand gekippt hatte. Darin wäre damals bei einem Ausflug fast ihr Bruder stecken geblieben.

❀ ❀ ❀

# 5

Am nächsten Tag fuhr Christine in der Mittagspause in den Markt und steuerte zielstrebig das Bergsportgeschäft von Max Saumtrager an. Die vielen Klettersteiggeher auf dem Grünstein hatten ihr zu denken gegeben. Irgendwas musste doch dran sein an dieser Spielart des Bergsteigens. Sie wollte es auf jeden Fall mal probieren. Natürlich hätte sie sich die notwendige Ausrüstung zunächst ausleihen können. Aber irgendwie hatte sie einen gewissen Materialfetischismus entwickelt – wie viele andere auch, sonst würde die Outdoor-Branche nicht so boomen.

Auf jeden Fall war sie seit einem Jahr Stammkundin in dem kleinen, fast versteckt gelegenen Geschäft in Berchtesgaden. Dem Inhaber vertraute sie blind, spätestens seit der Geschichte mit den Grödeln. Grödel waren die kleinen Geschwister der Steigeisen. Vor einigen Monaten, im Frühjahr, hatte sie Max nach Grödeln gefragt, und er hatte zurückgefragt, wofür genau sie die Teile denn benötigte. Christine wollte diese Hilfsmittel nur zur Sicherheit mitnehmen, falls mal ein steiles Schneefeld zu queren war. Dafür benötigte man keine ausgewachsenen Steigeisen, die die ganze Fußsohle bedecken und horizontal herausstehende Zacken haben. Mit solchen Zacken konnte man sich gut die Hose und die Wade aufreißen, außerdem waren sie recht schwer. Grödel hingegen hatten nur sechs oder acht kleine senkrechte Zacken im Vorderfußbereich und waren insgesamt viel leichter gebaut. Nach ihren Informationen aus

diversen Bergforen waren sie für ihre Zwecke völlig ausreichend.

Doch Max hatte mindestens zehn Minuten lang das Für und Wider abgewogen. «Vielleicht willst du ja doch mal eine Rinne gehen», hatte er zu bedenken gegeben. Dann nämlich würde sie Frontzacken brauchen. Er hatte auch gefragt, was für Bergstiefel sie benutzte. Sie gab an, dass ihre Treter vom Hersteller als «bedingt steigeisenfest» eingestuft waren. Doch Max hatte auch dazu eine andere Meinung gehabt. Er erklärte ihr, dass die Steigeisen vorn und hinten eine Körbchenbindung haben müssten, um zu ihren Schuhen zu passen. Doch weder von den Grödeln noch von den Steigeisen hatte er ein Paar in ihrer Größe auf Lager gehabt. Daher zeigte er ihr ein entsprechendes Ausstellungsstück in Herrengröße «Falls du sie woanders kaufst: So muss das aussehen, vorn und hinten», hatte er ihr erklärt.

So etwas hatte Christine in ihrem ganzen Leben noch nicht erlebt: ein Verkäufer, der ihr erklärte, worauf sie achten musste, wenn sie das Gerät woanders kaufte. Schließlich hatten sie sich darauf geeinigt, dass für Christine doch die Grödel ausreichten. Und schon hatte Max seinen dicken Händlerkatalog gewälzt. Er hatte ihr einen Hersteller empfohlen und auch erklärt, warum: Nur dieser produzierte die maßgeblichen Metallteile selbst, er belieferte auch andere Marken damit. «Siehst du, die sind genau gleich.» Seitdem kaufte sie jegliche Ausrüstung in dem kleinen Laden und stöberte auch manchmal ziellos dort herum. So bekam sie noch weitere Beratungsgespräche mit, die ähnlich abliefen wie bei ihr. Ja, hier gab es die beste Beratung. Man musste nur genug Zeit mitbringen, um sich das alles anzuhören. Zumal Max Saumtrager immer extrem langsam sprach. Christine hatte inzwischen sogar den

Verdacht, dass er diese Taktik bei Feriengästen ganz bewusst anwandte. Urlauber hatten nicht viel Zeit, denn sie mussten ja in ein oder zwei Wochen alles erleben, was es in Berchtesgaden zu erleben gab. Wenn diese Erlebnishungrigen nun Max in die Hände fielen, hatten sie keine andere Chance, seinen Redefluss zu unterbrechen, als mit den Worten «Ich nehme alles!» zur Kasse zu hasten.

Max kannte seine Pappenheimer und vor allem die Bedürfnisse der Berchtesgadener ganz genau. Dabei war er selbst in Wirklichkeit ein Zugereister aus Franken. Aber Max war schon seit zig Jahren hier, hatte eine Einheimische geheiratet, machte im Sommer die Kletterberge unsicher und gab im Winter Lawinenkurse. Da drückten die Einheimischen dann auch beim Dialekt schon mal ein Auge zu. Als es im Geschäft einmal ruhiger zuging, hatte er Christine erklärt, worauf der Berchtesgadener am meisten Wert legte: «Gewicht is ois.»

Materialien wie Carbon für Stöcke und Lawinensonden waren ja heutzutage schon fast selbstverständlich. Aber der Berchtesgadener war nach Aussage von Max noch einen Tick extremer. Er kaufte nicht nur die Carbonsonde, sondern diese auch in der allerkürzesten Ausführung, nach dem Motto: «Wenn man tiefer sondieren muss, hat es eh keinen Zweck mehr.»

Christine hatte nachgefragt, wie dann die beträchtlichen Rucksackgrößen zustande kamen, die regelmäßig im Nationalpark an ihr vorbeigetragen wurden. Auch darauf hatte Max die passende Antwort gewusst: Man wollte zwar alles so leicht wie möglich, aber trotzdem auf nichts verzichten. So wurden dann an der Regenjacke 50 Gramm eingespart, aber dafür ein großes Fernglas zu 700 Gramm eingepackt und dazu noch ein

Schachspiel, falls es auf der Hütte langweilig wurde. Damit hatte er sicher recht, denn während Christine ihre Lebensmittel nach möglichst hohem Kaloriengehalt aussuchte, um Gewicht zu sparen, sah sie andere Bergsteiger oft kiloweise Äpfel aus den Tiefen ihrer Rucksäcke befördern.

Christine probierte mehrere Klettersteigsets. In einer Ecke des Ladens war eine kleine Kletterwand eingebaut, an der man sich einhängen und den Sitz des Gurtes unter Last prüfen konnte. Während sie so von der Wand baumelte, fiel ihr ein, dass Max Saumtrager ja auch bei der tragischen Tour am Teufelshorn dabei gewesen war. Und dass Holzhammer gesagt hatte, Max sei nicht verdächtig. Sollte sie ihn darauf ansprechen? Nein, die Frage, ob er etwas gesehen habe, hatte Holzhammer ja sicher schon gestellt. Das kam ihr auch gar nicht zu. Wie konnte sie das Gespräch unverfänglich in diese Richtung lenken?

«Die arme Frau Stranek», sagte Christine unvermittelt, während Max ihr noch weitere Gurte zum Probieren herauslegte.

Max schaute von dem Gurtzeug auf, das er gerade für sie zum Einsteigen herrichtete. Mit etwas gequältem Gesichtsausdruck gab er ein Geräusch von sich, das eher nach Zweifel denn nach Zustimmung klang. Das war die ganze Antwort.

Merkwürdig, wo er doch sonst so redselig war. Christine registrierte, dass es für diesen offenen Menschen schwierig sein musste, einmal etwas für sich zu behalten. Deshalb der gequälte Gesichtsausdruck. Sie machte eine mentale Liste der möglichen Gründe für sein Schweigen: Entweder ihm war das Thema aus irgendeinem Grunde unangenehm. Oder er wusste etwas, das er nicht sagen wollte. Oder nicht sagen durfte.

Auf jeden Fall hatte er sich sehr bewusst zurückgehalten, und daher würde sie auch nichts weiter herausbekommen.

Schon fiel Max wieder in seinen üblichen Duktus und erklärte ihr die Vorteile eines Klettersteigsets mit Drehgelenk.

Als sie erwähnte, dass sie am Wochenende überhaupt ihren allerersten Klettersteig gehen wollte, hatte er gleich noch einen weiteren Tipp: «Da nimmst noch a kurze Bandschlinge mit, dann kannst dich jederzeit ausruhen.»

Wie, man konnte sich nicht jederzeit ausruhen? Das klang ja unangenehm.

Max zeigte ihr, was er meinte: Die karabinerbewehrten Enden des Y-Sets mussten so lang sein, dass man jederzeit auf den vorgesehenen Tritten gehen und dabei eingehängt bleiben konnte. Sie waren daher länger als die Arme des Trägers. Damit sie trotzdem nicht im Weg rumhingen, waren zwar Gummibänder eingebaut, die sie immer auf das notwendige Maß zusammenzogen. Aber wenn man sich mit vollem Gewicht dranhängte, um sich auszuruhen, dann weitete sich das Gummiband logischerweise zur maximalen Länge. Wenn man sich also zum Ausruhen einfach in den Gurt fallen ließ, würde man bei Quergängen irgendwo unterhalb des Klettersteigs in der Wand baumeln und mit den Händen gar nicht mehr ans Drahtseil kommen. Wenn man aber zusätzlich eine kurze Bandschlinge mit Karabiner am Gurt hatte, konnte man die zusätzlich zum Y-Set einhängen und sich genau da fixieren, wo man gerade stand, auch in Quergängen.

Schließlich kaufte Christine das empfohlene Y-Set und den Gurt, der am bequemsten saß, dazu noch eine Bandschlinge plus Zusatzkarabiner. Dann musste sie zurück in die Klinik. Aber unterwegs tagträumte sie schon wieder von der nächsten Bergtour.

Im letzten Jahr hatte sie sich praktisch von Tour zu Tour gesteigert, und im gleichen Maße wie ihre Begeisterung war auch ihr Mut gewachsen, die ausgetretenen Pfade zu verlassen. Zunächst hatte sie die preisgünstigen Wanderführer vom Rother-Verlag durchforstet, die jede Tour sehr übersichtlich mit Foto und Höhenprofil beschrieben. Der Verlag saß ganz in der Nähe im Chiemgau, kein Wunder, dass die Autoren sich gut auskannten. Dann war ihr ein Buch in die Hände gefallen mit dem Titel «Vergessene Pfade rund um den Königssee». Das Buch enthielt einige Touren, die in ihrer Kompasskarte gar nicht eingezeichnet waren. Oft gab es auch keinerlei Wegmarkierungen. Nur eine undeutlich erkennbare Spur oder ein paar Steinmänner. Die Wege wurden begangen, wahrscheinlich schon seit langer Zeit – fragte sich nur, von wem? Und woher wussten die Begeher von diesen Pfaden?

Am Freitag war es über Mittag noch einmal fast 20 Grad warm, ein goldener Herbsttag, den Franz Holzhammer auf der Veranda seiner Gartenhütte verbrachte. In einem Monat würde hier bereits ein Vogelhäuschen hängen. Er hatte heute frei, weil er am Montag, dem Feiertag, Dienst schieben sollte.

Dass draußen, gar nicht weit weg von ihm, höchstwahrscheinlich ein Mörder frei herumlief, beunruhigte ihn nicht weiter. Der Kreis der Verdächtigen stand fest, und bei keinem von ihnen bestand Fluchtgefahr. Auch eine weitere Mordtat war nach seinem persönlichen Ermessen nicht zu befürchten. Und sein persönliches Ermessen war das einzige, was zählte, solange sein Chef sich nicht allzu sehr einmischte.

Sein Handy klingelte. Das konnte nichts Gutes bedeuten.

Entweder war es Marie, die ihn ins Haus rief, oder die Dienststelle mit irgendeinem Mist.

Es war aber Alois Seiler: «Ich hätte eine wichtige Mitteilung zu machen», sagte der.

«Und welche, bittschön?», fragte Holzhammer. Wenn es kein Geständnis war, konnten ihm Mitteilungen vom Seiler gestohlen bleiben.

«Das will ich ned am Telefon sagen», raunte Seiler geheimnisvoll. «Es hat mit dem Mord zu tun. Kimm zu mir in die Klinik, dann erfährst es.»

Das hatte Holzhammer gerade noch gefehlt. Aber er musste natürlich hin. Traurig trug er sein Weißbierglas ins Haus. Die Uniform zog er nicht an, nicht für diesen Anlass. Erst im Auto fiel ihm ein, dass Seiler mit Klinik nicht das Krankenhaus gemeint hatte, sondern die Reha-Klinik in der Schönau. Er war ja bereits verlegt worden.

Holzhammer fuhr in die Tiefgarage der Klinik, die einzige Tiefgarage in der ganzen Schönau. Oben am Empfang erkundigte er sich nach Seilers Zimmernummer.

Der Seilbahnbesitzer hatte ein schönes Zimmer mit Balkon bekommen, war ja klar. Aufrecht saß Alois Seiler im Bett, das Kopfteil hochgestellt, auch nach fast einer Woche im Krankenhaus noch immer braun gebrannt und sportlich aussehend. Er trug einen Kopfverband, sodass von seinen Haaren nicht viel zu sehen war. Darunter leuchteten seine wasserblauen Augen wie eh und je. Kein Wunder, dass er auch mit sechsundfünfzig Jahren keine Mühe hatte, am laufenden Band Serviererinnen zu verführen. Holzhammer fragte sich kurz, ob er auf den Menschen eigentlich neidisch sein sollte. Aber das konnte er vor sich selbst guten Gewissens verneinen. Das Verführen von Serviererinnen gehörte definitiv nicht zu den erstrebenswertesten Beschäftigungen, die er sich vorstellen konnte. Er stellte sich die Sache eher anstrengend vor. Wozu hatte er sich die Computerhütte im Garten gebaut, wenn nicht für viel Ruhe, Fernschach und Weißbier? Er liebte seine Frau und seinen kleinen Freund, den Rasenmähcomputer. Er konnte sich vorstellen, auf seine alten Tage noch mal die Schulbank zu drücken und einen Programmierkurs zu machen, nur so zum Spaß. Und nur wenn es niemand mitbekam. Aber Serviererinnen verführen? Naa, dankschön.

Ohne weitere Umschweife fiel Holzhammer gleich mit der Tür ins Haus: «Oiso spuck's aussi, was ist denn so wichtig? Was kannst du mir ned am Telefon erzählen, das ich unbedingt wissen muss?»

«Es geht um den Hias.»

Holzhammers Alarmglocken begannen zu läuten. «Ja?», sagte er nur.

«Ich weiß schon, dass du mi ned ausstehen kannst und mir am liebsten an Mord anhängen würdest. Aber glaubst du, ich bin so blöd? Und wieso hätt ich des überhaupt tun sollen? Alles läuft pfeilgrad, der DSV kommt zum Jenner. Aber wer erntet dafür die Lorbeeren und wird zum x-ten Mal wiedergewählt? Wer ist der große Held, der Oberdiplomat, der das alles genial eingefädelt hat und in die Zeitung kimmt? Na, der Hias! Dafür kann man schon mal was springen lassen, gell.»

«Wie moanst denn des?», fragte Holzhammer, obwohl ihm schon klar war, was Seiler da behauptete.

«B'stochen hat er den Stranek, was glaubst denn du!»

«Ah ja, das ist ja sehr interessant. Und wie kommst du drauf, kannst du das beweisen?»

«I glaub scho. Er hat's nämlich grad dämlich gemacht,

direkt aus der Gemeindekassa.» Dabei grinste Seiler übers ganze Gesicht.

«Das glaubst doch selbst ned. Wie soll denn das gehen.»

«Na, er hat die Vollmachten. Was er abzeichnet, wird überwiesen. Und wenn es dann noch falsch deklariert wird – zum Beispiel ‹Pflastersteine für die Seelände› –, es weiß doch kein Mensch, wie viele teure Pflastersteine da wirklich gebraucht werden und ob vielleicht eine Nachlieferung bestellt werden musste.»

Die ganze Seelände war kürzlich neu gepflastert worden. Um sich vorher anzuschauen, wie das hinterher aussehen würde, war der halbe Gemeinderat extra irgendwo in den bayerischen Wald gereist, wo der Rathausplatz bereits in gleicher Weise gepflastert worden war. «So, und woher weißt du das alles?»

«Ein kleines Vögelchen hat es mir zugezwitschert.» Dabei zeigte Seiler wieder sein Verführerlächeln.

«Und wann soll das gewesen sein? Weißt du das auch?» Hinter Holzhammers Stirn sammelten sich bereits verschiedene Möglichkeiten, wie er diese Anschuldigung möglichst unauffällig prüfen konnte, ohne einen Riesenwirbel zu veranstalten.

«Na ja, kürzlich. Kurz vor der Bergtour.»

«Und den Betrag weißt du wahrscheinlich auch auf den Pfennig genau?»

«Nicht ganz. Aber mehr als dein Monatsgehalt war's auf jeden Fall.»

Holzhammer dachte an sein Polizistengehalt. Mit dem Betrag konnte man wirklich niemand bestechen. «Okay, wir prüfen das. Und wehe, du lügst. Du weißt schon, dass es so etwas wie Verleumdung gibt. Aber woher du des weißt, musst schon auch sagen.»

«Woher i des woaß? Prüf's halt nach, wirst schon sehen. Dann weißt du, zu was der Hias alles fähig ist. Und als alles eingefädelt war, hat er den Stranek – krrrrk – damit der nix ausplaudert.»

Das wurde ja immer besser. Holzhammer beschloss, sich nicht auf weitere Diskussionen einzulassen. «Dann wünsche ich noch eine gute Besserung. In jeder Hinsicht. Servus.»

Ohne eine Erwiderung abzuwarten, ging Holzhammer zur Tür hinaus,. Zwei Dinge waren ihm klar: Erstens, er musste dieser Anschuldigung nachgehen, wie albern und absurd sie auch sein mochte. Und zweitens: Er musste das absolut diskret machen. Er würde auf keinen Fall offiziell Kontoeinsicht beantragen beziehungsweise durch seinen Chef beantragen lassen. Im Gegenteil, er würde Dr. Fischer aus der Sache zunächst völlig rauslassen. Stattdessen gab es eine vertrauenswürdige Person, mit der er unbedingt sprechen musste. Und zwar noch vor dem Wochenende.

Kurz überlegte er, ob er vielleicht Christine besuchen sollte, wo er schon mal hier war. Aber dazu war keine Zeit.

«Matthias, Polizei ist da. Hast jetzt doch den Tresor ausgeräumt.» Die langjährige Kollegin von Matthias stand in seiner Bürotür und grinste. Er wusste, dass sie zwei Dinge über ihn wusste: Erstens, er hatte offiziell Zugang zum Tresor. Zweitens, er würde nie etwas Ungesetzliches tun, was über Falschparken hinausging. Was sie nicht wusste: Er parkte nicht einmal falsch, außer wenn er von Christine dazu angestiftet wurde, weil sie mal wieder ungeduldig war.

Hinter der Kollegin tauchte der runde und spärlich behaarte Schädel von Franz Holzhammer auf. Denn der hatte sich entschlossen, direkt zu Matthias in die Bank zu fahren. Das war zwar nicht besonders unauffällig, aber er konnte ja sonst was Dienstliches zu fragen haben. Holzhammer trat an der Kollegin vorbei in die Hühnerstiege, die Matthias Büro nannte. Da der Hauptwachtmeister ein beträchtliches Volumen hatte und auch die Kollegin keine Anstalten machte, den Schauplatz zu verlassen, wurde es jetzt reichlich eng.

Matthias war sofort klar, dass dies kein Höflichkeitsbesuch war. Holzhammer hatte ihn noch nie einfach so in der Bank besucht. Vermutlich ging es um einen Betrugsfall, in den irgendein Kunde verwickelt war. Aber Konteneinsicht gab es natürlich nur mit richterlichem Beschluss, Freundschaft hin oder her. «Grüß dich», sagte er.

Zwei Sekunden sagte keiner etwas, und alle schauten sich an. Dann preschte Holzhammer vor: «Grias di, hast a paar Minuten für mi? Ich müsst wegen a Ermittlung mit dir sprechen – allein.» Beim letzten Wort schaute er die Kollegin an.

Mit einem leicht schnippischen «Bin schon weg» verließ diese den Raum und schloss betont die Tür.

Matthias wartete entspannt, was da kommen würde.

Holzhammer wusste nicht so richtig, wie er anfangen sollte. Darum fing er einfach vorne an und erzählte fast wörtlich seine ganze Unterhaltung mit dem verletzten Chef der Jennerbahn.

Matthias hörte zu und merkte, wie seine Gesichtszüge sukzessive entgleisten. Er presste beide Handflächen auf die Tischplatte, als wollte er sie zu Boden drücken.

Holzhammer schloss seinen Bericht: «Mit anderen Worten, der Seiler will dem Hias ned nur a Bestechung anhängen, sondern vorzugsweise auch noch an Mord.»

Mit Matthias' buddhistischem Gleichmut war es inzwischen komplett vorbei: «Der spinnt doch, wie kannst du diesen hergelaufenen Gondelschieber so einen Scheiß erzählen lassen, sperr den gefälligst ein, das ist doch Rufmord!», rief er.

«Sei stad, was glaubst, warum i zu dir kimmen bin. Genau deshalb, weil ich die Sach schnell und unauffällig aus der Welt schaffen will», verteidigte Holzhammer sich und sah sich gleichzeitig instinktiv um, ob die Bürotür auch fest geschlossen war. «Also brüll gefälligst ned a so herum, dass es noch jemand hört.»

Matthias verstand. Holzhammer hatte natürlich recht. Sein Ausbruch war etwas daneben und etwas zu laut gewesen für die keineswegs schallgedämmten Wände seines Schrumpfbüros.

«Natürlich hat die Gemeinde ihr Konto bei uns», sagte er. «Wann soll denn das gewesen sein?»

«Kurz vor der Bergtour.» Holzhammer war jetzt zuversichtlich, dass Matthias auf seiner Seite war und ihm helfen würde.

«Aber das macht doch gar keinen Sinn! Erst überweist er ihm Geld, und dann bringt er ihn um?», fragte Matthias.

«Der Seiler sagt, dass es zur Vertuschung war. Also der Hias besticht den Stranek, und hinterher, als alles eingefädelt ist, alles unterschrieben oder was weiß ich, da bringt er ihn zum Schweigen. Damit der Stranek ihn nicht in der Hand hat.»

«Das ist doch ein Oberschmarrn. So ein Vollpfosten», sagte Matthias.

«Seh i genau so. Aber dir ist klar, dass ich der Sache nachgehen muss. Und zwar bevor der Seiler des der Presse steckt. Dann kann der Hias sich seine Wiederwahl nämlich verreiben», appellierte Holzhammer an Matthias' verwandtschaftliche Solidarität mit dem Bürgermeister.

«Ja, aber es ist doch nix dran. Es kann gar ned sein.» Matthias war kein Polizist, ihm reichte der gute Glaube.

«Trotzdem brauchen mir des schwarz auf weiß. Wenn der Seiler damit an die Presse geht, dann muss der Gegenbeweis schon auf dem Tisch liegen. Also, um es klar zu sagen: Du musst unauffällig in das Konto der Gemeinde schauen. Uns interessieren alle Beträge über sagen wir mal dreitausend Euro.»

Matthias geriet ins Wanken und führte nur noch ein letztes Rückzugsgefecht: «Dreitausend Euro? Das ist doch ein Witz, wen willst du denn damit bestechen?»

«Also gut, sagen wir fünftausend. Und es interessieren nur solche Überweisungen, die nicht an bekannte Stellen gegangen sind. Also Konten, die früher noch nicht aufgetaucht sind oder wo man eben ned genau weiß, wer der Empfänger ist. Und natürlich nur solche, wo die Unterschrift vom Hias ist.» Holzhammer war erleichtert, jetzt lief die Sache in die richtige Richtung.

«Schon klar. In der Gemeindeverwaltung werden nicht viele Kontovollmacht haben. Die machen natürlich alles noch mit Belegen, also kein Internetbanking. Du kennst ja den Witz: Wer sitzt mit Nagelschuhen vorm PC? Antwort: Ein Berchtesgadener, der ins Internet geht.»

«Jaja. Also, du schaust nach?» Holzhammer machte bereits seit zehn Jahren Internetbanking.

«Du weißt, dass ich das nicht darf.» Matthias machte kein Internetbanking, sondern gab seine Überweisungen in der Mittagspause direkt in den Bankrechner ein.

«Sakra, jetzt zier dich nicht wie 'ne Jungfrau. Er ist dein Cousin, oder nicht? Sieh es mal so: Du tust der ganzen Gemeinde einen Gefallen. Du bist quasi ein Held.» Holzhammer hatte das Gefühl, Matthias zureden zu müssen wie einer störrischen Kuh beim Almauftrieb.

«Okay. Vielleicht muss ich heute Abend ein paar Überstunden machen.»

«Sehr schön, und dann rufst mich an, ich bin daheim und auf jeden Fall am Handy zu erreichen.»

«Daheim am Handy?»

«Ja, dann hast gleich mich und ned die Marie.» Sonst hätte Holzhammer seiner Frau womöglich auch noch von der Sache erzählen müssen, und dann konnte er gleich den *Anzeiger* anrufen.

Kaum war Holzhammer weg, stand die Kollegin wieder bei Matthias in der Tür. «Was wollte der denn?»

«Der wollte doch tatsächlich Konteneinsicht ohne Genehmigung. Ich hab natürlich nein gesagt.»

«Ach, deshalb war es kurz so laut.» Die Kollegin warf ihm einen langen, bewundernden Blick zu.

Christine war fast gespannt auf den großen Unsympathen, von dem sie schon so viel Schlechtes gehört hatte. Pünktlich um vierzehn Uhr öffnete sich die Tür ihres Sprechzimmers, und Alois Seiler humpelte herein. Er trug nur noch einen kleinen Kopfverband. Man sah, dass er gelenkig war und viel Kraft hatte. Bestimmt war er ein hervorragender Bergsteiger und Skifahrer. Er war ganz der drahtige Typ, den man mit diesen Sportarten assoziierte. Obwohl er jetzt eine Woche im Krankenhaus verbracht hatte, war er immer noch braun gebrannt. Dazu diese hellen blauen Augen und die kurzen drahtigen Haare – auch dieser Berchtesgadener hätte jederzeit in einem Bergfilm mitspielen können. Christine war sofort klar, dass der Mann zum Frauenhelden prädestiniert war, egal, wie schwarz seine Seele auch sein mochte. Und für die schwarze Seele hatte sie bisher nur Holzhammers wenig substanzielle Behauptungen als Beleg.

«Nehmen Sie doch Platz», sagte sie. Jemandem, der an zwei Krücken ging, gab man nicht die Hand.

Christine hatte die Erfahrung gemacht, dass es am besten war, den Patienten das Gespräch beginnen zu lassen. Deshalb sagte sie erst mal nichts. Die meisten sahen sich im Zimmer um, und wenn sie dann geistig in der Beratungssituation angekommen waren, fingen sie von sich aus an zu sprechen. Wenn sie ein Thema vorgab, würde sie womöglich nie erfahren, was den Patienten in Wirklichkeit am meisten beschäftigte.

Bei Seiler brauchte sie nicht lange zu warten. Noch bevor er im Sessel saß, sagte er: «Grias di. I wui so schnell wie möglich hier heraus. Kannst mir da hoifa?» Dabei zwinkerte er ihr vertraulich zu. Dann sank er nonchalant in den Designer-Ledersessel und lehnte sich erwartungsvoll zurück.

Der hatte es ja eilig. War der Mann nicht gerade erst aus dem Krankenhaus direkt hierhergebracht worden? Die meisten Leute freuten sich über den Reha-Aufenthalt. Die von weiter weg sowieso. Aber auch die meisten Einheimischen genossen die kostenlosen Ferien mit Gesundheitsfaktor. Schließlich war es wie im Hotel, alles wurde einem abgenommen, das Essen war nicht schlecht, dazu gab's Sport und Massagen. Natürlich konnte man Seiler nicht aufhalten. Warum auch. Sie hatte Holzhammer zwar versprochen, dass sie versuchen würde, irgendetwas Sachdienliches herauszufinden. Wenn er jedoch aus der Klinik verschwand, konnte sie diesem Versprechen nicht weiter nachkommen. Und das war ihr eigentlich auch ganz recht, schließlich hatte sie kein gutes Gefühl dabei, ihre Patienten auszuhorchen. «Sie können jederzeit gehen, das ist gar kein Problem. Sie brauchen nur an der Rezeption zu unterschreiben, dass Sie auf eigenen Wunsch entlassen werden. Aber warum möchten Sie denn weg?»

«I hob so vui zum doan. Ich kann hier ned herumsitzen. I muss ins Restaurant, da geht nix ohne mich. Und i muass in mei Woid.»

Was wollte er? Woid – Christine ersetzte im Kopf den bayerischen Diphtong «oi» regelhaft durch das hochdeutsche «a». In seinen Wald wollte er. Auch so ein Nebenerwerbslandwirt. Dabei hatte er doch eigentlich genug anderes zu tun.

Aus Pflichtgefühl gegenüber Holzhammer hakte Christine noch ein bisschen nach: «Aber Sie sind verletzt, Sie können doch noch nicht körperlich arbeiten.»

Mit einem herzhaften «Schmarrn» wischte Seiler ihr Argument vom Tisch. Hatte der vielleicht bei seinen Verletzungen ein bisschen simuliert? Je schwerer die Verletzung, desto größer das Heldentum.

«Verstehe. Und gibt es etwas, über das Sie mit mir reden möchten, solange Sie noch hier sind? Machen Sie sich über irgendetwas Sorgen?»

«Mir geht's super. Mei einzige Sorge ist, dass i möglichst bald hier aussi kimm.»

«Sehr schön. Den Unfall haben Sie also gut verkraftet?»

«Ach der Unfall, des moanen's ...» Seiler zögerte kurz. Vielleicht hatte er gemerkt, dass sein Verhalten nicht ganz zu seiner angeblich so schweren Verletzung passte. Oder hatte sie einen anderen neuralgischen Punkt getroffen?

Doch da redete er eilig weiter: «Ja, des war grauslich. Ich hab ja noch zu helfen versucht. Er stand da an der Kant'n und schwankte. War plötzlich schwindelig oder so. Ich spring hin, da rutscht er schon ab. Er streckt mir die Händ entgegen wia a Ertrinkender, ich versuch ihn noch zum dawisch'n, er dawischt noch grad mei Jopp'n mit die Fingerspitzen, dann fällt er. Und ich fall auch, durch die Hast, aber zum Glück ned tief, ich bleib hängen und schlag mir nur den Kopf an.» Seiler deutete auf den Kopfverband.

An der Geschichte stimmte etwas nicht, so überzeugend sie auch vorgetragen war. «Sie sagen, der Stranek hat noch Ihre Jacke erwischt?», fragte Christine.

«Ja, aber nur ganz leicht. Sonst hätt er mich wahrscheinlich noch mitgezogen. Ich stand ja in dem Moment auch nimmer sicher. Ich wollt helfen und hab gar ned an mich gedacht.»

Ja klar. Jetzt war Christine überzeugt, dass er log. Das mit der Jacke hatte er sich gerade erst ausgedacht. Und es passte nicht zu Holzhammers Erkenntnissen über die Faserspuren. Aber wenn er nicht der Mörder war – warum log er dann? Was war wirklich passiert?

«Wie gesagt, ich möcht so schnell wie möglich heim. Ich muss vor dem Schnee noch im Woid eini, Holz obi ziagn.»

Was wollte er? Irgendwas mit Holz im Wald. Hier hatte ja fast jeder ein Stück Wald.

«Wenn Sie wollen, können Sie jederzeit heimgehen. Heute noch. Oder Sie packen in Ruhe, schlafen noch mal hier und lassen sich dann morgen nach dem Frühstück abholen», sagte Christine.

«So mach ma's», antwortete Seiler und grinste.

Flirtete der etwa mit ihr? Jedenfalls konnte sie ihn nicht gegen seinen Willen hier festhalten. Warum der Mensch log, würde Holzhammer selbst herausfinden müssen. Das Einzige, was sie herausgefunden hatte, war, dass Seiler etwas behauptete, was auf keinen Fall sein konnte: dass sich nämlich Stranek in Seilers Jacke gekrallt hatte.

❧ ❧ ❧

Vor einer Viertelstunde hatte die letzte von Matthias' Mitarbeiterinnen das Büro verlassen. Er saß an seinem Schreibtisch, den Kopf in die Hände gestützt, und starrte auf den Bildschirm. Er konnte nicht glauben, was er da sah: eine Überweisung direkt aus der Gemeindekasse an Holger Stranek. Das heißt, als Empfänger war nicht «Holger Stranek» eingetragen, sondern der Name war leicht getarnt: STRA-naz stand da, und dann im Betreff «STRAssenbau-Nachtzuschlag Erdverfüllung Kohlweg». Als hätte jemand aus Versehen den abgekürzten Betreff als Empfänger eingesetzt. Deshalb war die Überweisung anstandslos durch die Kontrollen der Bank gegangen. Niemand hatte bei der Gemeinde nachgefragt, ob das seine Ordnung hatte. Schon deshalb, weil solche Nachfragen die Kunden meistens nervten, und wer wollte es sich schon ausgerechnet mit der Gemeindeverwaltung verderben?

Doch es konnte immer noch die Anweisung eines anderen Verfügungsberechtigten sein. Matthias sah sich also die Stammdaten des Kontos an. Zwei Angestellte der Gemeinde waren ebenfalls verfügungsberechtigt, allerdings für Beträge über tausend Euro nur gemeinsam. Hias war der Einzige, der allein unterschreiben konnte, wenn es um höhere Beträge ging. Aber vielleicht war da etwas durchgerutscht? Matthias holte sich den eingescannten Originalbeleg auf den Bildschirm, blätterte zurück zu den Stammdaten und verglich die hinterlegte Unterschrift.

Jeder Bankkaufmann lernte, wie man Unterschriften verglich. Und Matthias musste zugeben, dass die Unterschrift nach allen typischen Kriterien übereinstimmte. Er war natürlich kein Schriftsachverständiger, und um ganz sicher zu gehen, müsste man den Papierbeleg aus dem Keller fischen und diesen mit der Original-Unterschriftenkarte vergleichen, die in der Filiale hinterlegt war. Aber er hatte schon sehr viele Unterschriften verglichen, und ihm war klar, dass dabei auch nichts anderes herauskommen würde.

Matthias fuhr sich durch die kurzen Haare und überlegte. Selbstverständlich hielt er seinen Cousin immer noch für unschuldig. Schon deshalb, weil der nicht so blöd war. Wenn der Hias jemanden schmieren wollte, dann würde er das nicht über das Gemeindekonto laufen lassen. Bei jeder ernsthaften Prüfung wäre das aufgefallen. Aber umso mehr musste diese Sache aufgeklärt werden. Für ihn sah es so aus, als wollte jemand dem Hias an den Karren fahren. Und das sollte der Hauptwachtmeister seines Vertrauens gefälligst so schnell wie möglich aufklären. Matthias griff zum Telefon – nicht zum Banktelefon, sondern zu seinem privaten Handy.

Hauptwachtmeister Franz Holzhammer war nach der Tournee durch Reha-Klinik und Bank wieder dort angekommen, wo er gestartet war. In seiner neuen Liege nämlich, die er erst letzte Woche für die Hüttenveranda bestellt hatte. Sie war so niedrig, dass er problemlos an das am Boden stehende Weißbierglas herankam, ohne mehr bewegen zu müssen als seinen Arm. Auf seinem Schoß lag der moderne Laptop mit WLAN, und auf dem Bildschirm tobte ein Schachspiel mit einem bereits stark ins Hintertreffen geratenen Taiwanesen. Wenn

Holzhammer den Blick vom Bildschirm hob, während der Asiate verzweifelt über den nächsten Zug nachdachte, stand ihm die weltweit bekannte Silhouette des Watzmanns vor Augen, heute freundlich sonnenbeschienen und in der klaren Herbstluft deutlich erkennbar inklusive Frau und vier Kindern. Die Watzmannfrau wurde wesentlich seltener besucht als ihr Mann, auf dem an schönen Wochenenden Hunderte von Bergsteigern unterwegs waren. Holzhammer erinnerte sich an seine erste Watzmann-Überschreitung. Damals war er jung *und* fit gewesen. Heute war er nur noch *und*. Und dieses *und* hatte außerdem ein «r» dazubekommen.

Sein Handy klingelte, und Matthias war dran: «Da war tatsächlich eine entsprechende Kontobewegung», platzte der gleich in bestem Bankerdeutsch heraus. Und fuhr weniger bankerisch fort: «Da will jemand den Hias verarschen.»

«Ja, leck mich», entfuhr es nun auch Holzhammer. In seinem Kopf fing es jedoch sogleich an zu arbeiten: «Das heißt, wir müssen jetzt offiziell werden. Wir müssen die ganze Buchhaltung der Gemeinde anfordern – und natürlich auch offiziell Kontoeinsicht beantragen. Das muss über Fischer laufen. Ich bin ja nur grün.»

«Wie du meinst. Aber die Hauptsache ist, dass die Unschuld vom Hias so schnell wie möglich bewiesen wird. Sonst kann der seine Wiederwahl vergessen.»

«Scho klar. Die Fakten müssen auf den Tisch, und zwar pronto. Ich ruf direkt den Fischer an. A moi am Wochenende arbeiten schod dem nix. Und derweil überleg ich mir, wen ich bei der Gemeinde kenn, und horch mi spätestens Montag a bisserl um.»

«Na gut.»

Das Gespräch mit Holzhammer hatte Matthias keineswegs

beruhigt. Irgendwie hatte er das Gefühl, dass da etwas gewaltig schieflief. Seine buddhistische Gelassenheit hatte sich bereits verabschiedet, als er die Kontobewegung auf dem Bildschirm gesehen hatte. Aber was sollte er machen?

Holzhammer rief Fischer an und bekam ihn auch gleich ans Telefon. Es hörte sich an, als säße der Polizeichef im Auto. Und so war es auch, Dr. Fischer befand sich auf dem Weg nach München, um an einem Sektempfang im Rathaus teilzunehmen, zu dem er genau genommen gar nicht eingeladen war.

Holzhammer schilderte die Lage. Irgendjemand hatte Geld vom Gemeindekonto an Stranek überwiesen, warum auch immer. «Wir müssen Kontoeinsicht beantragen und am besten auch gleich eine Haussuchung bei der Gemeinde, um die ganze Buchhaltung zu bekommen», sagte er. «Der Hias würde uns die Daten sicher freiwillig herausgeben, aber wenn wir mit der Truppe kommen, geht es schneller, und der Täter kann nichts mehr verschwinden lassen oder im Computer löschen.»

Fischer saß in seinem Porsche und hörte dem Hauptwachtmeister zu. Er fuhr gerade am Chiemsee vorbei, rechts die Herreninsel mit Schloss Herrenchiemsee. Das waren noch Zeiten gewesen. König Ludwig – alle hatten ihn für verrückt gehalten, aber so berühmt wie er war auch kein anderer. Was den Nachruhm betraf, hatte die Konsequenz sich ausgezahlt, mit der er seine Ideen verfolgte. Einen Moment lang visualisierte Fischer eine goldene Krone auf seinem eigenen Kopf. Das gab den Ausschlag: «Wir halten uns nicht mit irgendwelchen Haussuchungen auf. Ich beantrage sofort einen Haftbefehl.»

«Was, für wen denn?», fragte Holzhammer entgeistert.

«Für den Bürgermeister, für wen sonst», erwiderte Fischer. Ja, sein Entschluss stand fest. Letztes Jahr hatte er gezögert, dieses Jahr würde er von Anfang an durchgreifen. Der unerschrockene Polizeichef, der sich furchtlos mit den Lokalgrößen anlegte. Der den anderen immer eine Nasenspitze voraus war. Der den richtigen Riecher hatte, wenn andere noch zögerten und Hausdurchsuchungsbeschluss beantragten. Die Verhaftung würde Aufsehen erregen. Auch in München. Er sah den ganzseitigen Bericht in der *Süddeutschen Zeitung* schon vor sich.

«Bist du wahnsinnig? Das kannst du nicht machen!», sagte Holzhammer.

Doch das bestärkte Fischer nur in seiner neugefundenen Durchgreifer-Rolle. Dass es der Bürgermeister nicht gewesen sein konnte, war Holzhammers persönliche Meinung, wahrscheinlich weil er mit dem Kerl um sieben Ecken verwandt war. Aber er, Dr. Klaus Fischer, hatte die unbestechliche Sicht von außen. Ja, er wurde sich immer sicherer. Und wer weiß, vielleicht hatte dieser Dorfbürgermeister den Stranek nicht nur bestochen, sondern ihn anschließend auch noch vom Berg geschubst, als die Sache gelaufen war. Um die Spuren zu verwischen.

«Doch, ich rufe sofort den Staatsanwalt an», sagte Fischer, «Mordverdacht und Verdunkelungsgefahr.» Dann trennte er die Verbindung.

Völlig zerrüttet fiel Holzhammer in seine Liege zurück. Der Chef drehte offensichtlich komplett durch. Jetzt konnte er nur noch hoffen, dass der Staatsanwalt in Traunstein genug Verstand hatte, um Fischers Antrag abzulehnen. Ein Albtraum, wenn er den Hias tatsächlich verhaften müsste.

# 6

Bis vor zwanzig Jahren hatte es in der Schönau keine Straßennamen gegeben. Die Post war nur nach dem Namen des Hauses zugestellt worden. Erst im Zuge der Gebietsreform und der Zusammenlegung mit Königssee hatte man Straßennamen erfunden – vermutlich auf Drängen der Bundespost.

Viele Ältere kannten diese jedoch immer noch nicht. Man bezeichnete sein Wohnhaus mit dem Hausnamen und nannte vielleicht noch die Gnotschaft dazu, den Ortsteil. Daher wurden Urlaubsgäste, die ratlos am Weg standen und nach der «Waldhauserstraße 5» fragten, von Einheimischen ebenso ratlos angeschaut. Wer den Hausnamen kannte, bekam zwar eine Wegbeschreibung, aber mit der wusste er oft auch nichts Rechtes anzufangen. Denn um beim Grasslbauer rechts abzubiegen, musste man halt wissen, welcher der Grasslbauer ist.

Oben am Berg war es genauso: Wenn ein norddeutscher Wanderer fragte, ob dies der Weg 461 sei, konnte ihm kaum ein Berchtesgadener helfen. Man wusste, wo der Weg hinführte und wie lang und schwierig er war. Vielleicht hatte der Weg auch einen Namen, wie Reitsteig oder Luchsgang. Aber eine Nummer? Kein Einheimischer wusste, welche Nummern der Alpenverein den Wegen willkürlich zugeteilt hatte.

Bürgermeister Hias wohnte im Mooslehen, einem der ältesten Bauernhöfe in der Schönau. Er hatte das Anwesen recht kostspielig renovieren lassen. Durch die Zusatzeinnahmen aus der Zimmervermietung lief es gut, und mit seinem Bürgermeistergehalt konnte er auch für die nächste Wahlperiode fest rechnen. Er riss sich ein Bein aus für die Gemeinde, und jeder wusste das. Er hatte Kurse für Betriebswirtschaft und Verwaltung besucht, er hatte Ideen und brachte die Gemeinde jedes Jahr ein Stück voran. Gelernt hatte er eigentlich Hotelkaufmann, aber das half nicht besonders bei der Regierung einer Gemeinde, und sei sie noch so abhängig vom Tourismus.

Er war allgemein beliebt und konnte auch mit den echten Großkopferten in München. Selbst wenn er beim Frühlingsfest mal nach fünf Maß in die Rabatte fiel, nahm ihm das niemand übel, es wirkte vielmehr volksnah. Nur seine Frau Resi sah das anders. Sie stammte aus einer feinen Hoteliersfamilie, in der man selbstverständlich auf Umgangsformen achtete. Als Empfangschefin des elterlichen Hotels direkt am See hatte sie in ihrer Jugend mehrere gekrönte Häupter persönlich begrüßt.

Die beiden saßen beim Frühstück im neu angebauten Wintergarten, den Resi mit großen Bodenvasen, Strohblumen und einem Zimmerbrunnen dekoriert hatte. Auch der Frühstückstisch war liebevoll gedeckt. In der Mitte prangte ein bunter Blumenstrauß, den die Hausfrau im Garten frisch geschnitten hatte.

Es schellte an der Tür. Resi ging öffnen. Draußen stand Hauptwachtmeister Holzhammer mit einem Zettel in der Hand und einem schuldbewussten Gesicht: «Grüß dich, Resi, i muass zum Hias.»

«Es ist Samstag, mir sitzen beim Frühstück. Was kann denn so wichtig sein?», fragte sie leicht verärgert. Resi sah es als ihre Aufgabe an, ihrem vielbeschäftigten Mann wenigstens einen Rest Privatleben zu bewahren.

«Duad ma load, aber es kimmt ned von mir», antwortete Holzhammer und ging an ihr vorbei in den Wintergarten, wo der Bürgermeister gerade seine zweite Semmel aufschnitt.

Gelassen blickte der auf: «Franz, grias di, was ist denn?»

«Ähm, Hias, i muass di verhaft'n. Sieh selbst, da steht's.» Holzhammer hielt den Zettel hoch. Der Wisch aus Traunstein war Holzhammer heute Morgen praktisch ans Bett geliefert worden.

«Wos? Wos sagst?» Der Bürgermeister blickte entgeistert von seiner Semmel auf. «Ja, spinnst denn du jetzt völligst?»

«Na, der spinnt, des is der Fischer. Er lasst di verhaften.»

«Und weswegen, wenn i fragen derf?»

«Erst mal wegen Bestechung und dann auch noch wegen Mordverdacht.» Holzhammer fand es selbst völlig lächerlich, was er da von sich gab. Aber das stand nun mal auf dem Haftbefehl.

«Großartig, das ist ja ganz großartig!» Der Bürgermeister fing jetzt haltlos an zu lachen. «Ihr seid ganz große Kriminaler, was!» Er lachte und konnte sich überhaupt nicht wieder einkriegen.

«Bitt schön, pack jetzt a paar Sachen ein.» Holzhammer wurde die Sache zunehmend peinlich, er wollte es hinter sich bringen.

Hias blickte zu seiner Frau. Resi stand der Schreck ins Gesicht geschrieben. «Schatzl, reg di ned auf, das klärt sich», sagte der Bürgermeister. «Ich geh jetzt mit, und in a paar Stund bin i wieder da.» Damit stand er auf und wandte sich so, wie er war, zum Gehen.

Holzhammer wagte nicht einzuwerfen, dass vielleicht doch eine Zahnbürste angezeigt wäre.

❀ ❀ ❀

Christine stieg in ihren geliebten Z3 und fuhr durch die Schönau Richtung Königssee. In Unterstein fielen ihr zum ersten Mal die handgemalten Plakate auf. Da stand «Wir wollen unseren Pfarrer Miro wiederhaben». Das war wieder so eine typisch Berchtesgadener Geschichte, eine von denen, über die Christine sich immer noch wunderte, obwohl sie es inzwischen besser wissen sollte.

Von einem Tag auf den anderen war der äußerst beliebte Pfarrer plötzlich weg gewesen. Und man hatte im *Anzeiger* lesen dürfen, dass er offensichtlich in Österreich einen Prozess am Hals hatte. Wegen Stalking. Wegen Stalking eines Seminaristen. In jeder deutschen Großstadt hätte sich daraufhin die geballte Empörung der frommen Kirchgänger auf den Priester entladen – und alle hätten es schon immer gewusst. Nicht so in Schönau am Königssee: Die Schönauer wollten ihren Pfarrer wiederhaben. Der hatte gut gepredigt, immer die alten Leute besucht, sich um die Bedürftigen gekümmert und sehr schöne Messen für die Verstorbenen gelesen. Und den Österreichern glaubte man schon mal gleich gar nichts.

Ja, die Berchtesgadener waren einfach anders. Irgendwie autonomer. Sie hätte glatt Lust gehabt, darüber zu promovieren. Aber irgendwann musste Schluss sein mit dem Sammeln von Doktortiteln.

Sie fuhr weiter Richtung Königssee, am McDonald's vorbei. Auch der McDonald's war etwas Besonderes, denn er hatte wahrscheinlich die kürzesten Öffnungszeiten weltweit. Um elf machte er auf, und um zehn war Zapfenstreich. Dazwischen herrschte Restaurantfeeling, denn meistens musste man auf die Zubereitung der Speisen warten. Alle Bestellungen, die ausgefallener waren als Big Mac und Cola, wurden erst on demand zubereitet. Dafür saß man zur Rodelsaison immerhin neben dem vom nahen Eiskanal herübergewechselten rumänischen Bobfahrerteam, das sich hier bobfahrergerecht ernährte.

Christine stieg in ihre Bergschuhe, schulterte den Rucksack und lief an der ehemaligen Holztrift entlang zum alten Holzsteg beim Stauwehr. An dieser Stelle, wo sich stets Enten und Touristen tummelten, flossen die Wasser des Königssees in die Berchtesgadener Ache.

An der Bobbahn entlang ging es aufwärts. Hier wurde seit Jahren gebaut, ursprünglich wohl um den diversen Olympiabewerbungen mehr Schwung zu geben. Mal gemeinsam mit Salzburg und mal mit München hatte es die Gemeinde versucht. Und immer mit dem Hias an der Spitze. Der Schönauer Bürgermeister hielt wahrscheinlich weltweit den Rekord für die meisten Olympiabewerbungen. Leider waren alle erfolglos gewesen. Der größte Kummer der Sportfunktionäre war jedoch das mangelnde Interesse der Einheimischen an den Wettkämpfen auf der Bobbahn. Andere Skiorte hatten das besser im Griff, möglicherweise weil dort das Verhältnis zwischen aktiven Sportlern und interessierten Zuschauern günstiger war. Hier machte ja jeder selber Sport, und bei schönem Wetter ging man lieber Skitouren, anstatt sich winkend an die Bobbahn zu stellen. Und bei schlechtem Wetter blieb immer noch die Kletterhalle. Auch sonst war der Enthusiasmus für irgendwelche Events eher begrenzt. Für die letzte Bewerbung waren damals händeringend Bettenkontingente gesucht worden, aber kein Betrieb hatte Lust gehabt, sich entsprechend zu verpflichten. In der Faschingsausgabe der Heimatzeitung hatte dann gestanden: «Dem Olympischen Komitee wurden bisher insgesamt zwei Zeltplätze zur Verfügung gestellt.»

Den Vorteil hatten die Touristen, sie bekamen auf jeden Fall einen Platz in der ersten Reihe. Beim Rennrodelweltcup konnte jeder, der wollte, direkt an der Bahn stehen und in dem Bewusstsein baden, dass man nur die Hand ausstrecken musste, um sie sich vom Weltmeisterschlitten eines Patric Leitner, Karl Angerer oder Felix Loch abreißen zu lassen.

Es war inzwischen neun Uhr und die Hölle los. Zahlreiche Grüppchen strebten bergan, fast alle – erkennbar an den Helmen am Rucksack – wollten zum Klettersteig

Der war die neueste Attraktion am Königssee. Dass er so schnell und unbürokratisch gebaut werden konnte, hatte die Gemeinde einem alten, kürzlich verstorbenen Schönauer namens Isidor Grassl zu verdanken, der schon vor dem Krieg hier herumgeklettert war. Vor zig Jahren hatte er einzelne Passagen am Grünstein notdürftig mit einem dünnen Stahlseil gesichert. Das Seil war inzwischen natürlich völlig verrostet und die Verankerungen weitgehend herausgebrochen. Doch es genügte, um die Route als Altbestand auszuweisen. Da es sich somit lediglich um die Sanierung eines bestehenden Steigs handelte, konnte man ohne weiteres Genehmigungsverfahren ans Werk gehen.

Inzwischen gab es drei verschiedene Varianten, sodass Christine hoffte, die Leute würden sich halbwegs verteilen. Für sie selbst kam nur die leichteste Route in Frage – die eigentliche Isidor-Führe. Der hatte sich bestimmt nicht träumen lassen, dass sein bevorzugter Kletterfelsen einmal mehrere Tausend Begeher pro Jahr sehen würde.

Kurz vor der Abzweigung zum Klettersteig wurde Christine überholt. Wieder eins jener typisch Berchtesgadener Frusterlebnisse. Eine junge Frau rannte an ihr vorbei. Bergauf. Mit Gewichten in den Händen. Sie grüßte freundlich, sehr entspannt, gar nicht außer Atem, und stob davon. Am Anfang war Christine bei solchen Begegnungen jedes Mal ganz frustriert gewesen, hatte sich körperlich quasi minderbemittelt gefühlt. Doch dann war ihr klargeworden, dass sie es hier mit Leistungssportlern zu tun hatte. So ungefähr jeder zweite Berchtesgadener war mindestens Deutscher Meister in irgendeiner Bergsportart. Man brauchte sich ja nur die zahllosen Fotos anzusehen, die bei Manu an der Wand hingen.

Leute wie Ines Papert, die mehrmalige Weltmeisterin im Eisklettern, wohnten hier, ebenso die inzwischen sogar aus der Schokoladenwerbung bekannten Huber-Brüder. Einige erledigten die komplette Watzmann-Überschreitung ab Parkplatz an der Wimbachbrücke in sechs Stunden.

Am Einstieg hatten die Klettersteigbauer eine Bank aufgestellt, die durch einen kleinen Bretterverschlag notdürftig vor Steinschlag geschützt war.

Die Bank war bereits belegt, sodass Christine sich mit einem Stein als Sitz- und Ablageplatz begnügen musste. Sie streifte ihren Rucksack ab und nahm das Klettersteigset heraus. Natürlich hatte sie auch einen Helm dabei, ein absolut notwendiges Utensil. Wo so viele Menschen übereinander unterwegs waren, kamen häufig Steinchen geflogen. Und manchmal auch veritable Steine. Das Anlegen des Gurtes hatte sie schon zu Hause geübt. In den Gurt wurde per Sackstich das Y-Set eingeknotet, das so hieß, weil es genauso aussah: ein kurzes Seilstück, das sich in zwei Arme teilte, jeder mit einem Karabiner am Ende. Die Form gewährleistete, dass man auch beim Umhängen des Sets an den Verankerungen des Stahlseils immer mit mindestens einem Ende gesichert blieb.

Während Christine sich fertig machte, beobachtete sie die Klettersteig-Aspiranten auf der Holzbank, die ebenfalls damit beschäftigt waren, in ihre Ausrüstung zu steigen. Offensichtlich handelte es sich um einen Anfängerkurs inklusive Kursleiter, vermutlich ein einheimischer Bergführer. Geduldig erklärte er mehrfach die Handhabung der Karabiner und überprüfte sorgfältig bei jedem einzelnen Teilnehmer, ob der Gurt richtig angelegt und vorschriftsmäßig geschlossen war. In der Wand über ihr tummelten sich bereits zahlreiche Kletterer. Am besten, sie reihte sich hinter dem Anfängerkurs ein, die waren ja bestimmt auch nicht so schnell. Dann würde man die Bremswirkung nicht ihr, sondern den anderen Frischlingen zuschreiben.

In diesem Moment kam eine gut aussehende und sehr sportlich wirkende Frau vorbei. Sie war bereits in voller Montur. Unter Klettersteigset und Rucksack trug sie ein ärmelloses, eng anliegendes Shirt, das muskulöse Arme und Schultern sehen ließ. Der Schultergurt ihres teuer aussehenden Rucksacks legte sich malerisch um die Brüste. Die meisten Frauen sahen ja bei aufgesetztem Rucksack um die Brust herum völlig bescheuert aus, aber diese nicht. Irgendwie war es ihr gelungen, die Gurte so einzustellen und anzulegen, dass sie wie ein Push-up wirkten. Sogar ihr Helm war kleidsam. Anscheinend speziell für Damen und andere Langhaarige gemacht, hatte er hinten einen v-förmigen Ausschnitt, aus dem ein kokett wippender Pferdeschwanz grüßte.

Die Frau blickte im Vorbeigehen herüber. Auch der Bergführer blickte auf, und die Blicke der beiden trafen sich. Trafen sich und blieben deutlich zu lange aneinander hängen.

Die beiden grüßten sich in üblicher Weise, wie man sich in Berchtesgaden halt so grüßt: «Servas, grias di.» Doch in diese paar Silben kann man sehr viel hineinlegen, und Christine hatte das Gefühl, dass hier mehr ausgetauscht wurde als nur ein freundlicher Gruß zwischen Einheimischen. Ein geheimes Einverständnis lag in der Luft. Die beiden kannten sich besser, als die Umwelt wissen sollte. Während die Frau sich zügig die ersten Meter hochschwang, warf sie noch einmal einen Blick zurück zu dem Bergführer. Der tippte sich daraufhin kurz an den Helm. Dann führte er seine Gruppe zum Anfang des Stahlseils. Schon die ersten Meter machten einigen Teilnehmern Schwierigkeiten. Christine fand nur das Umhängen des Y-Sets etwas umständlich. Zu dem Zweck musste man halbwegs sicher stehen, man konnte sich ja nur mit einer Hand festhalten. Und wenn man die Karabiner am Seil nicht ständig mit einer Hand hochschob, hingen sie irgendwo meterweit unter einem, sodass man sie zum Umhängen erst mühsam heraufangeln musste. «Stürze am Klettersteig sind zu vermeiden», so stand es in einer Veröffentlichung des Alpenvereins. Christine würde unter allen Umständen versuchen, sich daran zu halten.

Das Klettersteigset sorgte zwar dafür, dass man im Falle eines Falles nicht bis zum Wandfuß stürzte. Aber ein Sturz bis zur nächsten Verankerung des Stahlseils, möglicherweise über Felsvorsprünge und Eisensprossen, war absolut ausreichend für schwere Verletzungen.

* * *

Franz Holzhammer saß mutterseelenallein in seinem Dienstzimmer und haderte mit sich. Er hatte den Kopf in seine Hände gestützt und starrte auf die abgenutzte Tischplatte aus

Buchenfurnier. Die beiden jungen Polizisten, die eigentlich am heutigen Sonntag Dienst hatten, hatte er nach Hause zu ihren Freundinnen geschickt. Dienststellenleiter Dr. Fischer, der das alles angerichtet hatte, war natürlich auch nicht da. Der feige Hund.

Holzhammer fühlte sich furchtbar. Er schätzte den Hias und machte sich Vorwürfe. Natürlich hatte er als Berchtesgadener nicht so ein enges Verhältnis zum Schönauer Bürgermeister wie Matthias. Beide Gemeinden lagen zwar im inneren Landkreis, aber da wurden klare Unterschiede gemacht. Ein Schönauer war ein Schönauer und ein Berchtesgadener einer aus dem Markt. Ein himmelweiter Unterschied. Nur bei Fremden ließ man solche Ungenauigkeiten durchgehen.

Bei Holzhammer hatte immer die Devise gegolten: «Schuldig ist, wen ich dafür halte», und den Hias hielt er für unschuldig. Eine Sichtweise, die nicht ganz so subjektiv war, wie es sich anhörte. Die Marktgemeinde hatte siebentausendfünfhundert Einwohner, wenn man Kinder und Alte abzog, kamen theoretisch höchstens dreitausend für Straftaten in Frage. Aus dem restlichen inneren Landkreis kamen noch einmal ungefähr genauso viele hinzu. Es war also keine Hexerei, seine Pappenheimer zu kennen. Außerdem war Holzhammer ja nicht allein. Seine Frau und er hatten zusammen ungefähr dreihundert Verwandte, darunter diverse alte Damen, die nicht viel Besseres zu tun hatten, als zu beobachten, was im Talkessel alles vor sich ging. Dazu noch mit seniler Bettflucht geschlagen, stellten sie perfekte Geheimagenten dar. Daher betrug seine Aufklärungsquote bei Einbrüchen, Autodiebstahl oder Vandalismus fast hundert Prozent. Viel Schlimmeres kam normalerweise nicht vor. Für Morde auf Gipfeln jedoch fehlten dem Hauptwachtmeister die Spitzel.

Natürlich kannte Holzhammer den Bürgermeister der Nachbargemeinde. Er hatte auch schon öfter im Schönauer Rathaus zu tun gehabt, zum Beispiel besprach man sich vor Festen am Königssee, wie die Zufahrt zu regeln wäre. Oder vor einigen Jahren die schiere Invasion, als der Königssee nach langer Zeit wieder einmal so fest zugefroren war, dass man ihn zur Begehung freigeben konnte. Am ersten Wochenende waren fünfzehntausend Fahrzeuge aus ganz Bayern an den Königssee gerollt. Da hatte man schnell handeln müssen. Hias hatte blitzartig einige Wiesen in der Nähe des normalen Parkplatzes vom Schnee befreien lassen, aber das hatte als Parkfläche längst nicht ausgereicht. Er hatte die Polizei zu Hilfe gerufen, und man hatte die Autos schon an der Bundesstraße angehalten und links und rechts parken lassen. So etwas funktionierte reibungslos. Musste es ja, hier, am Ende aller Straßen. Und wenn die Polizeikräfte nicht ausreichten, gab es noch die freiwillige Feuerwehr. Gemeinsam bekam man jede Art von Naturkatastrophe in den Griff, egal, ob es sich um Schnee- oder Touristenmassen handelte.

Holzhammer überlegte, ob er etwas falsch gemacht hatte. Hätte er Dr. Fischer die sogenannte Kontobewegung verschweigen sollen? Aber wie dann weitermachen? Jetzt war er der Buhmann. Auf der Dienststelle in der ehrwürdigen Gründerzeitvilla angekommen, hatte er Hias zunächst in seinem Dienstzimmer einen Kaffee anbieten wollen. Aber der hatte nur kühl abgelehnt und von sich aus die Arrestzellen angesteuert.

Holzhammer hatte nur einen Trost bei der ganzen Sache: Er war sich absolut sicher, dass sein Chef, der famose Dr. Fischer, sich am Ende wieder mal zum Deppen machen würde. Blieb nur die Frage, wie man dieses Endergebnis möglichst beschleunigen konnte. Und es blieb ihm noch eine extrem unangenehme Aufgabe: Er musste natürlich Matthias über die Verhaftung seines Cousins informieren.

Christine hatte keinerlei Schwierigkeiten, mit ihren Vorkletterern mitzuhalten. Sie machte einfach jeden Schritt und jeden Griff genauso wie die, und die machten es genauso wie der Bergführer, der vorwegging. Etwas fiel ihr auf: Die Gruppe blieb sehr eng zusammen. Im Internet hatte sie gelesen, dass sich zur gleichen Zeit immer nur eine Person zwischen zwei Haltepunkten des Stahlseils befinden sollte. Ihre Vorgänger hingegen standen sich praktisch gegenseitig auf den Schuhen. Das bedeutete, wenn der Erste stürzte, er wahrscheinlich alle anderen mit abräumen würde. Christine achtete darauf, dass sie selbst ausreichend Zwischenraum ließ.

Auf diese Weise arbeitete sich die Schlange am Stahlseil empor. Bald kam von rechts die Einmündung der beiden schwierigeren Varianten über eine schwindelerregende Hängebrücke. Die Brücke bestand aus schmalen Holzplanken im Schrittabstand. Dazwischen war nur Luft. Jetzt wurde es noch voller am Seil.

Nach einigen Quergängen, weiteren Steilpassagen und einer sandigen Rinne gelangte Christine schließlich auf einen kleinen, flachen Rücken mit Bänkchen. Hier konnte man sich ausklinken und in Ruhe verschnaufen. Erst jetzt merkte sie, dass sie komplett durchgeschwitzt war. Und die Schweißbäche waren wohl nicht allein der warmen Herbstsonne zu verdanken – auch ein paar Spritzer Angst waren dabei.

Sie legte eine Pause ein und streckte sich auf dem schmalen

Grasfleck aus. Zum Essen hatte sie nur zwei Müsliriegel dabei, da sie auf die Grünsteinhütte spekulierte. Plötzlich musste sie an ihr allererstes Bergerlebnis denken. Das war im Allgäu gewesen, ein Familienurlaub. Sie war zwölf gewesen, ihr Bruder zehn. Beide hatten sie praktisch noch nie einen Berg gesehen, allenfalls von der Autobahn nach Italien aus.

Schon als Kind hatte sie die Berge gleich sehr interessant gefunden und ihren Bruder überredet, am nächsten Tag mit ihr «wandern» zu gehen. Warum ihre Mutter das erlaubt hatte, wusste sie bis heute nicht. Sie waren also losgezogen, natürlich in Turnschuhen und kurzen Hosen, immer bergwärts, zunächst auf einem Forstweg. Der wurde ihnen schnell zu langweilig, und sie waren auf einen Grashang abgebogen. Das war eine ganze Weile gutgegangen. Doch dann war der Hang immer steiler geworden, dabei lehmig und rutschig.

Irgendwann war klar, dass sie nicht mehr umkehren konnten. Sie konnten nur noch aufwärts. Sie versuchten, irgendwie das Ende des Hanges zu erreichen. Ihr Bruder kam rauf, sie nicht. Irgendwann konnte sie weder vor noch zurück, stand wacklig mit den Füßen auf rutschigen Grasballen und krallte sich mit den Händen im Lehm fest. Ihr Bruder schrie von oben nach ihr. Sie schrie zurück: «Ich kann nicht weiter!» Er schrie noch lauter.

Damals war sie überzeugt gewesen, sterben zu müssen. Und hatte Folgendes überlegt: ‹Entweder ich hänge jetzt hier, bis ich nicht mehr kann und runterfalle. Bis dahin habe ich die ganze Zeit Angst. Oder ich lasse sofort los und bin tot und habe keine Angst mehr.› Das war ihr sinnvoller erschienen. Also hatte sie losgelassen.

Sie war ein paar Meter tief gefallen, durch Dornen und über Steine gerutscht und dann an einem Busch hängen geblieben.

Zum Glück an einer Stelle, von der sie zur Seite weg den Steilhang verlassen konnte. Sie hatte von oben bis unten Schürfwunden und blaue Flecke gehabt. Aber sonst war ihr nichts passiert. Und das Seltsame daran war, dass gerade Grasberge sie auch heute noch besonders anzogen.

Christine tauchte aus ihrer Erinnerung auf. Sie fühlte sich schon wieder einigermaßen fit, und technisch gesehen war der Rest der Strecke kein Problem mehr, es ging sogar teilweise seilfrei weiter. An dem grün gestrichenen, zum Gate-Projekt gehörenden «Satelliten» vorbei gelangte sie auf den Gipfel. Die Aussicht war phantastisch – hinten der Talkessel, vorne der Watzmann mit seinen Verwandten, links der Jenner mit der Seilbahn. Doch heute hielt Christine sich nicht lange damit auf. Radler und Gulaschsuppe auf der Hütte lockten zu sehr.

Die Terrasse der Grünsteinhütte war überschaubar, aber trotzdem ging es an diesem Sonntag «ziemlich zu», wie die Bayern sagten. Der junge Wirt wieselte herum. Er wirkte gar nicht wie ein Gastronom, eher schüchtern. Aber Christine wusste, dass er die Hütte bereits seit Jahren betrieb, außerdem war er ein entfernter Verwandter von Matthias. Der neue Klettersteig musste für ihn eine Art Gottesgeschenk sein, die Gästezahlen hatten sich dadurch sicher verdreifacht. Da Klettersteige jedoch nicht vom Himmel zu fallen pflegten, sondern im Gegenteil von unten herauf gebaut wurden, vermutete sie, dass der Wirt auf verschlungenen Wegen mit dem Bau zu tun hatte.

Christine fand einen Platz, legte den Rucksack ab und begann den Gurt auszuziehen. Während dieser gymnastischen Übung blickte sie sich an den anderen Tischen um. Richtig, da war auch der Klettersteigkurs von vorhin. Die stolzen Bezwinger der Grünstein-Nordwand saßen vor ihren Weißbieren, der Bergführer trank Spezi. Christine ertappte sich dabei, dass sie ihn um seinen Beruf beneidete. Im Gegensatz zu ihr hatte er ausschließlich mit Leuten zu tun, die freiwillig kamen, die von ihm lernen wollten, ihn bewunderten, ihm nacheiferten und dafür auch noch Geld bezahlten. Und das Beste: Er war den ganzen Tag an der frischen Luft und konnte seinem Hobby nachgehen.

Sie selbst hingegen saß den ganzen Tag in ihrem pompösen Büro, und die Patienten, die zu ihr kamen, waren oft alles andere als motiviert – von Bewunderung ganz zu schweigen. Viele kamen mit einer völlig passiven Haltung und erwarteten einfach, dass sie die Dinge schon irgendwie richten würde – ohne dass sie selbst etwas dazu beitragen mussten. Was natürlich unmöglich war – oder einem Wunder gleichgekommen wäre. Christine konnte weder den Lauf der Welt ändern noch die Gemütslage ihrer Patienten durch Handauflegen verbessern. Eigentlich liebte sie ihren Beruf, aber sie konnte eben nur Hilfe zur Selbsthilfe geben, ihre Patienten neue Einsichten gewinnen lassen und ihnen Denkanstöße geben, wie sie ihr Leben und ihre Probleme anders angehen konnten. Das, was im eigenen Kopf vorging, konnte man nur selbst ändern. Oder man nahm Psychopharmaka.

Christine stopfte das Klettersteigset in den Rucksack und brachte auch den Helm wieder unter dem vorgesehenen Netz unter. Neben ihr auf der Bierbank saßen Norddeutsche mit Kindern.

Zwischendurch bestellte sie ein Radler und eine Gulaschsuppe. Ihr Blick schweifte zur Brüstung, hinter der es steil abwärtsging. Rechts ragte aus der Tiefe ein spitzer Felsen auf, das sogenannte Klingerkircherl. Die brüchige Spitze erreichte nicht einmal das Niveau der Brüstung, trotzdem trug sie mittlerweile stolz ein professionelles Gipfelkreuz inklusive Wandbuch. Um dorthin zu gelangen, musste man allerdings besser klettern können als Christine. Matthias hatte ihr einmal erzählt, dass sein Vater mit Freunden das erste Kreuz auf dem Klingerkircherl errichtet hatte. Zu diesem Zweck hatten die Buben zwei Stücke Wasserrohr hinaufgeschafft – und Zement zur Befestigung. Nur mit dem Wasser hatte es gehapert, daher hatten sie sich gezwungen gesehen, auf den Zement zu pieseln, bis er die passende Konsistenz hatte.

Nanu, dort am Geländer lehnte ja die sportliche Frau vom Einstieg. Normalerweise hätte sie schon längst wieder daheim sein können, bei dem Tempo, das sie vorgelegt hatte. Aber nach dem zügigen Aufstieg hatte sie anscheinend herumgetrödelt – warum wohl? Wieder bemerkte Christine, dass die Blicke der Frau und die des Bergführers sich trafen. Diesmal grüßten sie gar nicht, sondern nickten sich nur zu. Zu viele Zeugen?

Etwas müde, mit schweren Beinen und schweren Armen, kam Christine nach Hause. Vor der Garage stand das schwere rote BMW-Motorrad. Matthias war inzwischen also auch nach Hause gekommen. Drinnen traf sie den sonst so Sanften in einem Zustand, in dem sie ihn noch nie erlebt hatte. Normalerweise prallte Stress ja an ihm ab wie Wasser an einer Lotosblüte. Aber jetzt hatte sie ein 1,94 Meter großes Rumpelstilzchen vor sich: Matthias sprang in der Wohnküche herum, dass der Fußboden bebte. Es sah aus, als würde er gleich explodieren, Dinge gegen die Wand werfen, Türen knallen oder sogar Leute schlagen. Sehr unbuddhistisch. Außerdem hatte er seine Motorrad-Montur noch an. Der Grund war schnell geklärt: «Gerade hat Holzhammer angerufen. Er hat den Hias verhaftet. Und ich bin schuld.»

Christine verkniff sich die Bemerkung, dass Matthias ihr doch mehrfach erklärt habe, Schuld gebe es nicht, Schuld sei ein christliches Konzept. Stattdessen fragte sie: «Wieso das denn? Was ist denn passiert?»

Matthias erzählte ihr von seiner kleinen Recherche in den Kontendaten. Dazu war er bisher noch gar nicht gekommen. «Ich hab dann den Holzhammer angerufen und ihm das Ergebnis gesagt. Und da hat der nichts Eiligeres zum tun, als das diesem depperten Fischer zu stecken. Und der geht her und lasst den Hias verhaften. A halberts Jahr vor der Gemeindewahl. Des muaß sich einer mal vorstellen!»

«Und jetzt?», fragte Christine.

«Jetzt besuch ich ihn im Café Viereck», sagte Matthias. «Holzhammer hat gerade angerufen und seine Heldentat gemeldet. Er hat den Hias persönlich verhaftet, stell dir des vor! Angeblich um weiteres Aufsehen zu vermeiden. Aber dem hab ich die Wadln führi g'richt, des kannst ma glauben. Auf jeden Fall ist der Hias jetzt noch in Berchtsgon, aber in a paar Dog wird er nach Reichahoi überstellt, und dann woaß es a jeder.»

Normalerweise sprach Matthias mit Christine perfektes Hochdeutsch. Daran, dass er jetzt in Dialekt fiel, merkte sie, wie aufgebracht er war. «Du darfst dir nicht die Schuld geben, das ist doch Unsinn», sagte sie. «Auf diese Weise wird die Sache nur früher aufgeklärt. Die Kontobewegungen wären früher oder später sowieso untersucht worden. Jetzt ist noch genug Zeit bis zur Gemeindewahl, um das aus der Welt zu schaffen. So gesehen hast du Hias möglicherweise sogar einen Gefallen getan.»

Matthias sah sie erstaunt an: «Ich woass ja, des du a guade Psychologin bist. Auch wenn I glaub, dass da irgendwo a logischer Fehler ist. Aber auf jeden Fall dank i dir, du bist lieb.» Er ging die zwei Schritte auf sie zu und umarmte sie zärtlich. Seine Gesichtszüge entspannten sich etwas. Dann griff er seinen Helm und rasselte die Treppe hinunter.

Gut, dass er mit Christine gesprochen hatte. Der Lebenszustand des Zorns, in dem er sich eben noch befunden hatte, war einer verantwortlichen Fahrweise nicht dienlich. Jetzt war die buddhistische Gelassenheit wenigstens so weit wiederhergestellt, dass er sich und andere nicht gefährdete.

Wenige Minuten später parkte er vor der großen dekorativen Villa, in der normalerweise niemand eine Polizeiwache vermutet hätte, und stürmte die Stufen hinauf. Ganz verraucht war sein Zorn natürlich nicht. Irgendjemand wollte dem Hias an den Karren fahren. Und Holzhammer war ein Trottel. Matthias wusste, wo das Dienstzimmer des Hauptwachtmeisters war. Zielsicher stapfte er den Flur entlang.

Holzhammer saß an seinem Schreibtisch. Vor sich ausgebreitet hatte er die gesammelten Protokolle aus den Vernehmungen der prominenten Wanderer. Eine fleißige Halbtagssekretärin hatte die Bänder inzwischen abgetippt. Aber das alles hatte einfach keinen Wert – es führte zu nichts. Es fing schon an mit Zilinsky und seiner Amnesie. Und die Frau vom Seiler war fast genauso schweigsam, ganz ohne Amnesie. Max Saumtrager hatte nichts mitbekommen, weil er schon meilenweit voraus gewesen war. Dann Seiler, der sowieso log mit seiner Heldengeschichte. Nicht zu vergessen die trauernde Witwe, Hilde Stranek. Sie hatte angeblich hinter sich etwas gehört, aber nichts gesehen. Hias meinte ebenfalls, etwas gehört zu haben, konnte es aber nicht einordnen. Und als letztes ...

In diesem Moment wurde die Tür des Dienstzimmers aufgerissen. «Servus, du Kasper, lass mi zum Hias, aber a bissl plötzlich.»

Die große dunkle Gestalt in der Tür wirkte fast bedrohlich. Matthias füllte den Rahmen ziemlich komplett aus, dazu noch die schwarze Ledermontur und der finstere Gesichtsausdruck. Natürlich hatte Holzhammer keine Angst vor ihm. Aber er hatte Matthias seit über zehn Jahren nicht mehr so wütend gesehen. So lange war es her, dass Matthias zum Buddhismus gefunden hatte. Davor war er manchmal sogar in Prügeleien verwickelt gewesen. Holzhammer beschloss, jetzt keine Diskussion anzufangen. Er hatte am Telefon sowieso schon alles gesagt. So stand er einfach schweigend auf und ging auf die Tür zu, die der Größere sofort freigab. Er führte Matthias zu der Arrestzelle, in der der Bürgermeister von Schönau am Königssee saß, brachte noch einen Stuhl und ließ die beiden allein.

Holzhammer ging wieder zurück in seine schlichte Amtsstube zu den nichtssagenden Protokollen. Zurzeit lief einfach alles in eine falsche Richtung. Aber vielleicht war das die ausgleichende Gerechtigkeit dafür, dass er eigentlich auf einer Insel der Seligen Dienst tat. Denn schließlich hielt sich die Kriminalität hier im Landkreis doch sehr in Grenzen. Das sah man schon daran, dass der *Berchtesgadener Anzeiger* manchmal Berichte über Straftaten druckte, deren finanzieller Schaden im einstelligen Bereich lag. Wenn zum Beispiel eine Ladendiebin im Müllermarkt einen Lippenstift mitgehen ließ.

Manchmal bat die Polizei – also er – sogar per Zeitung um Mithilfe bei solchen Bagatelldelikten. Neulich etwa waren einer gehbehinderten Frau die Leki-Stöcke geklaut worden, die sie vor dem Supermarkt abgestellt hatte. Zweifellos ein gemeines, hinterhältiges Verbrechen. Deshalb hatte «die Polizei um Mithilfe bei der Suche nach dem Verbleib der Stöcke» gebeten – und zwar erfolgreich.

Wenn es nach Hauptwachtmeister Franz Holzhammer ging, konnten die Mörder ruhig bei den Preußen bleiben. Aber wenn sich doch einmal einer hierher verirrte – oder wenn ein Einheimischer zum Mörder wurde –, dann sollte er gewiss nicht ungeschoren davonkommen. Selbst wenn es Überstunden erforderte. Und wenn es hart auf hart kam, würde er sogar zum allerletzten Mittel greifen.

❀ ❀ ❀

«Da sitz ma jetzt», sagte Matthias. Er hatte keine Ahnung, ob Hias eigentlich wusste, dass er etwas mit seiner Verhaftung zu tun hatte – wenn auch unabsichtlich. Er hoffte, dass sein Cousin es nicht wusste. Aber dann würde er sich fragen, wieso ausgerechnet Matthias über seine Verhaftung informiert war und hier erschien. Nun, möglicherweise wusste der Bürgermeister, dass Holzhammer und er sich häufiger trafen, und nahm an, dass der Hauptwachtmeister Matthias informiert hatte.

«I sitz – du ned», antwortete Hias. Er hatte also seinen Humor noch nicht komplett verloren. Ein Glück.

«Hast schon den Anwalt angerufen?», fragte Matthias.

«Bist wahnsinnig?», antwortete Hias. Mehr brauchte er nicht zu sagen, es war klar, was er meinte. Ein Anwalt bedeutete, die Sache an die große Glocke zu hängen. Hias hoffte, dass die Sache sich auch so aufklären ließ, dass man die Angelegenheit beinahe ungeschehen machen konnte. Wenn erst ein Anwalt eingeschaltet war, würde drei Tage später alles in der Zeitung stehen. So lange brauchte der *Berchtesgadener Anzeiger* in der Regel von der brandheißen Nachricht bis zum Druck.

«Werd scho», sagte Matthias, «lass uns überlegen.» Dass er an die Unschuld seines Cousins glaubte, brauchte er nicht zu erwähnen.

«Was moanst, was ich hier seit heut Morgen mach», antwortete Hias. «Zwoa Sachen san auf jeden Fall interessant: Zum einen ist es schon ein sehr praktischer Zufall, dass des jetzt so kurz vor der Wahl aufkimmt.»

«Du meinst, die Roten wollen dir was in die Schuhe schieben?» Hias war natürlich bei der CSU, sonst wäre er ja nicht Bürgermeister geworden. Matthias hingegen war Wechselwähler, zumindest bei Bundestags- oder Landtagswahlen. Bei Kommunalwahlen stand er zu seinem Cousin, das war Ehrensache.

«Des ned. Aber überleg mal, was passieren würde, wenn ich plötzlich weg vom Fenster wäre. Ich mein, rechtzeitig vor der Wahl.»

Matthias verstand: «Dann würde die CSU einen anderen Kandidaten aus dem Hut zaubern.»

«Genau, und das wäre?», fragte Hias.

«Keine Ahnung.» Matthias war nicht in Stimmung für Ratespiele.

«Na, Mensch, der Seiler natürlich!» Der Bürgermeister tat gerade so, als müsste das jeder wissen.

Matthias konstatierte, dass sich Hias und Holzhammer in ihrem Misstrauen gegen den Seilbahnbetreiber offensichtlich einig waren.

«Der Seiler will also Bürgermeister werden, nicht schlecht. Aber nachweisen müsst ma's halt können. Und der Holzhammer hat mir gesagt, dass der Seiler sogar behauptet, du hättest was mit dem Mord am Stranek zu tun. Also du hast eam ned nur Geld überwiesen, sondern ihn dann, als alles gelaufen war, auch noch zum Schweigen gebracht. So ungefähr.»

«Ja, ganz großes Kino», antwortete Hias. «Aber woaßt wos, die Sache mit dem DSV war eh gelaufen. Ein jeder denkt, ich hätt da Wunder was draht, aber in dem Fall war des gar ned notwendig. Der Stranek wollt nämlich vom Götschen weg, um jeden Preis.»

«Um jeden Preis? Wieso denn das?» Matthias merkte plötzlich, dass er furchtbar unbequem saß, auf dem harten Holzstuhl, den Holzhammer ihm hingestellt hatte. Er stand auf und lehnte sich an das Gitter, das ihn von Hias trennte.

Hias antwortete: «Weil Straneks Frau was mit dem Xaver Gössl hat. Oder zumindest hatte. Mit dem Gössl vom Götschen. Das hat er mir selbst erzählt. Sonst weiß es fast niemand, sie waren wohl sehr vorsichtig. Aber Stranek hat die beiden im Sommer im oberen Lifthäuschen erwischt. Und er fand es wohl ärgerlich, einem Kerl, der mit seiner Frau schiebt, auch noch jede Saison Geld zu überweisen.»

«Kann man irgendwie verstehen.» Matthias überlegte. Xaver Gössl war der Seilbahnbetreiber vom Götschen und betrieb auch die Wirtschaft an der Talstation. Das hieß dann ja, dass der Gössl sogar zwei Motive gehabt hatte, den Stranek umzubringen. Nicht nur Geld, sondern auch Liebe.

«Wie ernst war es denn mit der Stranekerin und dem Gössl?», fragte Matthias.

«Keine Ahnung. Was ich gehört hab, ist die eh recht leicht zum haben.»

«Na gut, sagen wir, der Gössl wollte die liebe Frau Stranek ganz für sich. Das wäre ein weiteres Motiv, dem Stranek was anzutun. Aber er hätte überhaupt kein Motiv, dir etwas anzuhängen. Außer dass in deiner Gemeinde der Jenner steht.»

«Das ist leider wahr, genau da komm ich auch nicht weiter», sagte Hias resigniert.

«Und hast du überhaupt schon mit dem Holzhammer über all des g'redt?»

«Ich hab mit dem überhaupt nix g'redt. Der hat mich verhaftet wie an Verbrecher, vor meiner Frau.»

Der Hias war also doch ziemlich neben der Spur, auch wenn er es sich nicht anmerken ließ. Jedenfalls hatte er Holzhammer die Verhaftung ziemlich übelgenommen. Andererseits war es auch schwer, das nicht persönlich zu nehmen.

Matthias fand sich in der ungewohnten Rolle, den Bürgermeister beruhigen zu müssen: «Ich versteh dich, des werd scho. Jetzt am Wochenende kriegt's eh niemand mit, und am Montag muss es auch noch keiner erfahren. Ich red mit 'm Holzhammer und mit meiner Christine, bei der ist der Seiler in der Klinik. Vielleicht finden wir was raus. Und wenn es über den Gössl irgendwas gibt, dann finden wir das auch raus. Weißt, als Banker hab ich da ja auch gewisse Möglichkeiten.»

Es war das erste Mal, dass Matthias diese Tatsache einem

Außenstehenden gegenüber erwähnte. Dass seine Einsichten überhaupt erst zur Verhaftung des Cousins geführt hatten, erwähnte er aber lieber nicht.

# 7

Auf dem Rückweg rauschte Matthias grußlos an Holzhammers Zimmer vorbei. Aber seine Schritte hallten laut genug, um seinen Abgang zu verkünden.

Holzhammer war inzwischen klargeworden, dass er schleunigst etwas unternehmen musste. Es war Zeit, die letzten Ressourcen zu aktivieren. Auf seinen Vorgesetzten konnte er nicht zählen. Und auch sonst auf niemand, weil sonst niemand da war. Denn als Dr. Klaus Fischer damals seine Verbannung aus München nach Berchtesgaden akzeptiert hatte, da hatte er eine Bedingung gestellt: dass sein Verbannungsort von der einfachen Polizeiinspektion zur Kriminalstation erhoben wurde. Das war ihm zugestanden worden. Man hatte ihn auf ein paar kurze Lehrgänge geschickt und ihm den Rang eines Kriminalhauptkommissars verliehen. Eines Tages mit der Aufklärung eines schwierigen Falles zu glänzen war die einzige Chance von Dr. Fischer, jemals wieder einen Fuß auf die Karriereleiter zu bekommen, von der er so unrühmlich abgestürzt war. So war er nun Leiter der Polizeiinspektion und gleichzeitig seine eigene Kripo. Dass er dieser Rolle nicht gewachsen war, hatte er allerdings im letzten Jahr bereits eindrucksvoll bewiesen.

Holzhammer sah sich daher gezwungen, nunmehr zum Äußersten zu greifen. Er blickte auf die Uhr. Es war inzwischen Nachmittag. Samstagnachmittag. Der Horror. Aber es musste sein. Holzhammer machte sich auf den Weg zum Tengelmann.

Normalerweise mied er diesen Supermarkt wie der Teufel das Weihwasser, zumindest zu den Zeiten, in denen seine Frau die Kasse hütete. Er war der Meinung, dass es seine Autorität untergrub, wenn sie ihm vor aller Ohren Anweisungen zur Müllbeseitigung erteilte oder darauf aufmerksam machte, dass seine Uniform einen großen Fettfleck aufwies.

Auf der anderen Seite war ihre Zentralposition zwischen Klatsch und Tratsch ideal geeignet, um unauffällig Auskünfte aller Art einzuziehen. Vielleicht kaufte die Ehefrau von Zilinsky ja diesen Nachmittag noch ein paar tiefgekühlte Semmeln für das Sonntagsfrühstück. Oder die Frau von Max Saumtrager brauchte noch gemischten Aufschnitt und ließ mehr raus als der Ladenbesitzer selbst, der es sich natürlich mit niemand verderben wollte. Auch Seiler hatte eine Ehefrau. Und sie alle hatten zahllose Verwandte …

Während seine Frau Marie an der Kasse saß, konnte sie natürlich nicht am Handy telefonieren. Deshalb war persönliches Erscheinen angesagt. Holzhammer machte sich zu Fuß auf den Weg.

Von der Maximilianstraße aus war der Watzmann ganz nah. Vor dem Kiosk mit den Filzhüten aus Fernost und den Kuschelsteinböcken mit Plüschhörnern kamen ihm zwei Mädchen entgegen, die artig grüßten. Er hatte sie vor einigen Wochen im Müllermarkt abgeholt, wo sie beim Diebstahl eines Lippenstifts erwischt worden waren. Dann kam das Geschäft, dessen Inhaberin auf einen schrägen Finanzbetrüger hereingefallen war. Geradeaus der Optiker, bei dem ein Kunde aus Norddeutschland ein teures Fernglas fallen gelassen und dann nicht dafür hatte bezahlen wollen.

Bei dem Restaurant drüben hatte es auch schon mal Ärger gegeben. Ein Gast hatte sich beschwert, weil das «Wiener

Schnitzel» aus Schwein bestand. Dann durfte es von Rechts wegen nur «Wiener Art» heißen. Das sollte man als Gastwirt eigentlich wissen.

Eine Gruppe Asiaten stellte sich ihm in den Weg: «Bitte fotografieren, vor dem Watzmann, ja.»

Selbstverständlich, dazu war er ja da. Mit geübtem Auge und international verständlichen Gesten dirigierte Holzhammer die Schar, bis alle im Bild zu sehen waren und hinter ihnen unverkennbar der Watzmann aufragte.

Und dann noch ein Foto mit der ganzen Gruppe und dem deutschen Polizisten, ja. Das hatte er kommen sehen. Holzhammer stellte sich zur Gruppe. Zwei zierliche Koreanerinnen – oder woher auch immer sie waren – hängten sich links und rechts an seine breiten Schultern. Ein weiterer Passant wurde zum Abdrücken eingespannt. Holzhammer stellte sich vor, wie dieses Bild mit ihm und dem Watzmann zu Hause in Korea auf dem Kamin stehen würde. Hatten Koreaner Kamine? Keine Ahnung. Jedenfalls passierte es ihm oft, dass er fotografiert wurde. Dabei trug er nur eine stinknormale Polizeiuniform und keine Tracht. Vielleicht sah er irgendwie typisch aus. Aber typisch für was und durch was? Touristen waren eben rätselhafte Wesen. Zu diesem Schluss war er schon vor langer Zeit gekommen.

Holzhammer kam am Edelweiß vorbei, dem nagelneuen Hotel in der Ortsmitte. Was war das für ein Theater gewesen, bis das Ding endlich stand. Wenn man es genau bedachte, gab es bei allem, was in Berchtesgaden neu gebaut werden sollte, erst mal Ärger. Und das Ergebnis war auch immer gleich: Am Ende wurde es doch gebaut. Wo heute das Edelweiß stand, hatte jahrelang das alte Hotel Post vor sich hin gemodert, ein unübersehbarer Schandfleck mitten im Ortszentrum. Mehrere potenzielle Investoren hatten sich die Ruine angeschaut und dann abgewunken. Bis dieser Österreicher kam, mit einem Haufen Geld und Hotelerfahrung. Ausgerechnet ein Österreicher. Schon das war für einige Grund genug, sich aufzuspulen. Als der erste Entwurf des neuen Hotels im *Berchtesgadener Anzeiger* abgedruckt wurde, gab es einen Aufschrei der Empörung. Das Ding war allerdings wirklich etwas überdimensioniert. Einen Versuch hatte der Hotelier ja frei gehabt, das waren halt so die Spielchen. Es wurde nachgebessert und bald ein neuer Plan mit zurückgesetzten Obergeschossen vorgelegt, der dann von allen Seiten gutgeheißen wurde.

Außer einigen Querulanten, aber die gab's ja immer. Nur eine kleine Irritation hatte es dann noch während der Bauzeit gegeben. Zum Ensemble gehörte nämlich auch ein denkmalgeschütztes Gebäude, der Triembacher Hof. Dessen Fassade sollte laut Denkmalamt unter allen Umständen erhalten bleiben. Die Bauarbeiten begannen, das Gebäude wurde entkernt, nur die Fassade stand noch historisch wertvoll in der Gegend herum. Doch eines schönen Nachmittags fiel plötzlich ein großes Stück herunter. Es fiel sauber nach innen, nicht auf die Straße. Und «wie durch ein Wunder», wie der *Berchtesgadener Anzeiger* schrieb, wurde dabei unter den Bauarbeitern niemand verletzt. Keiner hatte sich in der unmittelbaren Gefahrenzone befunden. Noch am gleichen Tag wurde wegen «Gefahr im Verzug» auch der Rest der historischen Fassade von einem einheimischen Bagger abgerissen.

Holzhammer kam zum Weihnachtsschützenplatz. Die Terrassen der umliegenden Gastbetriebe waren gut besetzt. Wer es bayerisch wollte, ging zum Ochsen, Kaffee und Kuchen gab's beim Café Forstner, und Aperol Spritz trank man auf der Terrasse des Edelweiß. Holzhammer nahm allen Mut zusammen. Nur noch wenige Meter trennten ihn vom Tengelmann.

Er straffte den Rücken, nahm die Hände aus den Hosentaschen und zog die Jacke glatt. Dann betrat er den Supermarkt, in dem seine Frau Marie an der Kasse saß. Hinter ihr stauten sich Feriengäste mit Saftflaschen und Einheimische mit Leberkas. Konspirativ nahm er Blickkontakt auf. Er konnte davon ausgehen, dass Marie wusste, was die Stunde geschlagen hatte – dass es sich um einen dringenden dienstlichen Notfall handelte, wenn er sie während der Arbeit aufsuchte. Tatsächlich machte sie eine Durchsage per Mikrophon, dass sie abgelöst werden wollte, ohne dass Holzhammer ein Wort sagen musste.

Schweigend führte sie ihn in einen Hinterraum, wo sie ungestört waren, und schloss die Tür. Bevor er etwas sagen konnte, fragte sie auch schon: «Na, wo brennt der Hut?»

Holzhammer erzählte ihr, was seit dem Morgen vorgefallen war. Hias unschuldig verhaftet, Seiler ein Denunziant, andere Zeugen ohne Substanz oder Gedächtnis. Faserspuren von den falschen Leuten. Der Chef völlig verblendet. Matthias mit einer Riesenwut auf ihn und er selbst mit nichts in der Hand. Neue Erkenntnisse mussten her.

«Wer war denn außer dem Stranek, dem Seiler und dem Hias bei der Bergtour noch dabei?», fragte Marie sachlich. Wenn man Gerüchte suchte, musste man mit Fakten beginnen.

«Max Saumtrager, Xaver Gössl vom Götschen, Zilinsky, Leni Seiler und Hilde Stranek.»

«Also die Frau vom Max kommt bestimmt noch heute Nachmittag und vom Zilinsky vielleicht die Tochter. Ansonsten hör ich dann mal, was die Leut so sagen. Die san ja alle recht bekannt.»

«Ja, das wär super. Aber bloß nicht direkt ansprechen, hörst du?»

«Meinst, ich bin bled?», entgegnete Marie. «Ich pack das schon richtig an. Ich kenn einige gute Freundinnen von der Leni, die war ja früher bei die Funtenseer. Und die Hilde geht jede Woche zur Sandra zur Fußpflege. Die Sandra kann ich auch einfach anrufen, wenn sie heut nimmer kimmt.»

Die Funtenseer waren einer der größeren Gebirgstrachtenerhaltungsvereine, bekannt für liebevolle Brauchtumspflege und beträchtlichen Alkoholkonsum. Wie konnte Holzhammer vergessen, dass er es bei seiner Frau mit einem leidenschaftlichen Profi der verdeckten Ermittlung zu tun hatte. Die gute Marie saß ja nicht beim Tengelmann an der Kasse, weil sie es unbedingt nötig hatte. Als brave Berchtesgadenerin brauchte sie nicht jede Saison ein neues Kleid und jede Woche eine neue Frisur. Nein, sie saß hier, weil sie hier an der Quelle saß. Die Supermarktkasse war der Kulminationspunkt für Klatsch und Tratsch, hier konnte man die aktuellen Geheimnisse des gesamten Talkessels aus erster Hand erfahren.

Mit einem Bussi und dem Gefühl, dass seine Sache jetzt in besten Händen war, verabschiedete Holzhammer sich von seiner Gattin.

Christine lag immer noch in der Badewanne, als Matthias zurückkam. Selig im Schaum versunken, döste sie vor sich hin, als ihr Geliebter die Tür aufriss: «Wir gehen essen», verkündete er.

Normalerweise war es Christine, die solche Vorschläge machte. Aber gerade heute hätte sie den Abend eigentlich lieber vor dem Fernseher verbracht und ihre müden Glieder aufs Polster platziert. Andererseits wollte sie seinen Enthusiasmus nicht bremsen; im letzten Jahr hatte sie sich oft etwas mehr Initiative und Tatendrang von ihm gewünscht. Ganz im Sinne der klassischen Konditionierung war also positive Verstärkung angezeigt.

«Gute Idee», sagte sie daher, «wo dachtest du denn?»

«Am Götschen. Wir fühlen dem Gössl auf den Zahn.» Immer noch in der Tür stehend und auf diese Weise den angenehm warmen Dampf im Badezimmer in kalten Zug verwandelnd, erzählte Matthias, was er vom Hias erfahren hatte.

«Okay, dann gucken wir uns den Knaben mal an. Ich bin in einer halben Stunde fertig», stimmte Christine zu und tauchte unter, um ihren kalten Kopf wieder warm zu bekommen. Christine sah sich selbst als unkomplizierte Frau. Daher hielt sie sich etwas darauf zugute, nicht lange vor dem Spiegel zu stehen. Neunundzwanzig Minuten später verließen sie das Haus Richtung Bischofswiesen. Es war inzwischen tatsächlich Essenzeit, die Straßen waren leer, weil die meisten Feriengäste pünktlich um achtzehn Uhr in ihrem Hotel am Tisch saßen.

Christine und Matthias fuhren den steilen Stangerstieg hinunter, bogen beim BMW-Händler rechts ab und kurvten auf der anderen Seite gleich wieder hinauf. Von hier konnte man oben am Hang die neue Kletterhalle sehen. Auf der mit bunten Griffen gespickten Außenwand tummelten sich mehrere Kraxler in bunten Leibchen.

Bis zur Talstation des Götschen brauchten sie rund zwanzig Minuten. Sie parkten unterhalb des schmucklosen Gebäudes, das den Ticketschalter und den Skiverleih beherbergte.

«Kennt der Xaver Gössl dich eigentlich, weiß er, dass du mit dem Hias verwandt bist?», fragte Christine.

«Nein, ich glaub nicht. Sicher hat er mich schon mal irgendwo gesehen. Aber wir waren nie in einer Mannschaft und auch nicht zusammen in der Schule. Und als Bischofswieser kennt er die Verwandtschaftsverhältnisse in der Schönau vermutlich nicht so genau.»

Das geduckte hölzerne Gebäude mit der Götschen-Wirtschaft sah von außen recht gemütlich aus. Die draußen angeschlagene Karte enthielt auf den ersten Blick keine Überraschungen. Auf den zweiten Blick fiel dem geübten Auge ein leicht italienischer Einschlag auf. Es gab drei verschiedene Sorten Spaghetti – Bolognese, Napoli, Siciliana –, eine Spaghettireise von Nord nach Süd.

Sie traten ein. Innen das gleiche Bild wie auf der Karte: Auf den ersten Blick alles bayerisch, blanke Holztische mit weißblauen Deckchen in der Mitte und die typischen Holzstühle mit herzförmigem Loch in der gerundeten Lehne. Auf den zweiten Blick Fotos von Ischia, Capri und dem Vesuv. Sie sahen sich um. Freie Platzwahl, es war fast leer. Sie setzten sich ans Fenster, wo hinter einem Gummibaum leicht versteckt bereits ein Tisch mit einem Pärchen besetzt war.

Aus der Richtung, in der vermutlich die Küche lag, hörte man gedämpft einen Wortwechsel. Während Matthias noch damit beschäftigt war, seine langen Beine unter den Tisch zu falten, studierte Christine bereits die Karte. Ihr Instinkt oder möglicherweise ihre langjährige Ausbildung sagte ihr, dass man hier am besten Spaghetti bestellte. Sie teilte Matthias ihre Überlegung mit.

Der verstand nicht. «Wieso soll ich Spaghetti bestellen, ich hab Lust auf Schweinsbraten.»

«Wie du meinst.» Christine argumentierte nicht weiter, weil jetzt ein langer dünner Mann auftauchte, um die Bestellung entgegenzunehmen. Er schlurfte unmutig heran, seine Schürze war verknittert, und er sah allgemein nicht besonders glücklich aus. Christine konnte aber erkennen, dass er frisch gebadet, ohne Schürze und vor allem mit einem Lächeln auf den Lippen ein attraktiver Mann sein musste. Das musste der Wirt sein, der Xaver Gössl. Denn bei so wenig Betrieb lohnte sich ein Angestellter bestimmt nicht.

«Was derf's denn sein?», fragte er.

«Was für Bier habt's ihr denn?», erkundigte sich Matthias vorsorglich. Je nach Marke mochte er lieber das Helle oder das Weißbier. In ganz schlimmen Fällen sogar gar keins.

«Ich kann dir Wieninger anbieten, Helles oder Weißbier, hell oder dunkel ...»

«Passt, a hell's Weißbier, bitt schön», bestellte Matthias, «und an Schweinsbraten.»

Christine bestellte Spaghetti Napoli und ein Viertel Rotwein. Kommentarlos notierte der Mann alles auf einem Block und verschwand.

«Und? Sieht der Gössl-Xaver aus wie ein Mörder?», fragte Matthias, als der Wirt kaum fünf Meter weg war.

Christine kam nicht zum Antworten, denn in diesem Moment wurde die Schwingtür zur Küche aufgerissen, und ein weiblicher Schwall italienischer Flüche drang heraus. Eine kleine schwarzhaarige Frau mit einem riesigen Kochlöffel in der Hand stürmte in die Gaststube. Wahrscheinlich der Löffel, mit dem sie die Spaghetti umrührte. Sie rannte auf den Wirt zu, ihre Schimpftirade keine Sekunde unterbrechend. Der Mann hob abwehrend die Hände. Die Köchin holte mit dem Löffel aus, nahm im letzten Moment den Löffel in die andere

Hand – und versetzte ihm eine schallende Ohrfeige. Mitten in der Gaststube. Vor Gästen. Dann verschwanden beide wortlos hinter der Schwingtür.

Christine und Matthias sahen sich an.

«Ein Wunder, dass hier so wenig los ist», sagte Christine schließlich sarkastisch. «Hier gibt's doch 'ne prima Show zum Essen. Ist das seine Frau?»

«Ja, und außerdem hattest du wahrscheinlich recht. Ich hätte Spaghetti bestellen sollen», antwortete Matthias. «Hast du zufällig verstanden, um was es ging? Mein Italienisch ist ungefähr so gut wie mein Altgriechisch.»

«Ich habe einzelne Wörter verstanden. Bestellung, Salat, Wasser. Ich vermute, sie war sauer, weil er nicht versucht hat, die Bestellung zu optimieren. Also weil er nicht gefragt hat, ob wir noch einen Salat vorweg wollen oder ich ein Mineralwasser zum Wein. Das spricht natürlich dafür, dass sie Geldsorgen haben. Oder bald haben werden, wenn der DSV wegzieht.»

«Oder dafür, dass sie den Hals nicht vollkriegt», antwortete Matthias.

Dann schwiegen beide. Es war kein Wunder, dass der Mann der Küchenfurie fremdging, da brauchte man nicht viel Phantasie. Ebenso war es kein Wunder, dass über seine Affären allgemein nichts bekannt war. Sonst wäre er wahrscheinlich längst tot. Aber war er deshalb verdächtiger als vorher? Und: Falls diesem eher schwach wirkenden Mann ein Mord überhaupt zuzutrauen war – war es dann nicht wahrscheinlicher, dass er als Erstes seine Frau um die Ecke brachte?

Während sie mit gemischten Gefühlen auf das Essen warteten, drang Gemurmel von dem Tisch hinter dem Gummibaum herüber. Dort saß immer noch das vermeintliche Pärchen, das schon bei ihrem Eintritt da gewesen war. Anhand der Stimmen stellte sich jetzt heraus, dass es zwei Frauen waren. Plötzlich meinte Christine, die Worte «Alois» und «Jenner» herauszuhören. Wenn die beiden Frauen hochdeutsch gesprochen hätten, hätte sie wahrscheinlich jedes Wort verstanden. Aber es handelte sich um gemurmeltes Berchtesgadenerisch. Daher tippte sie unter dem Tisch Matthias an, der mit dem Rücken zur fraglichen Unterhaltung saß. Über den Tisch hinweg deutete sie mit dem Kinn über seine Schulter. Er verstand und drehte unauffällig den Kopf ein bisschen zur Seite, um eine Ohrmuschel in Horchstellung zu bringen. Natürlich konnte er nicht synchron dolmetschen, weil die beiden Belauschten dann womöglich das Echo ihrer eigenen Worte vernommen hätten.

Das Essen kam. Mit einem sehr leisen und wenig überzeugenden «Guten Appetit» stellte der Wirt die Speisen ab. Dann ging er zum Nachbartisch, um zu kassieren. Die Spaghetti sahen appetitlich aus und dufteten nach Knoblauch. Der Schweinsbraten duftete überhaupt nicht und sah aus wie Krankenhauskost. Christine grinste, als Matthias mit spitzen Fingern das Besteck zückte. Als Erstes versuchte er, den Knödel zu zerlegen. Schon öfter hatte er Christine erklärt, dass man Knödel nicht schnitt, sondern mit der Gabel zerteilte, um eine größere Oberfläche und damit bessere Soßenaufnahme zu erreichen. Doch diesem Knödel war mit der Gabel beim besten Willen nicht beizukommen. Er hatte die Konsistenz eines geschälten Tennisballs und duckte sich immer wieder weg. Das Fleisch hingegen war völlig willenlos, die beiden dünnen Scheiben besaßen keinerlei Struktur. Formfleisch. Die Soße natürlich Packerlsoß. Matthias legte das Besteck zur Seite, schüttelte den Kopf und schaute leidend.

«Du kannst die Hälfte von den Spaghetti haben», erbarmte sich Christine. «Die sind köstlich», fügte sie unnötigerweise noch hinzu. Die große Portion hätte sie sowieso kaum bewältigen können.

Am Nebentisch wurde gezahlt, und die beiden Frauen verließen das Lokal.

«Jetzt erzähl», sagte Christine, bevor sie sich noch eine Gabel aufgerollter Spaghetti in den Mund schob.

«Es ging um den Seiler und seine Liebschaften. Hauptsächlich um eine gewisse Annamirl Hofer, die ihm völlig hörig sein soll. Anscheinend eine ehemalige Bedienung vom Jenner, die aber jetzt irgendwo im Tal arbeitet. Ich kenn die nicht, ist wohl aus dem Markt.»

Christine übersetzte für sich, dass Annamirl anscheinend aus Berchtesgaden und keinesfalls aus der Schönau war. Sonst hätte Matthias sie gekannt.

«Das war alles?», fragte sie. Trotz ihres Berufs wunderte sie sich immer noch, wie lange Menschen über nichts reden konnten. Sie wusste natürlich, dass die meisten privaten Unterhaltungen erst in zweiter Linie dem Informationsaustausch dienten. Wichtigere Funktionen waren Gemeinschaftserleben, Selbstdarstellung und Selbstvergewisserung. Die Menschen redeten, weil sie sich dann besser fühlten. Wer hätte das besser wissen sollen als sie, immerhin verdiente sie mit Therapiegesprächen ihre Brötchen.

«Es ging außerdem drum, dass sie extra irgendwas gelernt hat, um noch näher bei ihm zu sein. Irgendwas mit Buchhaltung. Sie wollte gern seine rechte Hand werden. Aber das wollte er nicht. Und die ganze Sache scheint noch nicht lange her zu sein.»

«Und wo arbeitet sie jetzt?»

«Das wurde nicht erwähnt.»

Christine schob ihren Teller zu Matthias, der den Schweinebratenersatz bereits an die Tischkante geschoben hatte. Gierig stürzte er sich darauf, und nachdem die letzte Nudel verputzt war, zahlten sie zügig. Der Wirt sah natürlich den stehengelassenen Schweinsbraten, ging aber mit keinem Wort darauf ein.

«Arme Sau», sagte Matthias, als sie draußen in der klaren Luft standen. «Aber weiterhelfen tut uns das auch nicht.»

«Na ja, was haben wir erfahren: Der Gössl steht unterm Pantoffel, seine Frau ist eine Furie, und sie haben vermutlich Geldsorgen.»

«Vielleicht ist seine Frau die Mörderin, sie könnte ja jemand beauftragt haben.»

«Das müsste dann aber jemand von den Teilnehmern gewesen sein.»

«Woaß ma's?», fragte Matthias resigniert. «Morgen mach ich auf jeden Fall noch mal Dampf beim Holzhammer.»

Franz Holzhammer lag im Bett und blinzelte. Die veritable Mulde neben ihm war offensichtlich schon lange leer. Keine Restwärme mehr. Aus der Küche drang Rumoren. Seine Frau war eine notorische Frühaufsteherin, einer ihrer wenigen Fehler neben der Klatschsucht. Doch gegen die Klatschsucht wollte er zumindest heute Morgen besser nichts gesagt haben. Auf jeden Fall würde der Frühstückstisch in der Küche schon liebevoll gedeckt sein, wenn er erschien.

Den Abend hatte er auf der Dienststelle verbringen müssen. Daher hatte er noch nichts vom Ergebnis der von ihm beauftragten Kassenklatschaktion erfahren. Ein guter Grund aufzustehen. Er wälzte sich in seinem himmelblauen Schlafanzug aus dem Bett und schlurfte ins Badezimmer. Zur Feier des Sonntags rasierte er sich nicht. Immer noch im Schlafanzug, betrat er kurze Zeit später die Küche. Marie saß am Tisch, eine Tasse Kaffee vor sich und das Telefon am Ohr. Wie konnte man so früh am Tag schon freiwillig telefonieren? Er selbst war froh, wenn ihn vor halb elf niemand ansprach. Aber Marie sah glücklich und zufrieden aus. Wahrscheinlich hatte sie wieder irgendeine wichtige Neuigkeit als Allererste erfahren. Als sie ihn sah, verabschiedete sie sich zügig und geübt von ihrer Informantin.

«Servus, Meisterdetektivin», sagte er, um ihr zu schmeicheln und den Redefluss in Gang zu bringen. Das wäre aber gar nicht nötig gewesen.

«Was ich alles über den Seiler gehört habe, das glaubst nicht!», ging Marie gleich in medias res.

«Vom Seiler glaub ich alles, das kannst mir glauben», erwiderte er. «Dass er ein übler Kandidat ist, nützt mir aber nichts, ich brauch Fakten.»

«Also, er hat mindestens drei Freundinnen. Und er spitzt auf den Bürgermeisterposten.» Marie sah ihn beifallheischend an.

Holzhammer seufzte. Das wusste er alles schon. «Hast vielleicht was vom Zilinsky? Oder vom Götschen-Wirt?»

«Zilinsky ist impotent», triumphierte Marie, «das hat mir die Arzthelferin vom Dr. Alt erzählt. Die ist aus Dresden, aber ganz nett.»

Er verdrehte die Augen. «Na super, des ist natürlich a Grund, ihn sofort zu verhaften.»

Marie zog ein Gesicht.

«Jetzt schau ned beleidigt. Vielleicht sollt ich auch lieber diese Helferin einsperren, die über Patienten tratscht.»

«Wag des ja ned!» Marie zog ihren letzten Trumpf: «Die Fußpflegerin von der Stranekerin war auch da, die Sandra. Die Hilde Stranek hat sich öfter über ihren Mann ausgelassen. Sie hat oft geklagt. Einmal soll sie g'sagt ham, der größte Störfaktor in ihr'm Leben ist der Holger.»

«Ach so? Wieso denn?» Holzhammer dachte an seinen ersten Besuch bei der trauernden Witwe. Damals hatte sie ihm erzählt, wie toll der Holger gewesen war.

«Er war wohl daheim ganz anders als draußen, nämlich eine absolute Katastrophe. Bei offiziellen Anlässen hat er sich immer zusammengerissen. Aber wenn er nicht aussi musste, um sich irgendwo wichtig zu machen, dann hat er sich ned amal gewaschen. Und bloß den ganzen Tag im Bademantel ferngesehen, Sport natürlich.»

«Na und, wenn jede Frau ihren Mann umbringen dad, nur weil der zu Hause Sport schaut, dann wär die Menschheit längst ausgestorben.»

«Es kam wohl eins zum anderen. Und ich hab des mehrmals zum hören bekommen. Die Putzfrau von der Stranek ist nämlich eine gute Freundin von der Milena, die bei uns Regale auffüllt. Die hat das auch gesagt. Wenn er nicht irgendwo bei am Event war, dann saß er im Wohnzimmer, schaute auf dem Fernseher Sport und auf dem Laptop Pornos. Und ned nur welche Marmelade er morgens auf der Semmel g'habt hat, konnt man abends am Sofakissen sehen. Weil er sich dort die Händ abgewischt hat. So hab ich es gehört.»

Vor seinem geistigen Auge sah Holzhammer eine aus Holger Stranek und Al Bundy zusammengemorphte Erscheinung. Natürlich gab es solche Männer. Er kannte welche. Aber dass

Stranek dazugehörte? «So ein Unsinn», beschied er seine Frau etwas undiplomatisch.

«Doch, wirklich! Die Seidenkissen konnte man bald entsorgen.»

«Aber er musste doch repräsentieren. Da konnte er doch nicht herumlaufen wie ein Penner.»

«Ist er ja auch nicht. Außerdem, Ski-Ereignisse finden an der frischen Luft statt, die verweht Gerüche. Und die Optik war auch kein Problem, denn die Anzüge der Offiziellen werden ja von diversen Skiherstellern gesponsert. Die kriegen immer das Neueste und Teuerste. Und alle freuen sich, wenn sie das dann auch die ganze Zeit anziehen.»

«Und ist Straneks Frau denn nicht mit zu diesen Veranstaltungen? Da waren doch auch schöne Reisen drin.»

«Am Anfang wohl schon, aber dann hat sie sich lieber an die Vorzüge der heimischen Bergwelt gehalten.» Marie grinste. Sie lächelte nicht, sie grinste. Das kam selten vor.

Holzhammer verstand nicht. «Sie ist wandern gegangen?»

«Nein, sie hat sich unter den feschen Bergführern und Kletterern umgeschaut. Da waren schon welche interessiert, denn die Stranek sieht ja nicht schlecht aus.»

«Was redst denn so um den Brei, sag doch gleich, sie ist fremdgegangen.»

Blieb die Frage, was zuerst da gewesen war – das fremdgehende Huhn oder der grausliche Gockel. Aber im Grunde war es gleichgültig, warum die Ehe der Straneks nicht funktioniert hatte.

Natürlich war Holzhammer enttäuscht, dass seine Frau nichts Substanzielleres zu berichten hatte. Aber das wollte er sich nicht anmerken lassen. Auf jeden Fall brauchte er jetzt erst mal ein paar ruhige Minuten in seiner Hütte und vielleicht eine Partie Internet-Schach. Er hatte kürzlich gelesen, dass die Lösungen für schwierige Probleme oft von selbst kamen, wenn man gar nicht daran dachte. Man musste sich nur vorher intensiv damit beschäftigen, damit das Gehirn quasi genug Futter hatte. Und wenn dann die Lösung von ganz hinten hochkam, musste man sie sofort aufschreiben, weil sie sonst auf Nimmerwiedersehen im limbischen System verschwand. Wo immer das wiederum sein mochte.

Holzhammer frühstückte zu Ende und überließ seine Frau dann sich selbst und ihrem Telefon. Er zog seine Gartenschuhe an und schlappte mit dem Laptop bewaffnet über den Rasen.

Die Möbel auf der Veranda seiner Hütte waren noch feucht vom Tau. Es herbstelte halt schon gewaltig. Man konnte fast sagen, dass es winterte, auch wenn die Sonne tagsüber noch zwanzig Grad und mehr zustande brachte. Eigentlich war es so früh am Tag zu kalt, um draußen zu sitzen. Zum Glück hatte er Kissen in der Hütte. Holzhammer dachte an das, was er gerade über das Familienleben von Holger Stranek gehört hatte, der durch seine pure Anwesenheit das Wohnzimmer unbewohnbar machte. Das zumindest konnte man Franz Holzhammer nicht vorwerfen, er räumte öfter mal freiwillig das Feld. Mit dem Familienleben war es nämlich seiner Meinung nach wie mit Kümmel: Ohne Kümmel war das Kraut fade und unbekömmlich. Aber zu viel Kümmel machte es ungenießbar.

Während sein Laptop hochfuhr, versuchte er, seinem Gehirn noch ein paar Anregungen mit auf den Weg zur selbsttätigen Lösung zu geben. Aber er konnte eigentlich nur daran denken, was ihm an diesem Fall alles Bauchschmerzen verursachte. Keine Beweise weit und breit, außer gegen den Falschen. Die seltsame Überweisung. Der eingesperrte Hias.

Zum Glück nicht seine Idee, obwohl er ihn auf Fischers Anweisung hin persönlich eingesperrt hatte. Er freute sich schon darauf, wie diese Aktion bald sauber auf seinen Chef zurückfallen würde. Aber dazu musste erst Punkt eins erledigt werden – Aufklärung der seltsamen Überweisung und Aufspüren des echten Mörders. Seiler, Seiler, Seiler – das war sein vorherrschender Gedanke zu dem Thema. Verrannte er sich da vielleicht? Irgendwas musste jedenfalls dringend passieren. Er musste sich einfach alles noch einmal ganz genau anschauen. Die Protokolle. Den Bericht der Spurensicherung. Auch den Bericht über die Rettungsaktion. Die Bergwacht machte intern Aufzeichnungen über den genauen Ablauf von Rettungs- oder Bergungsaktionen. Da stand mehr drin als das, was hinterher in der Zeitung oder im Internet veröffentlicht wurde. Die Fotos von der Auffindesituation waren eh bei den Akten, und mit dem Einsatzleiter hatte er telefoniert. Aber vielleicht war da ja doch noch etwas zu holen.

Und dann gab es da noch einen Gedanken, der Holzhammer immer wieder beschäftigte: dass Matthias so sauer auf ihn war. Das war fast das Schlimmste an dem ganzen Fall.

Christine und Matthias frühstückten in der großen Wohnküche.

Es gab Stuck, Matthias hatte gestern eine Tafel aus dem Markt mitgebracht. Ursprünglich hatte es dieses zimtige Gebäck nur vom 1. November bis Weihnachten gegeben. Früher hatten sogar die Kinder an Allerheiligen von ihren Paten ein Stuckgeld bekommen. Doch inzwischen war Stuck bereits ab September erhältlich, was im Grunde genommen natürlich eine Schande war. Aber Matthias liebte Stuck, deshalb war er in diesem Falle mit den Terminen nicht so streng.

«Was ist denn das für ein Lärm da draußen?», fragte Christine plötzlich.

«Hört sich wie ein Traktor an. Und Gebrüll», sagte Matthias, brach sich ein weiteres Stück Stuck ab und beschmierte es in buddhistischer Gelassenheit mit Butter.

Christine stand auf, um aus dem Fenster zu sehen. Die Diagnose von Matthias traf es ziemlich exakt: Im Wald, der direkt an der Grundstücksgrenze begann, hatten zwei Nebenerwerbslandwirte ihren Traktor mit Schwung auf einen Baumstumpf gesetzt. Jetzt kamen sie weder vor noch zurück. Nach einigem weiteren Gebrüll versuchten sie, mit einem riesigen Schraubenschlüssel das Schutzblech zu verbiegen, damit der Trecker über den Baumstumpf kam. Aber das nützte nichts. Dann kam die Kettensäge zum Einsatz. Während der Traktor immer noch tuckerte, sägten sie den Baumstumpf unter dem Fahrzeug heraus. Was nicht ganz ungefährlich aussah ...

Anscheinend gehörte es irgendwie dazu, ein Stück Wald zu besitzen. Auch Alois Seiler hatte es ja gar nicht erwarten können, in seinen «Woid» zu kommen.

Matthias verzog sich mit einem buddhistischen Buch ins Wohnzimmer, Christine blätterte noch durch die Zeitungen der letzten Woche. Da die Ereignisse, von denen der *Berchtesgadener Anzeiger* berichtete, meist sowieso schon länger zurücklagen, war es egal, ob man drei oder vier Tage später darüber las. An einem Interview mit dem Pfarrer blieb sie hängen. Der ärgerte sich nämlich über seine Schäfchen. Jedes Jahr am Trachtentag fänden sich zurzeit des Gottesdienstes «große Ansammlungen von Trachtlern in Gasthäusern ein, die sonst das ganze Jahr über von den Einheimischen nicht besucht werden». Christine grinste. Das war natürlich eine wichtige Meldung.

Sie las Matthias den Artikel vor und fragte: «Gibt's das wirklich, Wirtschaften, die niemals von Einheimischen besucht werden?»

«Klar gibt's das. Wahrscheinlich bringt der Wirt keinen gescheiten Schweinsbraten hin.»

«Ich hätte gern eine Liste», sagte Christine.

«Die ist geheim», grinste Matthias. Dann legte er sein Buch weg, wanderte zum Fernseher und drehte die Sendung an, die Christine von allen Sportsendungen am allerschlimmsten fand. So eine Art Internationaler Frühschoppen, in dem es allerdings nicht um Politik ging, sondern darum, welcher Fußballer am gestrigen Spieltag wann wie und warum das Bein gehoben hatte. Als gäbe es nichts Wichtigeres.

Christine verzog sich grummelnd mit den Zeitungen in die Küche und überflog jeweils kurz den Lokalteil. Die Weltpolitik holte sie sich woanders. Deshalb war sie nach ein paar Minuten damit durch.

Sie faltete die Ausgaben zusammen und wollte sie gerade auf den Stapel mit dem Altpapier legen – da sprang ihr eine Überschrift auf der Titelseite der obersten Zeitung ins Auge: «Politiker und Funktionäre treffen sich zu Bergtour». Darunter war ein Farbfoto. Die Teilnehmer der tragisch verlaufenen Tour lächelten ihr entgegen. Zu diesem Zeitpunkt noch vollzählig, standen sie an der Seelände und warteten auf das Schiff.

Ohne die Überschrift hätte Christine das Foto gar nicht beachtet. Jetzt studierte sie es eingehend. Eigentlich sahen alle ganz entspannt aus. Die meisten Gesichter kannte sie gar nicht. Nur Max Saumtrager und den Schönauer Bürgermeister. Die zwei Frauen mussten Leni Seiler und Hilde Stranek sein. Die eine etwas verhärmt, die andere blühend, braun gebrannt, breite Schultern, Pferdeschwanz.

Die Blühende kam ihr bekannt vor. Hatte sie diesen Pferdeschwanz nicht kürzlich irgendwo gesehen? Christine überlegte. Sport, sportlich, ja, es hatte mit Sport zu tun – es war die Frau vom Klettersteig! Das war also Hilde Stranek gewesen, die trauernde Witwe. Aber so richtig trauernd hatte sie am Grünstein nicht gewirkt. Christine sah genauer hin. Fesch sah sie aus. Um den Hals trug sie neckisch ein rotes Nickituch mit einem großen weißen Ahornblatt darauf. Hier in der Gegend hatten Tücher normalerweise Edelweiß- oder Rautenmotive. Also vielleicht ein Mitbringsel aus dem Urlaub oder von einer Sportreise. Richtig, die Winterolympiade war irgendwann in den letzten Jahren in Kanada gewesen.

Das Telefon klingelte. Christine nahm das Schnurlose aus der Ladestation. Ein kleinlauter Holzhammer war dran. Als Friedensangebot an Matthias und zur allgemeinen Erbauung schlug er ein Treffen bei Manu vor. Den Hörer mit dem nicht vorhandenen Bauch abdeckend, trat Christine ins Wohnzimmer: «Heute Abend Manu? Holzhammer ist dran.»

«Der depperte Schmalspurbulle soll mal lieber sehen, dass er den Hias aus dem Bau aussi lässt!»

«Also ja», sagte Christine. Dieser Streit hatte ja keinen Zweck und brachte niemand weiter. Sie nahm den Hörer wieder ans Ohr: «Wir kommen. Gegen acht?»

Matthias schaute buddhistisch. Damit war auch das geklärt.

«Aber lange machen wir es nicht», sagte Christine. «Ich will morgen noch mal das schöne Wetter nutzen.»

Dann ging sie ihren Rucksack packen.

Es war besser, das heute schon in Ruhe zu erledigen, als morgen dafür noch früher aufzustehen

Anschließend las sie noch einmal die etwas kryptische Tourenbeschreibung durch. Sie war nicht sicher, dass sie den alten Steig finden würde, der einige schwierige Stellen aufweisen sollte. Aber versuchen wollte sie es. Der morgige Feiertag war möglicherweise der letzte Tag im Jahr, der noch eine nennenswerte Bergtour zuließ.

# 8

Franz Holzhammer war gerade dabei, seinen kleinen Freund für den Winterschlaf herzurichten. Alle Grasreste wurden sorgsam entfernt, dann wurde er liebevoll mit dem Schlauch abgespritzt, getrocknet, schließlich eingefettet, und ab in die Hütte mit dem Mähroboter. So ähnlich wie mit Skiern nach dem Winter.

Der Hauptwachtmeister war sich bewusst, dass die schönen Stunden auf der Hüttenveranda für dieses Jahr gezählt waren. Vielleicht würde sich die eine oder andere Glühweinsession mit Fleecedecke und Zipfelhaube ausgehen, darauf konnte man hoffen. Die schwarzen Zipfelhauben waren ein besonderer Bestandteil der Berchtesgadener Tracht. Es waren Mützen mit einem kleinen, an einer Schnur befestigten Bommel, die ursprünglich wohl nur zur Ausstattung der Bergleute in der Saline gehörten. Heute trug man sie bei schlechtem Wetter statt des Hutes. Oder auch beim Weihnachtsschießen, wenn es einem unter dem Schützenhut sonst die Ohren abfrieren würde.

Es dämmerte bereits, und kalte Luft fiel von den Bergen herab in die Täler. In einer halben Stunde würde es stockdunkel sein. Holzhammer zog den Reißverschluss seiner dicken Daunenweste zu, in der er aussah wie ein Fußball. Er hoffte nur, dass Matthias sich inzwischen halbwegs beruhigt hatte. Sonst würde das ein schwieriger Abend werden. Vorsichtshalber sollte er sich wappnen. Er sank in den

tiefen Sessel auf der Hüttenveranda und nahm den wärmenden Laptop auf den Schoß. In seinem Weißbier, das auf dem Boden stand, hing ein Bierwärmer. Was wohl so ein Heizpilz kostete, wie ihn die Lokale jetzt alle für die Raucher hatten?

Marie war nicht angetan, als er ihr mitteilte, dass er verabredet war. Sie hätte ihn lieber auf der Couch neben sich gesehen, beim Tatort. Aber einige Rechte musste man als Mann im Haus ja haben. Vor allem das Recht, das Haus zu verlassen, wenn es einem beliebte. Und ihm beliebte es ja sowieso selten genug, viel häufiger begnügte er sich mit einer kleinen Flucht in die hinterste Ecke des Gartens. Natürlich trug er normalerweise am Abend Zivil. Da seine Jeans jedoch ganz grün war von der Aktion mit dem Mähroboter, zog er eine Uniformhose an und darüber den quietschbunt gemusterten V-Pullover, den seine Frau neulich von einem ihrer Streifzüge durch den Salzburger Europark mitgebracht hatte. Und insgeheim freute er sich, dass Marie nicht auf die Idee kam, bei seiner Figur gedeckte Farben zu bevorzugen.

Sie waren auf dem Weg zu Manu, Christine fuhr. Vor der Kurve, in der immer der alte Hund mitten auf der Straße stand, bremste sie schon automatisch ab. Unglaublich, wie vieles ihr im letzten Jahr zur Gewohnheit geworden war, was ihr am Anfang doch recht seltsam schien.

An dem zweispurigen Kreisverkehr vor dem Bahnhof war abermals Vorsicht angesagt: Es war der erste Kreisel im ganzen Talkessel – und dann gleich so ein großer. Regelmäßig waren hier Einheimische als Geisterfahrer unterwegs. Diesmal nicht. Sie fuhren in den Markt hinauf und parkten auf dem sogenannten «englischen Parkdeck». Das hieß so, weil in der Einfahrt per Markierung Linksverkehr angeordnet war. Das wussten alle Einheimischen, weil es seit fünfzig Jahren so war. Dafür fungierten hier regelmäßig die Touristen als Geisterfahrer.

Kurz nach acht kamen sie bei Manu an. In der Dart-Ecke herrschte bereits reger Betrieb. Soweit Christine das beurteilen konnte, waren wieder einmal die üblichen Verdächtigen am Start: ein langer Jager aus der Strub, ein untergroßer Investmentbanker aus Berlin, der sich in Berchtesgaden von den jüngsten Kursrückschlägen erholte, eine großbusige junge Kellnerin und ein blasser junger Mann, der mit Matthias irgendwie entfernt verwandt war. Erst kürzlich hatte Christine im *Anzeiger* zu ihrem Erstaunen von der Existenz der Berchtesgadener Dart-Liga gelesen. Die einzelnen Mannschaften rekrutierten sich aus den diversen Lokalen mit Dart-Automaten. Das Erstaunlichste an der Berchtesgadener Dart-Liga aber war, dass darin auch österreichische Mannschaften vertreten waren. Wieder eins der ungelösten Rätsel des Universums, vor allem weil die Berchtesgadener ja keine Gelegenheit für einen blöden Österreicherwitz ausließen. Aber zusammen Dart spielen. Okay, gegeneinander. Als würde Red Bull Salzburg in der deutschen Bundesliga mitspielen.

Sie hatten gerade ihre Lieblingsplätze am Winkelpunkt der L-förmigen Theke eingenommen, als auch schon Franz Holzhammer hereinstapfte und noch im Gehen seine Daunenweste auszog. Die Treppe zum Lokal im ersten Stock war ziemlich steil.

«Servus, Holzei, schöner Pullover», sagte Matthias.

Holzhammer fiel ein Stein vom Herzen. Der große Buddhist hatte sich inzwischen also ein bisschen beruhigt. Vielleicht am besten erst mal nicht vom Fall reden. Und schon gar nicht vom Bürgermeister, der in einer Zelle des Polizeireviers darbte. Andere Themen waren gefragt. Und da kam auch schon eins zur Tür herein: der kleine Mönch vom Franziskanerkloster in der Maximilianstraße. Seit Jahren kam er ein- bis zweimal die Woche herüber. Gegen Kneipenbesuche gab es wohl kein Gebot – solange man keusch blieb.

Christine hatte offensichtlich die gleiche Assoziation. Und auch ihr war daran gelegen, dass der Abend friedlich verlief. «Was sagst du denn zu dieser Pfarrer-Geschichte?», fragte sie Holzhammer, der sich neben ihr niedergelassen hatte.

«Das kann ich dir sagen», erwiderte Holzhammer eilig, «des is ois a Schmarrn. Und wenn Pfarrer heiraten dürften, wär das alles nicht passiert.»

«Heiraten dürfen? Blödsinn», ließ sich da Matthias vernehmen. Alle sahen erstaunt zu ihm hinüber. Da fuhr er fort: «Heiraten müssen sollten sie!»

Alle lachten. Nur der kleine Mönch vertiefte sich in die Betrachtung seines Weißbierglases. Es war allgemeint bekannt, dass das Zölibat ihm arg zu schaffen machte. Vor allem da einige Berchtesgadener Mädels den sportlichen Ehrgeiz entwickelt hatten, ihn zu verführen. Sie luden ihn zum Essen ein, und einmal war er sogar mit ihnen im Schwimmbad gewesen. Das Baden hatte der heilige Franziskus schließlich nicht verboten. Trotzdem hatte es hinterher im Kloster ziemlichen Ärger gegeben.

«Ich hab die Plakate in der Schönau gesehen», sagte Christine, «kaum zu glauben, dass so viele Leute zu ihrem Expfarrer halten.»

«Wieso wundert dich das?», fragte Matthias. «Die Anfeindungen kamen doch aus Österreich.» Natürlich war das nicht der Grund. Siehe Dart-Liga.

«Er hat über hundert Fans auf Facebook», erzählte Holzhammer, «und zwar immer noch. Alle aus der Schönau.»

So war das im Talkessel. Der Mönch ging ins Schwimmbad, und der Pfarrer war auf Facebook. Alles ganz normal.

«Ich wusste gar nicht, dass so viele Berchtesgadener schon Internet haben», sagte Matthias.

Da auf diese Weise die diplomatischen Beziehungen zwischen Matthias und Holzhammer wieder eröffnet waren, traute Christine sich schließlich, aufs eigentliche Thema zu kommen: «Gibt's denn was Neues?», wandte sie sich an Holzhammer.

«Ja, Zilinsky ist impotent. Das hat meine Frau rausgefunden», antwortete Holzhammer resigniert.

«Na, das wird eine Enttäuschung gewesen sein», kommentierte Matthias.

Holzhammer ging nicht darauf ein.

Christine referierte: «Also, wir waren am Götschen, um uns den Gössl mal anzusehen.»

«Und?», fragte Holzhammer.

«Der ist ein ganz armes Schwein und garantiert auch impotent», sagte Matthias.

«Seine Frau hat ihn mitten im Lokal geohrfeigt», ergänzte Christine.

An dieser Stelle mischte sich Bardame Manu ein: «Das hat sie schon öfter gemacht. Ihrem Mann vor allen Leuten eine geduscht. So eine Furie.» Seit jeher sah Manu es als ihr gutes Recht an, die Unterhaltungen der Gäste mitzubestimmen. Sie führte das Lokal seit über zwanzig Jahren und hatte in dieser Zeit ebenso viele Ehen gestiftet wie auseinander gebracht.

«Ich dachte, Gössl schiebt mit der Stranekerin, so impotent kann der also nicht sein», gab Holzhammer zu bedenken.

«Wie auch immer», sagte Christine, der das Potenzthema allmählich auf den Geist ging. «Jedenfalls haben wir auch noch ein Gespräch am Nebentisch belauscht. Über den Seiler.»

«Ach ja? Lass mich raten, es ging darum, dass er einen Haufen Geliebte hat. Und keine Potenzprobleme», sagte Holzhammer. Er konnte es nicht mehr hören.

«Nein, es ging nur um eine einzelne, die ihm total hörig sein soll. Sie wollte seine rechte Hand werden und hat deshalb einen Kurs gemacht», sagte Christine, den Potenzaspekt ignorierend.

«Und wie soll die geheißen haben?», fragte Holzhammer gelangweilt, aus reinem Pflichtgefühl.

«Annamirl Hofer», sagte Matthias.

«Was?» Der Polizist sprang von seinem Barhocker wie ein sehr großer Gummiball. Er drehte sich einmal um sich selbst und schlug sich mit der flachen Hand gegen die Stirn. «Mi leckst am Arsch! Natürlich!»

Christine und Matthias sahen ihm zu, dann sahen sie sich an. Matthias machte eine Handbewegung, die leicht als Beamtenbeleidigung aufgefasst werden konnte. Christine wartete in Ruhe ab.

Holzhammer kriegte sich auch gleich wieder ein. Aber er setzte sich nicht wieder hin. «Wisst ihr, wo diese Annamirl arbeitet? Auf der Gemeinde! Auf der Gemeinde in der Schönau! Ich muss weg.»

Sprach's, drehte sich auf dem Absatz um und war verschwunden.

«Dann können wir ja jetzt in Ruhe einen trinken», sagte Matthias. Und nahm einen tiefen Zug aus seinem Weißbierglas.

Holzhammer kannte Annamirl Hofer. Sie war aus dem Markt, natürlich jünger als er, aber bei irgendwelchen Familienfesten waren sie sich über den Weg gelaufen. Oder waren es Beerdigungen gewesen? Wenn er sich richtig erinnerte, war sie mit dem Mann von Maries Schwester verwandt. Dass sie in der Schönau auf der Gemeinde arbeitete, wusste er, weil er sie dort schon am Telefon gehabt hatte. Und zwar wegen Geldsachen. Ja, sie hatte einen Kurs in Buchhaltung gemacht, das hatte sie ihm am Telefon erzählt. Warum sie den gemacht hatte, hatte sie natürlich nicht erzählt. Dass sie sich eigentlich vorgestellt hatte, die rechte Hand vom Seiler zu werden und ihm die Bücher zu führen. Auf jeden Fall hatte sie jetzt mit den Büchern und den Konten der Gemeinde zu tun. Mit den Konten.

Annamirl hatte es nicht leicht gehabt, und sie war ein bisschen naiv. Wahrscheinlich war es kein Wunder, dass sie sich in den Sonnyboy Seiler verliebt hatte. Sie wohnte immer noch bei ihren Eltern, das wusste Holzhammer. Und da fuhr er jetzt hin, ohne erst lange seinen Chef um Erlaubnis zu fragen. Er hatte am Samstagmorgen den Bürgermeister der Schönau verhaften müssen. Da würde er ja wohl am Sonntagabend die Buchhalterin der Schönau verhören dürfen.

Er fuhr in die Oberau und immer weiter den Berg hinauf. Links kam die Abzweigung nach Österreich, daran fuhr er vorbei. Am Straßenrand standen jetzt Schilder: 900 Meter, 1000 Meter, 1100 Meter. Über dem Meeresspiegel. Die ganze Straße war natürlich mal wieder dem Führer zu verdanken. Er hatte sie damals bauen lassen, der schönen Aussicht wegen. Und heute kassierte man Maut dafür. Was hatte der Mensch eigentlich nicht bauen lassen. Kurz vor der Mautstation der Rossfeldringstraße bog Holzhammer rechts ab. Jetzt hieß es aufpassen, die Straße war schmal und holprig und führte direkt am Abhang entlang. Und es war inzwischen nach neun, also tiefste Nacht. Straßenbeleuchtung gab es hier natürlich nicht.

Am Ende der kleinen Stichstraße lag das heruntergekommene Bauernhaus, das sein Ziel war. Er parkte am Rand der Straße neben drei nicht fahrbereiten Fahrzeugen. Jetzt erinnerte er sich auch, wieso er den Weg kannte. Er war vor längerer Zeit einmal da gewesen, weil Annamirls Vater im Markt mit einem Auto ohne Nummernschild herumgekurvt war. Das hatte jemand gemeldet. Aus dem Haus drang Hundegebell. Man – beziehungsweise Hund – hatte seine Ankunft bemerkt. Richtig, Annamirls Eltern züchteten Deutsche Schäferhunde. Das war ungefähr das letzte Hobby, das Holzhammer für sich selbst in Erwägung ziehen würde.

Der Hauptwachtmeister öffnete die Wagentür und trat direkt in etwas Weiches. Nicht gut. Er hätte die Taschenlampe besser schon vor dem ersten Schritt einschalten sollen. Aber das war jetzt egal. Ohne sich um die Scheiße am Schuh zu kümmern, ging er zielstrebig auf das Haus zu, direkt zu der verwitterten Eingangstür. Direkt daneben, auf Augenhöhe, hing eine Plakette des Schäferhundevereins Bad Reichenhall – gegründet 1933.

Holzhammer klopfte an die Holztür. Eine Klingel gab es nicht. Aber die Hunde waren eh lauter als jede Klingel. Nach längerer Zeit erschien eine ältere Frau im Flanellnachthemd. Ihre wenigen Haare hingen wirr bis zum Bauchnabel. Sicher trug sie tagsüber eine Steckfrisur. Sie hatte eine Taschenlampe in der Hand, wie er. Elektrisches Licht nach neun Uhr empfand sie wahrscheinlich als Luxus.

«Servus, Frau Hofer. Ich müsste die Annamirl sprechen»,

sagte Holzhammer. Er ging davon aus, dass jeder im Talkessel wusste, wer er war. Zu Recht.

«Die schläft», sagte die Frau.

«Meinst, ich würde im Dunkeln den Berg herauffahren, wenn's ned wichtig wär?», raunzte er. «Es handelt sich um eine offizielle Polizeiangelegenheit, und ich muss sie sprechen. Jetzt sofort. Verstanden?»

Frau Hofer knickte vor der Obrigkeit ein und schlurfte zur Treppe. «Annamirl, Polizei ist da!», rief sie mit hoher, schriller Stimme in den ersten Stock hinauf.

Kurz drauf erschien eine vollständig bekleidete Annamirl. Holzhammer sah sie an und musste sofort denken, was er in eine Fahndung nach ihr geschrieben hätte, nämlich «verhärmte alte Jungfer gesucht». Annamirl war dünn, sah älter aus, als sie war, und zog die Schultern nach vorn. Ihre glatten, langen Haare waren genauso dünn wie sie, hingen in Strähnen herunter und hatten eine dieser Farben aus dem Loriot-Film: braungrau, mausgrau, graugrau ... Außerdem sah sie schuldbewusst drein.

«Hock ma uns in d' Kuchl eini», sagte Annamirl Hofer und ging voran.

Holzhammer folgte ihr. Die Mutter mit ihrer Taschenlampe blieb zurück und ging wahrscheinlich umstandslos wieder ins Bett. Das Hundegebell hatte sich ebenfalls beruhigt.

Auch diese Küche war in guter Berchtesgadener Tradition ganz in Eiche rustikal gehalten. Kaum saßen sie, da fing Annamirl auch schon an zu weinen.

«Endlich is es vorbei», schniefte sie.

Holzhammer brauchte kaum nachzufragen, sie war froh, die Geschichte endlich loswerden zu können. Ja, sie hatte die Überweisung vom Gemeindekonto an Holger Stranek ausgeschrieben, schön säuberlich in Blockbuchstaben, und dann dem Bürgermeister in die Unterschriftenmappe praktiziert. Sie hatte das Überweisungsformular mit einer Büroklammer an einem Schriftsatz befestigt, wo ein ähnlicher Betrag tatsächlich zu überweisen war. Und zwar so, dass es nur teilweise zu sehen war. Sie hatte sich vor Angst fast in die Hose gemacht, als sie die Mappe zum Chef getragen hatte, aber der hatte anstandslos unterschrieben. Die Unterschrift unter der anderen Überweisung, der richtigen, hatte sie gefälscht. Hier kam es nicht darauf an, denn mit dem Vorgang als solchem hatte es ja seine Richtigkeit.

Ja, natürlich hatte der Seiler sie dazu angestiftet, eigentlich fast gezwungen. Er hatte gesagt, dass sonst alles aus wäre und sie sich überhaupt nicht mehr sehen würden. Aber nachdem die Sache erledigt war, hatte er die Beziehung trotzdem abgebrochen.

«Der Schuft, der hat des ois lang geplant. Schon als er g'hört hat, dass ich diesen Kurs machen wui. Er hat mir zug'redt und so doa, als ob er mi wirklich einstellen wui, als persönliche Assistentin in seim Büro. I hob mi so g'freit.» Annamirl weinte immer noch. «Als ich den Abschluss dann g'habt hab, war plötzlich ois anders, und er hat mir die Stelle bei der Gemeinde b'sorgt. Als Gemeinderat wusst er sicher scho lang, dass da was frei wird. Und dann, Monate später, als ich gut eingearbeitet war und alle mir vertraut ham, da ist er damit rausg'rückt.»

Für Holzhammer ergab das alles so weit einen Sinn. Seiler wollte den Hias in Misskredit bringen, und die Verhandlungen mit dem DSV waren da ein gefundenes Fressen. Auch dass er die Sache von langer Hand vorbereitet hatte, weil er Bürgermeister werden wollte. Schließlich war Jahre vorher bekannt, wann die nächsten Gemeinderatswahlen stattfanden.

Aber es blieben doch einige Fragen. Was, zum Beispiel, hatte das alles mit dem Mord zu tun? Und wieso hatte Stranek sich nicht gemeldet, als er den unerwarteten Geldsegen auf seinem Konto vorfand? Nun ja, die zweite Frage war vielleicht nicht so schwer zu beantworten: Wahrscheinlich würden neunzig Prozent der Bevölkerung so etwas nicht melden, sondern sich heimlich und leise freuen.

Klar war, dass Annamirl ein Verfahren wegen Unterschriftenfälschung und Betrug zu erwarten hatte. Betrug bei der falschen Überweisung und Unterschriftenfälschung bei der richtigen Überweisung. Jedenfalls nichts, wofür er sie jetzt sofort verhaften musste. Leider konnte er auch Seiler nicht verhaften. Anstiftung zum Betrug war kein Grund, der Staatsanwalt würde ihn auslachen. Und mehr hatte er nicht in der Hand.

Holzhammer sagte Annamirl, dass sie demnächst vom Gericht hören würde, und verabschiedete sich. Sie tat ihm leid.

Doch damit war noch nicht Feierabend. Seine nächste Mission war weitaus erfreulicher, und Franz Holzhammer beschloss, die Sache richtig auszukosten. Nach dem Hundehaufenslalom zu seinem Auto rief er Dr. Klaus Fischer auf dem Handy an. Persönlich hatten sie sich in letzter Zeit äußerst selten gesehen, aber Holzhammer wusste, dass Fischer wieder im Lande sein musste. Sein toller Lehrgang im Norden war Freitag zu Ende gewesen. Es war inzwischen fast zehn, leider wohl noch zu früh, um Fischer aus dem Bett zu holen. Aber vom Fernseher weg war ja auch was. Er musste es lange läuten lassen, bis sich am anderen Ende etwas rührte. Schließlich meldete Fischer sich, und seine Stimme hörte sich ausreichend genervt an, um Holzhammer ein zufriedenes Grinsen aufs Gesicht zu zaubern.

«Servus, Chef. Es gibt ein Update zu dem Fall.»

«Und? Hast du weitere Beweise gegen den Bürgermeister gefunden?»

«Eigentlich nein. Ich hab die wahre Täterin für die Überweisung an den Stranek. Sie ist geständig. Und jetzt wollt ich den Hias entlassen. Heut Abend noch, dass er ned noch eine Nacht in der Zelle schlafen muss.»

«Waswaswas?»

Man konnte quasi durchs Telefon hören, wie es in Fischers Kopf zu rattern begann. Garantiert hatte er sofort begriffen, was das bedeutete. Dass er nämlich schon wieder knietief in der Scheiße stand. Der Mann war ja nicht blöd, er benahm sich nur so. Vielleicht lag es daran, dass er gern von sich auf andere schloss. Aber nicht jeder war so vom Ehrgeiz zerfressen wie er. Und genau durch diesen Ehrgeiz manövrierte er sich immer wieder ins Aus.

Wie auch immer, Holzhammer erklärte Fischer kurz, was er erfahren hatte. «Das heißt also mit anderen Worten, jetzat gibt es überhaupts kan Grund mehr, den Hias weiter festzumhalten. Und dass er mit dem Mord zum tun haben soll, ist damit auch aus der Welt. Wenn er niemanden b'stochen hat, braucht er schließlich auch keine Bestechung vertuschen», schloss er.

«Okay», sagte Fischer leise.

Wahrscheinlich würde er jetzt die ganze Nacht wach liegen, um sich eine Verteidigungsstrategie auszudenken. Selbst schuld, dachte Holzhammer und kam sich dabei eiskalt vor.

Zufrieden manövrierte er den Wagen aus der kleinen Stichstraße und den Berg wieder hinunter. Den Seiler sparte er sich für morgen auf, es war schließlich schon spät und er eigentlich gar nicht im Dienst. Während der Rückfahrt überlegte er, wie er den Seiler am meisten ärgern konnte. Sollte er ihn auf die Dienststelle bestellen oder ihn lieber daheim mit der Anschuldigung überraschen? Vielleicht war es gut, wenn er dem Menschen keine Gelegenheit gab, vorher mit Annamirl zu sprechen und ihr womöglich zu drohen. Also lieber zu Hause überraschen.

Holzhammer parkte vor der Villa Bayer, in der seine Dienststelle untergebracht war. Das Gebäude wurde manchmal als die schönste Polizeistation Deutschlands bezeichnet. Holzhammer hatte keine Ahnung, ob das stimmte. Aber wahrscheinlich war es das einzige Polizeirevier in einem Haus mit einem Namen, einem so passenden dazu – Villa Bayer. Im Erdgeschoss empfing den Besucher ein uralter gemusterter Fliesenboden, und der Konferenzraum besaß eine deckenhohe Vertäfelung, wie man sie sonst nur in Königsschlössern fand. Aber die Zellen im Keller waren genauso unbequem und hässlich wie überall sonst auch.

Holzhammer ging hinunter und sah in die Zelle: Da lag der Bürgermeister der Schönau hübsch eingemummelt in eine Decke und schnarchte seelenruhig vor sich hin. So ein Gemütsmensch. Einen Moment überlegte Holzhammer, ob er ihn vielleicht lieber schlafen lassen sollte. Aber nein, morgen früh wäre hier wieder volle Besetzung, alle würden die Entlassung mitbekommen. Wenn er ihn jetzt, am Sonntagabend, noch entließ, blieb es ein unauffälliger Eintrag im Protokoll.

Holzhammer öffnete rasselnd die Tür. Der Bürgermeister grunzte und drehte sich auf die andere Seite. Holzhammer trat ein und legte seine Hand auf die Schulter des Schlafenden. «Hias, derfst hoamgehn.»

Zögernd kam der Bürgermeister zu sich. «I hob dramt, dass i die Wahl gwunna hob», murmelte er verschlafen.

«Glückwunsch. So wird's auch kommen, wirst sehn. Die Annamirl hat nämlich ois zugeb'm. Sie hat dir die Überweisung unterschom. Und angestiftelt hat sie der Seiler.»

«Der Seiler, die Sau», sagte der Bürgermeister, jetzt schon halbwegs wach, «des werd ich mir merken, des büßt der mir.»

«Okay, und jetzt gehst hoam, hörst?», sagte Holzhammer, da Hias immer noch keine Anstalten machte, die Pritsche zu verlassen.

«I hob so guad gschlaffa, die harte Pritschn is super für mei Kreutz.»

«Scho recht, ich geb dir morgen die Adress zum Bestellen. Aber jetzt geh hoam.»

Schließlich raffte der Bürgermeister seine Sachen zusammen, zog seine Schuhe an und folgte Holzhammer hinaus.

«Soll ich dich heimfahren, oder magst lieber ein Taxi?», fragte Holzhammer, der langsam ziemlich müde wurde.

«Ruf mir ein Taxi, bitt schön», antwortete Hias, «dem Taxler erzähl ich, dass wir noch eine Sicherheitsbesprechung hatten.»

Das war Holzhammer nur recht, und zehn Minuten später verließen beide in unterschiedliche Richtungen die Polizeistation.

Als Christine aufstand, war es noch dunkel. Gut, dass sie ihren Rucksack schon gepackt hatte. Nach kurzer Katzenwäsche zog sie ihre neue schwarze Berghose an, die ebenfalls schon bereitlag. Die erste Garnitur Bergklamotten, die sie vor einem Jahr angeschafft hatte, war schon wieder ausrangiert, damals hatte sie noch eingekauft wie eine Touristin. Zum Beispiel eine Hose, die hauptsächlich gut aussah, aber zum Steigen im steilen Gelände gar nicht geeignet war. Es machte keinen Sinn, bei jedem Schritt gegen die eigene Hose kämpfen zu müssen. Die jetzige war aus Stretchmaterial. Und ziemlich teuer. Christine machte sich in der Küche einen Kaffee, und während sie trank, schaute sie noch mal im Internet nach dem Wetterbericht. Alles klar, der Nebel würde sich auflösen und noch einmal ein sonniger Tag folgen. Es war jetzt schon seit Wochen schön. Die Wetterfrösche sprachen von einer sogenannten Omega-Wetterlage. Sie klappte den Rechner zu, schulterte den Rucksack, packte ihre Bergschuhe bei den Schnürsenkeln und verließ so leise wie möglich das Haus. Matthias schlief natürlich noch.

Draußen stand dichter Nebel, alles war feucht. Es fehlte wohl nicht viel zu einer Reifschicht auf der Windschutzscheibe. Das war der Nachteil des Hauses in der Oberschönau: der lange Schatten des Watzmanns. Sie warf den Rucksack auf den Beifahrersitz, die Stiefel in den Fußraum und startete. Eine Viertelstunde dauerte die Fahrt zu ihrem Ausgangspunkt. Die Straßen waren menschenleer, die Turnschuhtouristen lagen noch im Schlummer, und auch viele Einheimische genossen den Feiertag, indem sie sich noch ein Stündchen umdrehten. Der Parkplatz an der Infostelle des Nationalparks war noch fast leer.

Christine wechselte in die Bergschuhe, die sie zunächst nur lose zuschnürte. Sie fischte ihre Bergstöcke hinter den Vordersitzen hervor. Die lagen bei ihr inzwischen immer im Auto, wurden ja dauernd gebraucht.

Christine freute sich auf das Abenteuer und marschierte mit schnellen Schritten taleinwärts. Am Anfang ging es über Forststraßen, bis dahin kannte sie den Weg. Eigentlich sollte man ja nicht so losrennen, aber es war kalt, und da war es ja wohl berechtigt, sich erst mal warm zu laufen. Ihr kleiner Tagesrucksack war prall gefüllt, aber er kam ihr nicht schwer vor.

Nach einer halben Stunde bog sie bergwärts ab. Es war immer noch neblig, wurde aber schon heller. Plötzlich war Motorengebrumm zu hören. Dann versperrte ein unübersehbares rot-weißes Absperrband den Weg. Es stand auch noch ein Schild da: «Gesperrt wegen Holzfällung». Als Christine gerade ihr Bein über das Plastikband schwang, kam von oben ein Forstarbeiter herunter, Schaufel über der Schulter. Früher, in Norddeutschland, hätte Christine jetzt ein schlechtes Gewissen bekommen und schnell den Rückzug angetreten. Aber sie hatte dazugelernt. Ganz unschuldig ging sie dem Mann in Grün entgegen und fragte nur der Form halber: «Grüß dich, ich kann schon da gehen, oder?»

Er grinste und murmelte nur im Vorbeigehen so etwas wie: «Pass nur auf, dass d' ned derschlog'n werst.» Schon war er mit schweren Schritten vorbei.

Einige Meter weiter stand in einer breiten Kehre ein großer Anhänger, in den mit einem gefährlich aussehenden Greifer Baumstämme verladen wurden. Etwas weiter oben standen noch zwei Forstarbeiter und unterhielten sich. Christine blieb stehen und wartete, bis sie sicher war, dass der Mann im Greifer sie gesehen hatte und der Greifarm gerade auf dem Anhänger beschäftigt war. Da winkte auch schon einer der beiden Männer von oben, sie solle jetzt durchgehen. Als sie genau zwischen Greifer und Baumstämmen war, schwenkte plötzlich der Greifarm ohne ersichtlichen Grund knapp über ihren Kopf hinweg. Christine bekam einen Heidenschreck, der sich allerdings fast augenblicklich in Ärger verwandelte. Der Baggerfahrer fand das wohl lustig,

«Das hat der doch mit Absicht gemacht», sagte sie zu den Männern in tannengrüner Arbeitskluft und deutete nach hinten.

«Ja», sagte der eine Forstarbeiter, «des macht der gern.» Ungefähr so, wie man zugibt, dass man es seinem großen Hund immer noch nicht abgewöhnen konnte, die Leute anzuspringen und abzuschlecken.

Christine wurde bewusst, dass diese Forstarbeiter an ihrem Job wahrscheinlich mindestens so viel Spaß hatten wie sie an ihrem. Und wenn sie gewusst hätten, dass eine Doppeldoktorin vor ihnen stand, hätten sie sie überhaupt nicht beneidet. Auch so eine Erkenntnis, für die sie erst nach Berchtesgaden hatte kommen müssen. Christines Eltern waren beide Akademiker gewesen, Vater Physiker, Mutter Lehrerin, und sie war in der Überzeugung aufgewachsen, dass nur Menschen Handwerker wurden, die für Kopfarbeit zu dumm waren.

Viele von Matthias' Freunden hingegen hatten sehr handfeste Berufe, obwohl ihr Witz, ihre Schlagfertigkeit und auch Wissen und Wissbegier dafür sprachen, dass sie es locker bis zum Abitur geschafft hätten. Wenn sie nur gewollt hätten. An Christines Gymnasium hatten damals einige Trantüten ihr Abitur gemacht, die kaum unfallfrei bis drei zählen konnten. Einer erst mit dreiundzwanzig Jahren – aber der Vater war Reeder gewesen.

Einen dieser Berchtesgadener Abiturverweigerer, der als Schreiner bei der Gemeinde arbeitete, hatte sie mal direkt gefragt, warum er nicht «mehr aus sich gemacht» hatte. Oha, da war sie richtig angeeckt. Er hatte ihr sehr deutlich gesagt, dass es eine ganz bewusste Entscheidung gewesen sei. Er arbeite lieber mit seinen Händen draußen an der frischen Luft, als in einem Büro zu verstauben. Einige Handwerker hier hatten auch erstaunlich intellektuelle Hobbies. So hatte der ortsansässige Friseur ein dickes, geradezu enzyklopädisches Werk über die Buttnmandl-Tradition verfasst. Und der Bergbrenner von der Enzianbrennerei hatte ein Tagebuch veröffentlicht. Da schrieb er ziemlich offen, was er von Touristen hielt, die angesichts der Enzianwurzeln vor seiner Brennhütte fragten: «Sind das die Wurzeln?»

Franz Holzhammer saß in seinem Dienstzimmer. Vor ihm auf dem Tisch lagen wieder einmal die Befragungsprotokolle. Außerdem das auf dem polizeieigenen Farblaserdrucker ausgedruckte Foto eines Heizpilzes in Luxusausführung. Verträumt himmelte Holzhammer das Gerät an. Es sollte zweitausend Euro kosten. Natürlich gab es auch welche für hundert Euro, aber die liefen mit Propangas und brachten nur zweitausend Watt. Für dreihundert Euro gab es welche, die angeblich sechstausend Watt brachten, aber ebenfalls mit Gas. Holzhammer hatte keine Lust auf Gas. Gas hieß Flasche schleppen, Flasche anschließen, leere Flasche zurückbringen wegen Pfand, neue Flasche holen.

Wie schön wäre es, auf der Veranda einfach nur einen Schalter umzulegen und es sich gemütlich machen zu können. Aber Marie würde ihm den Kopf abreißen. Sie war ja nicht nur eine sparsame Hausfrau, sondern außerdem in allen möglichen und unmöglichen Initiativen und Komitees aktiv, darunter mindestens drei verschiedene Umweltgruppen. Wenn ihr lieber Mann anfing, im Winter den Garten zu heizen, wäre das vermutlich fast ein Scheidungsgrund. Jedenfalls wäre es dann mit der Ruhe auf seiner kleinen Saufhütten vorbei. Vor seinem geistigen Auge sah er sie schon durch den verschneiten Garten auf sich zustapfen, drohend mit einem zusammengerollten Greenpeace-Prospekt fuchtelnd. Verdammt.

Holzhammer riss sich von seiner Winter Morgana los und versuchte, sich auf die unmittelbare Umgebung zu konzentrieren. Zum Glück gab es da ebenfalls Positives. Sein Chef war endlich mal wieder in der Station anwesend, man hatte ihn eben durch den Flur tänzeln hören. Und heute war einer der seltenen Tage, an denen Holzhammer sich auf die Begegnung freute. Um die Sache richtig genießen zu können, zog er sogar seine grüne Jacke an. Dann nahm er den Aufzug zum Chefbüro. Der Aufzug war vor Jahren eingebaut worden, natürlich nicht speziell für Holzhammer. Aber er war wohl derjenige, der ihn am häufigsten benutzte. Vielleicht nicht absolut gesehen, aber zumindest in Relation zur Anzahl der Anstiege.

Oben angekommen, setzte er sein offizielles Polizeihauptwachtmeistergesicht auf und klopfte förmlich an die Tür. Dann trat er ein und grüßte. Der Spaß konnte losgehen.

«Guten Morgen, Chef, wie war es auf Juist? Oder war es Sylt?», fragte Holzhammer.

Dr. Fischer blickte zögernd von seiner Morgenlektüre auf, der FAZ. Es wirkte ein bisschen, als hätte er sich am liebsten dahinter verschanzt. «Danke der Nachfrage. Das Seminar befasste sich mit innovativen Ermittlungsmethoden hinsichtlich Internetkriminalität. Wirklich sehr interessant.»

Wahrscheinlich befasste es sich in erster Linie mit dem verschärften Konsum von Meerestieren, dachte Holzhammer. Ja klar, Internetkriminalität. Weil es ja auch so viele Internetkriminelle in Berchtesgaden gab.

Er holte zu dem Satz aus, auf den er sich schon die ganze Zeit gefreut hatte: «Ich wollte melden, dass ich den Hias gestern Abend noch entlassen habe. Ich dachte, das wäre in deinem Sinne.»

Jetzt konnte man richtig schön zusehen, wie Dr. Fischer quasi in seinem Sessel zusammenschrumpelte. So hatte Holzhammer sich das vorgestellt. Es hätte nicht viel gefehlt, und sein Chef hätte sich die Zeitung über den Kopf gezogen.

Holzhammer setzte nach: «Ich dachte, damit er nicht länger als nötig eingesperrt ist. War ja ziemlich unangenehm für ihn.» Dass der Hias die Sache gelassen genommen und sogar schon selig geschlummert hatte, brauchte er ja nicht extra zu erwähnen.

«Ja, äh, gut», ließ Fischer schließlich vernehmen. Die Implikationen der Angelegenheit fuhren in seinem Kopf Karussell. Eigentlich hatte er vorgehabt, mit diesem Coup aus der Provinz auf die große Bühne zurückzukehren. Aber tatsächlich hatte er sich nicht nur die triumphale Rückkehr in die Landeshauptstadt ein weiteres Mal verbaut, er hatte es außerdem geschafft, auch noch hier draußen zur *persona non grata* zu werden. Grundlos und fälschlich eine der wichtigsten Persönlichkeiten des Talkessels verhaften lassen. Genau genommen hatte er ja sogar den Staatsanwalt angelogen, um den Haftbefehl zu bekommen. Eine einzige Katastrophe. Was hieß Katastrophe? Eigentlich konnte er sich gleich von diesem blöden Watzmann stürzen. Wenn er denn hinaufgekommen wäre.

Holzhammer sah, dass sein Chef am Boden zerstört war. Und da er ja eigentlich eine gutmütige Seele war, sah er auch im Preiss'n den Menschen. Schon tat Fischer ihm leid. So wie einem eigentlich alle Preiss'n leidtun mussten, weil sie halt keine Berchtesgadener waren. Ein Makel, der leider dem überwiegenden Teil der Menschheit anhaftete.

Also versuchte er seinen Chef wieder aufzubauen, indem er

so tat, als würde er ihn um Rat fragen: «Ich hab mich gefragt, wie wir nun weitermachen sollen. Ich könnte mir natürlich jeden einzelnen der Teilnehmer noch mal vornehmen.»

«Was ist mit den Rettungskräften?», fragte Fischer, um einen eigenen Gedanken beizusteuern.

«Ich könnte noch mal mit dem Einsatzleiter sprechen oder auch mit den Rettern, die zuerst oben waren. Die Auffindesituation nochmals durchgehen. Natürlich wurde das auch alles fotografiert, es war ja hell.»

«Jaja, mach das. Hätte schon lange gemacht werden sollen. Und was ist jetzt mit Seiler? Ist der vorgeladen für eine Aussage, oder fährst du hin?»

Den hätte Holzhammer tatsächlich fast vergessen. Seiler war ja nun offiziell Anstifter zu einer Straftat, wenn auch nicht zu Mord, sondern nur zu Betrug, Urkundenfälschung und ähnlichem Geschiss. Da Holzhammer gerade seine großzügigen fünf Minuten hatte, gestand er das Versäumnis freimütig ein: «Du hast recht, das hab ich glatt vergessen. Am besten, ich fahr gleich mal vorbei. Dann haben wir Chancen, dass die Annamirl ihn noch nicht gewarnt hat. Die braucht bestimmt a Zeitl, um sich das zu trauen. Die hat ja einen Heidenrespekt vor eam. Vielleicht rückt er in der Überraschung was raus.»

«Gut, sehr gut. Das machst du als Erstes. Auf geht's», sagte Fischer, jetzt schon wieder fast in seinem Element.

Holzhammer verzog das Gesicht, sagte aber nichts. Das mit dem «Auf geht's» wäre nicht nötig gewesen, er war ja kein Gaul. Aber so war sein Chef eben. Holzhammer tippte sich auf eine Weise an die Stirn, die einen Gruß oder auch etwas ganz anderes bedeuten konnte. Er schaute noch kurz in seine Stube, ob jemand angerufen hatte, dann ging er hinaus zu seinem persönlichen Einsatzfahrzeug. Er fuhr immer mit dem gleichen Wagen und nahm ihn auch mit nach Hause. Die Kollegen respektierten das, da sie keine Lust hatten, sämtliche Sitz- und Spiegeleinstellungen dauernd von Schlumpf zu Mensch zu ändern oder sich aus Versehen in eine auf dem Beifahrersitz liegende Leberkas-Semmel zu setzen.

Inzwischen war auch Matthias aufgestanden. Mit halb geschlossenen Augen schlurfte er in die Küche, wo er neben der Kaffeemaschine einen Zettel fand. Christine pflegte ihm ihre Bergziele immer noch mal genau aufzuschreiben, auch wenn sie schon darüber geredet hatten. Wenn sie bis zum ausgemachten Zeitpunkt nicht auftauchte und sich auch per Handy nicht meldete, würde er die Bergwacht rufen. Lieber einmal zu oft Alarm schlagen als einmal zu wenig, das sagten auch die Bergwachtler immer wieder. Lieber gingen sie dreimal zu oft los als einmal zu spät. Nur wenn sie wegen offensichtlicher Lappalien gerufen wurden, konnte man den Berichten auf der Homepage der Bergwacht eine leise Kritik anmerken. Zum Beispiel wenn jemand anrief, weil sein Hund erschöpft war. Oder wenn die Leute aufgrund völlig mangelhafter Ausrüstung in Not gerieten, jetzt im Herbst zum Beispiel, weil sie sich verspäteten und keine Taschenlampe dabeihatten. Die Dunkelheit kam halt unerbittlich jeden Tag ein bisschen früher.

Matthias las den Zettel gar nicht, Hauptsache, er lag da. Er machte sich einen Espresso, zog eine warme Jacke an und ging auf den Balkon. Es war immer noch neblig, aber man konnte erkennen, dass es sich nur um eine dünne Dunstschicht handelte. Zweihundert Meter höher schien wahrscheinlich schon strahlend die Sonne. Für ihn trotzdem kein Grund, auf einen Berg zu steigen.

Er genoss die Ruhe. Es war manchmal anstrengend mit Christine. Immer wollte sie aus allem das Beste herausholen. Das war oft mit Stress und Hektik verbunden. Dauernd sollte er irgendwas mitmachen – wandern, Rad fahren, nach Salzburg ins Museum gehen. Dabei wollte er nur hier auf dem Balkon seinen Espresso trinken, danach chanten und dann Fußball schauen. Und vielleicht eine letzte Runde mit seinem Motorrad drehen.

Bei Christine sollte alles immer sofort passieren, und alles musste ständig verbessert werden: zum Beispiel ihre Fitness, ihr Wissen und ihre Umgebung. Zu dieser Umgebung zählte jetzt auch er. Er sollte sich gesünder ernähren, mehr Sport machen, mehr Bücher lesen. Aber er gefiel sich so, wie er war. Und falls tatsächlich Optimierungsbedarf bestand, so konnte er das auch noch im nächsten Leben in Angriff nehmen. Als Buddhist hatte man schließlich unendlich viel Zeit. Wobei er zugeben musste, dass seine Wohnung unter Christines Ägide tatsächlich schöner geworden war. Vorher hatte er seine Bücher mehr oder weniger in Häufchen auf dem Fußboden gestapelt. Jetzt standen im Wohnzimmer wandhohe Regale aus hellem Holz. Christines zweitausend Bücher gaben eine schöne Tapete ab. Sie hatte auch die alten braunen Vorhänge und das miefige Sofa entsorgt und dafür moderne Jalousien sowie eine helle Ledergarnitur angeschafft. Nur in der Küche war die Essecke in Eiche rustikal erhalten geblieben.

Verteiler und Zündkerzen waren aus dem Wohnzimmer in die Garage verbannt worden, ihnen trauerte Matthias etwas wehmütig nach. Natürlich waren auch die Staubsauger-Autobahnen auf dem Teppich verschwunden. Der ganze Teppichboden war verschwunden und durch Parkett ersetzt, der von einer weiteren Neuerung perfekt gepflegt wurde, nämlich von einer Putzfrau. Christine hatte ihm erklärt, dass sie weder im Dreck leben noch sauber machen wollte und gern bereit war, dafür zu zahlen.

Für Matthias war die Idee, eine fremde Person putzen zu lassen, zunächst gewöhnungsbedürftig gewesen. Er kam nicht aus Verhältnissen, in denen man eine Zugehfrau hatte. Im Gegenteil, seine Mutter hatte zeitweise selbst als Zimmermädchen in einem der umliegenden Hotels gearbeitet. Aber Komfort und Arbeitserleichterung waren Dinge, an die man sich schnell gewöhnte.

Matthias ging wieder hinein und öffnete die Tür des kleinen Holzschreins, den sein Vater für ihn getischlert hatte. Darin befand sich sein Gohonzon, die Schriftrolle auf Altjapanisch, die nach Matthias' Glauben die gesamte Weisheit des Universums enthielt. Natürlich war sein Vater streng katholisch gewesen. Das hatte ihn aber nicht gehindert, seinem Sohn so ein buddhistisches Kasterl zu schreinern.

Er entzündete die beiden Kerzen links und rechts des Schreins, ließ sich davor auf dem Boden nieder und begann zu chanten. An diesem Morgen chantete er für den Weltfrieden und wieder einmal dafür, dass Christine heil vom Berg wieder herunterkam. Und für ein neues Motorrad.

❧ ❧ ❧

# 9

Christine war bereits kurz unter der Baumgrenze. Immer noch war es etwas neblig, doch der Vorhang, der die Fernsicht verhinderte, wurde jetzt heller und blauer. Und plötzlich stand sie von einem Meter zum anderen in strahlender Sonne. Das Nebelmeer lag unter ihr. Rundum ragten daraus die Berge hervor wie Fußspitzen unter einer Daunendecke.

Auf mehreren umliegenden Gipfeln konnte sie die Gipfelkreuze erkennen. In diesem Teil der Berchtesgadener Alpen waren die meisten Kreuze sehr einfach gehalten, zwei Balken aus Holz, eine kleine Inschrift. Manchmal stand sogar nur eine einfache Holzstange da oder eine Steindaube. An anderen Bergen hatten sich kreative Geister verewigt. Am hohen Göll gab es ein Kreuz mit einem riesigen Bergkristall in der Mitte und auf der Schönfeldspitze gar eine sechs Meter hohe Skulptur mit einer stehenden Maria, die eine liegende Jesusfigur hielt – ziemlich anstrengend auf die Dauer. Aber das war für die Einheimischen alles in Ordnung. Kritisch wurden sie nur bei Fremdkreuzen – wenn zum Beispiel nord- oder ostdeutsche Bergfreunde sich erdreisteten, bislang kreuzlose Gipfel mit eigenen Kreationen zu verzieren.

Christine machte ein paar Fotos und setzte sich auf einen flachen Stein. Es war hier viel wärmer als unten im Tal. Auf den Gräsern lag noch Tau, aber man konnte ihm beim Trocknen fast zusehen. Die typische, wundervolle herbstliche Inversionswetterlage. Wer nicht auf Berge stieg, konnte das höchstens im Flugzeug erleben. Aber da war man eingepfercht, konnte die frische Luft nicht spüren, den Duft der Gräser nicht riechen.

Christine frühstückte. Es gab Wurst auf Semmel an Tomate und dazu Leitungswasser aus dem Trinksack. Etwas anderes sollte man in diese tütenartigen Gebilde nicht einfüllen, da man den dünnen Schlauch vom Sack zum Mundstück sonst nie wieder sauber bekam. Die Vorteile des Trinksacks gegenüber Flaschen lagen im Gewicht, in der Kapazität und vor allem darin, dass man während des Gehens trinken konnte, ohne den Rucksack abzusetzen.

Kauend blickte sie in die Runde. Recht weit entfernt pfiff ein verspätetes Murmeltier. Normalerweise gingen die Gesellen schon Ende September wieder ins Bett und verschlossen ihren Bau von innen. Sieben Monate schliefen sie zusammengekuschelt unter der Erde, unglaublich. Noch ein Pfiff. Und dann sah Christine die Unruhestifter. Es waren zwei Steinadler und ein Rabe. Der Rabe flog schimpfend hinter den beiden Adlern her. Das kam öfter vor, die Raben hatten in der Luft keine Angst vor den Adlern, sie wussten genau, dass diese ihre Beute am Boden schlugen. Natürlich hatten auch die Adler keine Angst vor Raben, aber so ein krächzendes Anhängsel, das womöglich auch noch in den Flügel hackte, war natürlich nervig – und meist zogen sich die größeren Vögel dann zurück. Der Radau warnte ja sowieso die Beutetiere, man konnte genauso gut woanders jagen gehen.

Das Trio flog quer über das Seitental, aus dem die Murmeltierpfiffe gekommen waren. Die beiden Adler flogen dicht nebeneinander. Dann plötzlich wendeten sie und drehten den Spieß um. Der Rabe machte, dass er wegkam. Trotzdem fand er noch Zeit, sich kurz auf den Rücken zu drehen. Er drehte sich mehrmals kurz um und krächzte dabei. Warum nur? Es machte überhaupt keinen Sinn. Offensichtlich wollte er einfach nur zeigen, dass er doch noch was draufhatte.

Da drehte sich einer der Adler ebenfalls kurz auf den Rücken. Und wieder zurück. Was du kannst, kann ich schon lange. Oder was sonst?

Christine beendete ihr Frühstück, sie musste weiter, wenn sie ihr Ziel rechtzeitig erreichen wollte. Bisher war der Weg einfach gewesen, aber bald würde es weglos werden, und dann würde sie jeden Schritt suchen müssen.

Holzhammer wusste schon, dass Seiler nicht mehr in der Reha war. Christine hatte es gestern Abend bei Manu erzählt. Und wo Seiler wohnte, wusste er von der Jacken-Sammelaktion. Es war eines der alten, aber bestens gepflegten Lehen im Talkessel. Lehen waren es heute natürlich nicht mehr, die Bewohner waren auch die Besitzer. Aber das Namensanhängsel war geblieben. Pfnürrlehen, Mooslehen, Krennlehen ...

Da die Familien heute kleiner waren als vor dreihundert Jahren, waren in den meisten dieser alten Häuser einige Ferienzimmer eingerichtet worden. Die Gäste liebten die romantische Atmosphäre, die uralten Holzbalken, die geschnitzten Balkone, winzigen Fenster und weit überkragenden Dächer. Leider waren nur noch die wenigsten Häuser mit den originalen Holzschindeln bedeckt, die meisten hatten Blechdächer, einige auch Ziegel. Aber von unten sah man das ja ohnehin nicht.

Mit oder ohne Holzschindeln wären jedenfalls viele dieser jahrhundertealten Anwesen ohne das Zubrot aus der Vermietung kaum zu erhalten gewesen. Auch die meisten von

Holzhammers Verwandten vermieteten Zimmer. Der gesamte Landkreis, vom Königssee bis hin nach Laufen, hatte nur rund hunderttausend Einwohner, aber dreieinhalb Millionen Übernachtungen pro Jahr. Der einzelne Gast blieb durchschnittlich drei Tage, das machte also über eine Million Gäste im Jahr. Viele Gäste wollten am liebsten in einem der alten Lehen wohnen, aber Holzhammer hätten da keine zehn Pferde hineingebracht, schon gar nicht im Winter, wenn sich mangelnde Isolierung und feuchte Wände ungemütlich bemerkbar machten. Er fand, dass die Gäste, die Neubauten im Lederhosenstil bevorzugten, eindeutig die schlaueren waren.

Jeder im Talkessel wusste, dass die Zukunft allein im Tourismus lag. Außer dem Bürgermeister von Bischofswiesen, der neulich allen Ernstes zum Besten gegeben hatte: «Tourismus wird überbewertet.» Auf jeden Fall war Zilinsky sicher auch einer derjenigen, für die ein «Erlebnisberg Jenner» ein Graus war. Zu schade, dass er sich so gar nicht an die Geschehnisse am Teufelshorn erinnern konnte.

Auch bei Seilers wurde vermietet. Vor dem Haus standen drei Autos mit nord- und ostdeutschen Kennzeichen. Holzhammer hielt sich nicht mit Klopfen auf, sondern drückte gleich die große alte Klinke hinunter. Ein Jagdhund kam ihm kläffend entgegen. Das passte, ein Mann wie Seiler mochte lieber Hunde als Katzen.

In der Küche fand Holzhammer die Hausfrau, Leni Seiler. Warum war sie eigentlich bei der Tour dabei gewesen? Nach dem, was er so gehört hatte, hatten sie und ihr Mann sich schon vor Jahren auseinandergelebt. Und seine zahlreichen Seitensprünge waren ihr wohl auch kaum verborgen geblieben. Beim Stranek war es die Frau, beim Seiler der Mann. Eigentlich hätten sich Holger Stranek und Leni Seiler zusammentun sollen. Genau, und Holger Stranek hätte Alois Seiler den Berg hinunterstoßen sollen. Und dann mit Leni Seiler ab nach Argentinien. Holzhammers Segen hätten sie gehabt.

«Grias di, keine Sorge, i stör di ned, ich muss deinen Mann sprechen», sagte Holzhammer.

«Der is im Woid, am Grünstein», antwortete Leni Seiler. Sie beschrieb Holzhammer, welcher Waldstreifen zum Lehen gehörte. Der Wald am Grünstein war von der Bobbahn bis zum Hammerstiel in lauter schmale Streifen aufgeteilt. Fünfundsechzig Bauern besaßen solche Anteile, die teilweise nur sechs Meter breit waren. Die Waldstücke begannen hinter den obersten Häusern und gingen hoch bis zu den ersten Felsen. An dieser seltsamen Konstruktion war auch das Vorhaben gescheitert, einen Wanderweg von der Oberschönau am Grünstein entlang bis zur Bobbahn anzulegen. Fünfundsechzig Bauern unter einen Hut zu bringen war ein Ding der Unmöglichkeit. Dabei wäre ein solcher Weg eine wirkliche Bereicherung gewesen.

Holzhammer stieg also wieder in sein Fahrzeug und fuhr Richtung Grünstein. Er kam an der Abzweigung vorbei, die zum Haus des Bürgermeisters führte, und merkte, wie froh er war, den Hias rausgepaukt zu haben. Fast schade, dass die Sache für Fischer kein Nachspiel haben würde. Aber dafür war der Hias viel zu anständig.

Der Hauptwachtmeister bog links in eine schmale, steile Stichstraße ab. Am Straßenende parkte er. Hier führten Traktorspuren in den Wald. Am Ende der Spuren musste Seiler sein Unwesen treiben. Zu hören war nichts. Holzhammer stapfte über den feuchten, batzigen Boden bergauf. Auch die Bäume über ihm waren noch feucht vom Morgennebel, und einige dicke Tropfen trafen ihn auf den nur noch spärlich bewaldeten Schädel.

Er trat auf einen Stein, um ein besonders tiefes Matschloch zu umgehen. Doch der Stein war glitschig, er rutschte ab und stand bis zum Knöchel im kalten, klebrigen Batz. So ein Mist! Er hätte den Kerl doch lieber auf die Polizeistation bestellen sollen. Ganz zu schweigen davon, was Marie zu der dreckigen Hose und den verhunzten Schuhen sagen würde. Für den formvollendeten Auftritt in Fischers Büro hatte er sich heute Morgen extra korrekt angezogen und trug statt der üblichen Turnschuhe zur Uniform die vorschriftsgemäßen Lederschuhe.

Hinter einer Bodenwelle sah Holzhammer jetzt den Traktor aufragen. Von Seiler war nichts zu hören oder zu sehen. Holzhammer kam näher. Frisch abgesägtes Unterholz lag herum. Seiler hatte wohl nur ausholzen wollen. Um größere Bäume zu fällen, fuhr man nicht allein in den Wald. Holzhammer konnte jetzt den ganzen Traktor sehen. Er stand mit den Vorderrädern talwärts, dazu auch noch seitlich talwärts geneigt, das riesige linke Hinterrad stand anscheinend auf einem Stein. Stellte man so einen Traktor ab? So schräg, mit der Einladung zum Wegrollen? Nebenerwerbslandwirte taten so etwas. Vielleicht.

Holzhammer ging hangseitig um den Traktor herum. Wer ihn so abstellte, vergaß womöglich auch noch, die Handbremse ordentlich anzuziehen oder einen Bremsklotz unter die Räder zu legen.

Dann sah er, worauf das linke Hinterrad stand. Es war kein Stein, es war Seiler selbst. Er klemmte talseits unter dem Rad wie ein zu niedrig bemessener Bremsklotz. Was mochte so ein Traktor wiegen? Das war kein klappriger Oldtimer, wie sie manchmal auf Ausstellungen zu sehen waren, sondern ein modernes Fahrzeug mit allem Drum und Dran. Vor allem mit gewaltigen Hinterrädern. Auf der Straße machte das Ding bestimmt sechzig Sachen. Viel zu teuer eigentlich für einen Nebenerwerbslandwirt. Kein preiswertes Hobby, aber Seiler konnte es sich wahrscheinlich leisten. Hatte es sich leisten gekonnt.

Obwohl es offensichtlich war, dass der Seilbahnbetreiber seine letzte Intrige geschmiedet hatte, fühlte Holzhammer pflichtbewusst den Puls und die Halsschlagader. Nichts natürlich. Jedenfalls war ihm ein Traktortoter lieber als so rätselhafte Todesfälle wie letztes Jahr. Unfälle hatte Holzhammer schon etliche gesehen, da war er in seinem Element.

Als Erstes verständigte Holzhammer die Rettung. Auch wenn der Mensch tot war, mussten die kommen, ein Arzt musste offiziell den Tod feststellen. Er sagte jedoch gleich durch, dass sie sich Zeit lassen konnten. An diesem schönen Bergtag, noch dazu einem Feiertag, würden sicher auch andere Unfälle passieren – am Berg oder auf der Straße –, und da hatten die Lebenden Vorfahrt vor den Toten.

Holzhammer hatte also reichlich Zeit, sich die Sache in Ruhe anzuschauen. Man brauchte keinen Pathologen, um die Todesursache zu erkennen: Tod durch Traktor. Wahrscheinlich befand sich in Seilers Brust nur noch Matsch. Ob sein Kopf etwas abbekommen hatte, konnte man nicht so genau erkennen, weil er ja schon bei dem Bergunfall eine Kopfwunde davongetragen hatte. Der Verband, den er noch vor einigen Tagen gehabt hatte, war jedenfalls weg. Vielleicht war Seiler vom Traktor ein Stück mitgeschleift worden und hatte auf dem Weg einige Steine geküsst. Frauen würde er jedenfalls nicht mehr küssen, so viel war klar.

Holzhammer fiel auf, dass Seiler gar nicht mehr so braun gebrannt aussah wie sonst – möglicherweise aber nur durch das viele Grün rundum. Sein Gesicht lag zwischen Grasbüscheln und Sauerklee. Grün macht blass, sagte Marie immer.

Auf dem Auge blühte ein Veilchen. Und daneben ein Alpenveilchen. Es war die Zeit der Alpenveilchen. Holzhammer besah sich den Kopf näher – natürlich ohne ihn anzufassen. Zwischen Dreck und verklebtem Blut entdeckte er am Haaransatz hellere Stellen. Der Typ hatte sich doch tatsächlich die Haare gefärbt. Nur um bei den Weibern noch mehr Schlag zu haben.

Das riesige Hinterrad quetschte Seiler tief in den weichen Boden. Eigentlich müsste so ein batziger Untergrund ja vorteilhaft sein, wenn man überfahren wurde. Der Druck wurde geringer, oder? Ob man das nicht eigentlich gut überleben konnte? Seiler hingegen war so tot, wie man nur sein konnte.

So etwas war schon öfter passiert, speziell den Nebenerwerbslandwirten. Handbremse nicht richtig angezogen, Bauer fieselt vor dem Traktor herum, Traktor rollt los, Bauer platt. Manchmal machten die Leute auch so geniale Sachen, wie unter das Fahrzeug zu kriechen, um dort irgendwas aus dem Weg zu räumen. Auch in diesem Fall konnte es so gewesen sein. Dann sollte auf jeden Fall jemand die Handbremse anziehen, bevor die Sanis den menschlichen Bremsklotz herauszogen.

Natürlich konnte Holzhammer einen Traktor fahren. In seiner Familie gab es nicht nur Nebenerwerbslandwirte, seine Eltern hatten noch komplett von ihrem Bauernhof gelebt. Sie hatten erst in den Siebzigern den Grund in der Stanggaß verkauft. Natürlich bis auf das Grundstück rund um das alte

Bauernhaus, in dem sie selbst lebten, und bis auf das Grundstück, auf dem jetzt sein eigenes Haus stand.

Er stieg auf das Trittbrett des Traktors und sah in das überdachte Fahrerhaus. Kurz vor dem Einsteigen hielt er mitten in der Bewegung inne. Polizisteninstikt? Fasziniert betrachtete er die Stellung der diversen Hebel. Die Handbremse war angezogen und sogar der Rückwärtsgang eingelegt. Dieser Traktor war fachgerecht geparkt. Dieser Traktor hatte sich nicht einfach am Hang selbständig gemacht. Holzhammer stieg wieder ab und rief Josef Berg an: «Du Josef, i brauch di. In der Schönau.»

«Na wirkli ned, ned heit, i bin ned im Dienst.» Der Arbeitseifer des Chefs der Spurensicherung ließ ja wohl stark zu wünschen übrig.

«Josef, ich hab keine Lust auf deine Unterwiesel, die bloß alles vollstauben mit eam Fingerabdruckpulver und dann doch nix aussi bringen. Es ist der Seiler. Mein Mordverdächtiger. Und jetzt ist er selber tot.»

«Franz, ich würd dir ja helfen, ich bin auch ganz in der Nähe. Aber es ist grad etwas schwierig», kam Josefs Stimme etwas pfeifend. An seinem Standort schien es windig zu sein.

«Ja wieso denn», fragte Holzhammer ungnädig.

«Ich steht grad mitten in der Ostwand.»

Okay, das war ein Argument. Wenn in Berchtesgaden jemand von der Ostwand sprach, dann war die Watzmann-Ostwand gemeint, die höchste Wand der Ostalpen. 1800 Höhenmeter vom Einstieg bei der Eiskapelle auf St. Bartholomä bis zum Gipfel. Der leichteste Weg hindurch war der Berchtesgadener Weg im dritten Schwierigkeitsgrad. Normale Bergsteiger gingen das in Seilschaft und seilten sich mindestens an den schwierigsten Stellen an. Vorsichtige und Fremde nahmen einen Bergführer, schon wegen der Wegfindung. Es gab aber auch einheimische Bergfexe, die allein und seilfrei gingen. Holzhammer konnte sich ausrechnen, zu welcher Kategorie Josef Berg gehörte. Der Leiter der Spurensicherung war hier aufgewachsen, auch wenn er jetzt in Traunstein saß. Und er war ehrenamtlich bei der Bergwacht. Holzhammer überlegte. Er wollte die bestmögliche Unterstützung für diese Sache.

«Ich lass dich abholen», sagte er.

Josef Berg stöhnte: «Du versaust mir den Tag.»

Dann machten sie aus, an welcher Stelle der Ostwand der Hubschrauber ihn aufsammeln würde.

Schnell mal einen Hubschrauber zu organisieren, nur um einen Mitarbeiter von seinem Ausflug zurückzuholen, wäre in weiten Teilen der Republik wahrscheinlich undenkbar, zumal für einen einfachen Hauptwachtmeister. Für Franz Holzhammer hingegen war es eine seiner kleinsten Übungen. Selbstverständlich verfügte die Polizeiinspektion Berchtesgaden nicht über eigenes Fluggerät. Aber insgesamt war die Hubschrauberdichte im Talkessel ausgesprochen hoch. Fast täglich hörte man sie irgendwo knattern: den roten Rettungshubschrauber Christoph 14, den gelben vom ADAC oder den weißen, der von Salzburg aus Rundflüge Richtung Glockner unternahm. Und dann natürlich die grünen der Bundeswehr. Die Gebirgsjäger in der Strub gehörten zwar zur Infanterie, aber bei fast allen Übungen wurden auch Hubschrauber benötigt. Ständig wurde aus Hubschraubern abgeseilt oder in Hubschrauber eingestiegen, Leute wurden ausgeflogen oder abgesetzt. Schon oft hatten Bundeswehrhubschrauber die Bergwacht unterstützt, wenn der rote Christoph gerade anderweitig beschäftigt war. Sie übten ja praktisch identische Einsätze und stellten ihr Können gern mal unter realen Bedingungen unter Beweis. Einen der grünen hatte Holzhammer heute schon gesehen. Wahrscheinlich flog er kleine frischgebackene Gebirgsjäger vom Übungsgelände auf der Reiteralm ins Tal.

Holzhammer hatte gute Verbindungen zum Standort in der Strub. Zum einen war er selbst Gebirgsjäger gewesen. Später dann sein Sohn Andi. Der war als guter Kletterer sogar gleich in den Hochzug gekommen. Zum anderen musste Holzhammer natürlich über Übungen informiert werden, bei denen Verkehrsbehinderungen zu erwarten waren. Nur die gelegentlichen Alkoholexzesse von frisch aus Mutters Obhut entkommenen Wehrpflichtigen gehörten mangels Wehrpflicht der Vergangenheit an.

Von all diesem dienstlichen Kram ganz abgesehen, spielte der Standortälteste Xaver Reitmeier passabel Schach. Und den rief Holzhammer jetzt auf dem privaten Handy an.

«Kein Problem, Übung ist Übung. Und Übung macht den Meister», sagte Xaver. Holzhammer hörte, wie er sich auf seinem Diensttelefon direkt mit der Hubschrauberbesatzung verbinden ließ. Spusi-Chef Josef Berg wurde spontan zum wichtigen Späher umdeklariert, der in einer Blitzaktion aus der von Feinden besetzten Ostwand ausgeflogen werden musste.

«Wo willst ihn hinhaben?», fragte Xaver.

«Er muss erst zu seinem Wagen, ich brauch ihn mit allem Zubehör», sagte Holzhammer, als würde er telefonisch einen Computer bestellen.

«Ist recht, dann liefern wir auf die Wiese hinter dem Zangei», sagte Xaver. Zangei war der Pächter der Tankstelle am Parkplatz.

Fünf Minuten später konnte Holzhammer bereits den Hubschrauber hören.

Bei dem heutigen schönen Wetter war die Aktion überhaupt kein Problem. Die Watzmann-Ostwand war ja nicht senkrecht, und es gab ein paar Vorsprünge, die gut anzufliegen waren. Auf so einem Vorsprung wartete Josef Berg. Am langen Tau wurde zunächst ein Gurt zu ihm herabgelassen. Berg nahm den Gurt von Haken und legte ihn an. Dann kam das Tau wieder angeschwebt, und Berg klinkte sich ein. So einfach funktionierte die Sache natürlich nur, weil Berg selbst Bergwachtler war. Bei einer normalen Rettungsaktion musste ein Retter abgelassen werden, der dem Verunglückten den Gurt anlegte.

Die Touristen in St. Bartholomä verrenkten sich jedenfalls die Hälse und knipsten die Batterien ihrer Digitalkameras leer. Die Gämsen in der Ostwand hingegen hoben kaum den Kopf, sie kannten das. In den Sommermonaten kam der große Knattervogel mindestens einmal die Woche, um verstiegene Zweibeiner abzuholen. Das war nicht weiter interessant. Der große Knattervogel war kein Adler, er schlug keine Kitze. Das hatte sich bei allen Gämsen herumgesprochen.

Der Spurensicherer schwebte dreißig Meter unter dem Hubschrauber hängend quer über den Königssee. Unter ihm grünes Wasser und weiße Elektroboote. Über der Wiese neben dem Parkplatz ging der Hubschrauber vorsichtig runter, bis Berg am Boden stand. Er klinkte sich aus, winkte nach oben, und der Hubschrauber verschwand knatternd wieder Richtung Reiteralm.

Zwanzig Minuten später stand Josef Berg neben Holzhammer im Matsch. Immer noch in Bergschuhen und kurzer Hose. Er trug einen schweren Koffer, aber er schnaufte nicht.

Gegen die 600 Höhenmeter Wand, die er noch vor sich gehabt hatte, war das hier natürlich nicht mal ein Spaziergang.

❀ ❀ ❀

Christine blickte auf ihren Höhenmesser. Hier irgendwo musste die Abzweigung sein. Der alte Steig zu einer ehemaligen Alm, der heute kaum noch begangen wurde. Im Herbst waren solche Steige meist am besten zu sehen, weil während des ganzen Sommers zumindest einige wenige Eingeweihte ihre Trittspuren hinterlassen hatten. Zudem half es, wenn das Gras bereits trocken war und niederlag. Sonst verdeckte es die schmalen Pfade oft komplett. Doch hier waren nicht zu wenige, sondern zu viele Spuren. Und Steindauben waren auch keine zu sehen.

Die vielen Trittspuren stammten von Gämsen. Sie hatten sich ihre eigenen Pfade getreten, die jedoch nur von einem Grasfleck zum anderen führten, zu einem gemütlichen Latschengebüsch oder einem kleinen Überhang, unter dem man bei Regen und Schnee Schutz fand. Die Gamspfade vermittelten jedenfalls nicht den Durchstieg, den Christine suchte. Sie hatte gelesen, dass es hier früher einen Steig gegeben hatte – durch die steilen Schrofen hinauf bis aufs Plateau.

Bis vor einem Jahr hatte sie das Wort «Schrofen» gar nicht gekannt. Schrofengelände bezeichnete Steilhänge aus brüchigem, sandigem Fels, der meist stellenweise mit Gras oder Latschen bewachsen war. Erosionsvorgänge hatten diese Hänge geschaffen. Schrofen waren niemals ganz senkrecht, aber sie konnten sehr steil werden. Oftmals wurde ein unten gut gangbarer Hang nach oben hin immer steiler. Wenn man

Glück hatte, war der Hang zu Ende, bevor es zu schwierig wurde.

Vor Jahrtausenden waren diese Felsen einmal stark und fest gewesen, jetzt bröckelten sie vor sich hin, jedes Jahr ein bisschen. Die gesamten Kalkalpen wurden so Stückchen für Stückchen abgetragen. Sie waren ein Monument der Vergänglichkeit. In einigen Millionen Jahren würde die Erosion sie dem Erdboden gleichgemacht haben. Aber hier, an diesen schrofigen Stellen, fing es an: Wasser drang in die Kalkfelsen ein, wurde im Winter zu Eis und sprengte die Strukturen von innen. Die Lawinen im nächsten Frühjahr nahmen viel von dem losen Schutt mit, aber es blieben noch genügend mehr oder weniger lose Steine und sogar große Blöcke übrig, die sich erst beim Drauftreten oder Festhalten lösten.

Bei Kletterern war solch brüchiges Gelände natürlich nicht sehr beliebt. Man wusste nie, ob der nächste Griff oder Tritt halten würde – oder sich bei Belastung ins Tal verabschiedete. Auch Gämsen stürzten manchmal auf diese Weise ab, sie hatten keineswegs einen unfehlbaren Instinkt für lose Tritte, sondern verließen sich einfach darauf, dass eines ihrer vier Beine schon greifen würde.

Christine hatte nur zwei Beine. Auf denen stieg sie hin und her und entschloss sich dann, eine fast pfadartig aussehende kleine Rinne hinaufzukraxeln. Der Boden war mit feinem Schutt bedeckt, es war rutschig. Bei jedem Schritt, für den sie keinen größeren Stein fand, rutschte sie ein Stück wieder zurück. Trotzdem ging es 50 oder 100 Höhenmeter ganz gut vorwärts. Aber es war anstrengend.

Von oben pfiff eine Gämse. Das hieß: «Mach dich vom Acker, hier ist mein Revier.» Netter Versuch, aber Christine kletterte weiter. Dann war die kleine Rinne zu Ende und ein

Weg nicht in Sicht. Der richtige Einstieg war das jedenfalls nicht gewesen. An dieser Stelle war der Hang feuchter, weil er von der südlich gelegenen Felswand beschattet wurde. Dicke Grasbüschel bildeten eine Art Treppe, die anfangs ganz gut begehbar war. Doch dann wurde es noch steiler. Es gab immer noch Grasbüschel, aber teilweise schwebten sie halb in der Luft, man musste Angst haben, dass sie beim Drauftreten einfach abbrachen. «Absturzgelände» sagte man zu Wegen, auf denen jedes Stolpern tödlich enden konnte.

Christine kletterte auf einen kleinen Felsrücken, mehr eine Schneid. Die war nicht ganz so steil wie die Flanke, aber dafür ging es jetzt auf beiden Seiten abwärts. Dann versperrte ein Latschenbusch ihr den Weg. Christine blickte hinter sich. Nein, zurück ging es nicht. Hinabklettern war schwieriger als hinauf, und sie war bereits an der Grenze ihres Könnens. Im Grunde sogar schon drüber, denn wie sie sich hinaufzog und mit allen vieren festkrallte, das war keine Geh- und auch keine Klettertechnik mehr. Das war mehr ein Irgendwie-versuchen-nicht-runter-zu-fallen.

Vorsichtig schaute sie links und rechts, ob es an dem Busch irgendwo vorbeiging. Aber da war nur Luft. Sie musste mitten durch den Busch. Mit einigen Rucken prüfte sie, ob die Zweige wohl halten würden, wenn sie sich daran hochzog. Ja, das taten sie wohl. Womöglich besser als die brüchigen Schrofen hinter ihr. Also stieg sie unter den Latschenbusch, der fast senkrecht über ihr wuchs. Mit den Händen ergriff sie zwei vertrauenerweckend aussehende Äste und zog sich hoch, während ihre Füße auf dem sandigen Wandstück darunter Halt suchten. Als sie ein Stück hochgekommen war, griff sie mit einer Hand einen weiter oben liegenden Ast und brachte ihr linkes Bein hoch, bis es über den untersten Ästen lag. Hand über Hand ziehend und mit den Beinen weit seitlich ausholend, irgendwie Äste hinter sich bringend, kam sie Zentimeter für Zentimeter vorwärts. Sie war sich bewusst, dass sie der Latsche jetzt auf Gedeih und Verderb ausgeliefert war. Aber die wettererprobte Pflanze hielt. Ihre Wurzeln reichten tief in die Schrofen, saugten Nährstoffe aus metertiefen Ritzen. Mit diesen Wurzeln hielt der Busch sich am Berg fest, wenn im Winter der Schnee zu Tal glitt. Seit vielen Jahren behauptete er diese Position, es war die einzige, die er jemals haben würde. *Danke, Latsche,* dachte Christine. Vielleicht sagte sie es auch laut. Spitze Nadeln streiften durch ihr Gesicht, welke Nadeln gerieten unter ihr Shirt. Am Schienbein hatte sie inzwischen eine blutende Schürfwunde, die sie aber kaum bemerkte. Dauernd blieb der Rucksack an den Latschenästen hängen, noch mehr störten die Stöcke, sodass sie sie schließlich zurückließ.

Schließlich hatte sie den Busch hinter sich. Ihr Herz schlug wie wild, sie keuchte vor Anstrengung. Die letzte Passage war so steil gewesen, dass sie von oben darüber hinwegblickend nur Luft sah. Zum Glück gab es hier einen kleinen Absatz, auf dem sie ein wenig verschnaufen konnte. Christine versuchte, sich die Nadeln aus dem Shirt zu schütteln. Dann zog sie es aus und rieb sich damit den Rücken trocken. Anscheinend hatte sie auch Nadeln in der Hose, aber da war momentan nichts zu machen.

Sie sah auf die Uhr und erschrak. Schon Nachmittag. Sie musste ihr Ziel ändern. Jetzt hieß es nicht mehr, den Durchstieg zu finden, sondern so schnell wie möglich wieder ins Tal zu kommen. Aber an dieser Stelle kam sie definitiv nicht wieder runter. Egal, ob aufwärts oder abwärts, sie musste aus diesem scheiß Steilhang raus. Sie blickte sich um. Ein Stück weiter sah es aus, als könne man möglicherweise nach links queren. Vielleicht fand sie dort einen leichteren Weg nach unten.

❀ ❀ ❀

«Wehe, des war ka Mord», sagte Josef Berg zu Holzhammer. Und meinte es ernst. Normalerweise war er nicht so grantig und immer gern zur Stelle. Er liebte seinen Beruf. Aber die Endorphine, die bei so einer Klettertour freigesetzt wurden, wussten momentan einfach nicht, wohin.

«Als ich eam funden hab, dacht i im ersten Moment an oanen Unfall. Mir ham so an Hergang ja schon öfter g'habt. Aber dann die angezogene Brems'n. Und seine vielen Feinde – was der sich in letzter Zeit ois geleistet hat. Zuletzt auch noch die Hofer Annamirl, die er zu diesem Betrug angestiftet hat …»

Diese Neuigkeit war noch gar nicht zu Berg vorgedrungen. «Und die kann fabelhaft Traktor fahren, oder was?», fragte er, immer noch ungnädig.

«Des woaß doch i ned. Ach ja, noch was: Wenn du nix findst, wär es gut, wenn du keine große Sache draus machen würdest.» Holzhammer war eingefallen, dass er für den Einsatz der Spurensicherung mal wieder keinerlei Segen von Dr. Fischer eingeholt hatte.

«Was? Ich mach das hier also nicht nur am Sonntag in meiner Freizeit, sondern auch noch umasunst? Wie wär's, wenn du gleich wieder so ein Lufttaxi bestellst und mich wieder auffi fliagn lässt?»

Doch während Josef Berg auf diese Weise Dampf abließ, kramte er schon tief in seinem Koffer herum. Deshalb antwortete Holzhammer lieber gar nichts.

Berg machte zuerst Fotos von der gesamten Situation, aus allen Winkeln fotografierte er den Toten, die Reifen und die Spuren vor und hinter dem Traktor. «Ziemlich viele Reifenspuren hier», sagte er mehr zu sich selbst, «wieso ist der Kerl so oft hin- und hergefahren?»

Berg legte mehrere Bänder auf dem Boden aus, um die Fahrspuren des Traktors zu markieren. «Der ist zuerst ganz auffi g'foarn, dann wieder obi, und genau an dieser Stelle mindestens zwoamoi hin und her», erklärte er.

Dann trat Berg ans Fahrerhaus. «Ich hoff, du hast den Griff nicht angepackt», sagte er zu Holzhammer.

Der musste sich schuldig bekennen. «Ich wollt eini und die Handbremse ozeagn.»

«Scho guad, dei Pratzn ist eh scho in der Kartei.» Berg bestäubte den Griff, legte die Folie darüber und gab sie dann in ein Tütchen.

Dann stieg er hoch und machte Fotos von den Hebeln im Traktor. Die Handbremse sah angezogen aus. Zur Sicherheit zog er mit behandschuhter Hand noch einmal ordentlich nach. Dann stieg er wieder ab und holte eine Art Ganzkörperkondom aus seinem Koffer. Er streifte den dünnen wasserdichten Overall über, drückte Holzhammer die Kamera in die Hand, ließ sich auf den Bauch in den feuchten Batz fallen und kroch flach wie ein Lurch neben dem Toten unter den Traktor.

«Kamera!», orderte er von unten und streckte eine Hand nach hinten.

Um dem Kriminaltechniker die Digitalkamera unter den Traktor zu reichen, musste sich Holzhammer in den Dreck knien. Ganz ohne Schutzanzug. Außerdem musste er sich noch mit der anderen Hand im tiefen Batz abstützen. Wahrscheinlich war das die Rache.

Kaum hatte Berg die Kamera in Händen, begannen diverse Digitalblitze zu zucken. Er schien unter dem Traktor eine ausgiebige Fotosession abzuhalten.

«Was gibt's denn da unten?», fragte Holzhammer, der sich mühsam wieder aufgerichtet hatte. Sein linker Arm war nass bis zum Ellenbogen. Der Dreck von den Knien lief langsam nach unten, wo er sich mit dem Dreck vom Hosenrand vereinte.

Dumpf klang die Stimme des Kriminaltechnikers unter dem riesigen Fahrzeug hervor: «Gar ned so einfach, sich zweimal vom eigenen Traktor überfahren zu lassen.»

«Ha!», machte Holzhammer nur.

Berg kletterte wieder hervor und erklärte: «Dein Toter hat Reifenspuren auch dort, wo der Reifen gar nicht ist. Er ist also mindestens zweimal überrollt worden. Und das machst mir vor, hier an dem Hang, wie das gehen soll. Ich schau jetzt noch amal gründlich ins Fahrerhaus eini.»

Bergs Groll wegen der abgebrochenen Tour war verflogen. Sein Freund Holzhammer hatte den richtigen Riecher gehabt, und es war richtig gewesen, dass er ihn gleich geholt hatte. Spätestens wenn der Traktor bewegt worden wäre, um den Toten hervorzuholen, wären die meisten Spuren verwischt worden.

Das Innere des Fahrerhäuschens war wohnlich eingerichtet: Auf dem Sitz lag ein Kissen, ein Getränkehalter enthielt eine halbleere Bierflasche, im Handschuhfach fand sich der neueste Playboy. Der Boden des Fahrerhauses war dreckig, die Pedale lagen im Halbdunkel. Berg überlegte, wo es am ehesten Chancen auf DNA-Spuren gab. Am Lenkrad wohl kaum, außer jemand hatte vor Wut hineingebissen. Schließlich steckte er das ganze Sitzkissen in eine große Beweismitteltüte.

Lag da nicht etwas auf dem Boden? Berg stieg ab und holte eine Taschenlampe. Der Leuchtkegel zeigte ihm eine Art Schnur oder Band. Er beugte sich vor und angelte mit spitzen behandschuhten Fingern. Er erwischte das Band, aber es war festgemacht. Es hing mit einem Ankerstich an der Verschraubung des Sitzes. Und ein HMS-Karabiner war auch dran.

«Hast was?», fragte Holzhammer.

«Bandschlinge und Karabiner. Am Sitz befestigt.» Berg tat die Schlinge in eine weitere Beweismitteltüte.

«Ja, was soll jetzt des?», fragte Holzhammer.

«Wenn du mi fragst, wollt der Seiler nicht stillhalten, zum Überfahrenwerden», sagte Josef Berg.

«Ah, jetzat. Weil der Seiler sich ned hat so ohne weiteres überrollen lassen wollen, musste der Mörder ihn handfest überreden. Fahren und überreden ging aber ned gleichzeitig.»

«Ja, in der Art. Wobei des trotzdem ned einfach gwesn sein dürfte. Wahrscheinlich hat der Mörder ihn niedergeschlagen, als der Traktor oberhalb stand. Dann das Lenkrad mit der Schlinge fixiert, damit die Richtung stimmt, und wollt den Traktor oafach rollen lassen. Vielleicht damit es natürlicher aussieht. Oder vielleicht hat er sich vorg'stellt, dass er während dem Rollen noch die Lage vom Seiler korrigiert. Aber Seiler bewegt sich plötzlich, während der Mörder noch am Traktor ist. Da muss er schnell handeln.»

«Er hat die Schling wieder ausgeklinkt und oafach auf'n Boden fallen lassen», nickte Holzhammer. «Er hat sie ned gleich eingesteckt, weil sie ja am Sitz befestigt war. Aber da unten herumwurschteln war in der Situation grad ned sei Sach, weil er ja noch oan überfahren musste. So was verursacht Stress.»

«Des mit dem Überrollen war sowieso a Schnapsidee,

wennst mi frogst», sagte Berg. «So was funktioniert nie. Viel zu wenig Kontrolle. Warum sind Mörder eigentlich immer solche Dilettanten?»

«Wahrscheinlich weil man solch ane Sachen ned oft üben kann», mutmaßte Holzhammer.

In diesem Moment übertönten Fahrzeuggeräusche das Vogelgezwitscher rundum. Der Sanka war da. Die Sanis hatten den Arzt zu Hause abgeholt, sodass er nicht selbst fahren musste. Sie wussten ja, dass es nicht eilte. Nach kurzer Beratung setzte ein beherzter Sani den Traktor einen Meter nach hinten, dann zogen sie Alois Seiler mit vereinten Kräften unter dem Fahrzeug hervor. Dem Arzt genügte ein kurzer Blick. Wenn der Verunfallte sich bis jetzt nicht gerührt hatte, dann würde er das auch nicht mehr tun.

«Besondere Wünsche?», fragte der Medizinmann und meinte damit, welche Todesursache er vermerken sollte. Traktorreifen oder unbekannt, das war hier die Frage.

Holzhammer wusste, wenn der Arzt sich auf den Traktor festlegte, war eine teure Obduktion gestorben. Er sah seinen Freund Josef Berg an. Der hob die Tüte mit der Bandschlinge und schüttelte sie vor Holzhammers Gesicht. Der Arzt blickte von einem zum anderen. Er wollte möglichst schnell wieder in seine warme Praxis und ein paar Privatpatienten röntgen. Oder so was in der Art.

«Unbekannt», sagte Holzhammer. Selbst wenn der Traktor die Todesursache war, irgendetwas, vielleicht ein hübscher stumpfer Gegenstand, hatte Seiler überredet, brav vor dem Traktor liegen zu bleiben, bis er überrollt wurde.

«Ich könnt meine Truppe anfordern, und mir drahn hier jedes Blatt um», sagte Berg zu Holzhammer.

«Meinst, des bringt's?»

Berg sah auf die Uhr. «Na ja, in drei Stunden ist es dunkel. Und was jetzt noch ned zertrampelt ist, ist morgen a no da.»

«Okay, dann schau lieber, dass du in dei Labor kimmst. Vielleicht findst ja irgendwas DNA-haltiges an dem Bandl oder auf dem Sitzkissen. Oder a paar Fingerabdrücke, die ned zum Seiler g'hörn.»

Berg dampfte mit den Beweismitteln ab. Holzhammer dachte noch kurz darüber nach, wie sehr sich die Polizeiarbeit durch die Möglichkeit des genetischen Fingerabdrucks verändert hatte. Dann sah er an seinen Hosenbeinen hinunter, die sich durch den trocknenden Schlamm langsam versteiften. Marie würde einen hysterischen Anfall bekommen, wenn sie das sah. Ihm fiel ein, dass Matthias ja gleich um die Ecke wohnte. Vielleicht konnte er dort einen Kaffee, einen Putzlumpen und eine Bürste bekommen.

❀ ❀ ❀

# 10

Holzhammer stapfte zu seinem Wagen. Das Wasser schwappte in seinen Schuhen. Am Fahrzeug angekommen, machte er einen halbherzigen Versuch, seinen Chef zu erreichen, legte aber nach drei Klingelzeichen wieder auf. Der konnte im Moment sowieso nichts tun – außer dumm daherreden.

Ein paar Minuten später parkte Holzhammer schon vor dem etwas in die Jahre gekommenen Einfamilienhaus, das Matthias von seinen Eltern geerbt hatte. Im Nachbargarten wurde gewerkelt. Richtig, in das Haus, um das es im letzten Jahr so eine Aufregung gegeben hatte, waren natürlich inzwischen neue Besitzer eingezogen. Was wohl aus den zahlreichen Katzen geworden war?

Holzhammer klingelte. Ein paar Sekunden später ertönte Matthias' Stimme vom Balkon: «Wer da?»

«Staatsmacht», antwortete Holzhammer.

Matthias kam zur Haustür und öffnete. «Wie siehst du denn aus!», rief er.

«Wia ma halt aussieht, wenn ma a Leich im Woid find.»

Kurze Zeit später saß Holzhammer am Küchentisch und trank Espresso. Seine Diensthose hatten sie durch die Badewanne gezogen und dann auf den Balkon zum Trocknen gehängt. Seine Schuhe standen mit Zeitungspapier ausgestopft auf dem Fensterbrett. Matthias hatte ihm eine Jogginghose anbieten wollen, aber es hatte sich herausgestellt, dass der Polizist in keine seiner Hosen hin-

einpasste. In der Länge zwar zweimal, aber in der Breite halt nicht. Jetzt trug er eine bunte Wolldecke um die Hüften.

Matthias war auch nicht gerade in Ausgehuniform. Er trug sein geliebtes schwarz-orange kariertes Flanellhemd, das Christine so furchtbar fand, und dazu eine ausgebeulte grüne Jogginghose. Er hatte auf dem Kanapee gelegen und ferngesehen, als Holzhammer geklingelt hatte. Wenn Christine am Berg war, nutzte er gern die Gelegenheit, sich mal wieder so richtig gehenzulassen.

Holzhammer schilderte ausführlich, was in den vorangegangenen Stunden passiert war: Seiler tot im Wald, Josef Berg am Haken des Hubschraubers, Bandschlinge im Führerhaus des Traktors.

Matthias hörte gelassen zu. Für ihn barg der Tod keinerlei Schrecken, als Buddhist glaubte er ja an die Wiedergeburt. Seiler würde allerdings bei der nächsten Runde sicher die Arschkarte ziehen. Er würde als Kakerlake wiederkehren. Oder als Fußpilz. Waren ja auch Lebewesen.

«Der Seiler ist also tot», fasste Matthias schließlich zusammen, um deutlich zu machen, dass er zugehört hatte.

Holzhammer war schon einen Schritt weiter: «Die Frage ist natürlich, ob das alles zusammenhängt oder ob Seiler sich einfach nur einmal zu oft unbeliebt gemacht hat. Na, vielleicht kann uns diese Bandschlinge irgendwie weiterhelfen.»

«Die deutet auf einen Bergsteiger, oder?» Matthias bestieg zwar keine Berge, aber was eine Bandschlinge war, wusste sogar er. Bergsteiger und Rettungskräfte hatten Bandschlingen. Sie wurden benutzt, um zwei Bohrhaken zu einer redundanten Sicherung zu verbinden. Oder als Verlängerung vom Bohrhaken zum Karabiner. Auch Klettersteiggeher hatten an schwierigen Steigen manchmal eine kurze Bandschlinge dabei. Die wurde eingehängt, um sich zwischendurch ausruhen zu können.

«Ja, davon haben wir ja auch nur drei im Landkreis», antwortete Holzhammer sarkastisch. «Und ich hab keine Ahnung, wo ich anfangen soll. Selbst wenn der Berg jetzt DNA findet, dann hab ich damit ja noch keinen Täter. Außer der ist schon in der Kartei, aber das glaub ich jetzt weniger. Ich brauch ja erst a mal die Gegenprobe. Und dazu brauch ich einen Verdächtigen.»

«Was ist mit Zilinsky oder Xaver Grassl? Ist das nicht das Nächstliegende? Die beiden Teilnehmer der Bergtour, die den Seiler am meisten gehasst haben müssten.»

«Wenn wir DNA aus dem Traktor bekommen, dann macht es sicher Sinn, die beiden um Proben zu bitten», sagte Holzhammer. Er war skeptisch, aber momentan war jeder Strohhalm so gut wie der andere. Diese vermaledeite Bergtour und ihre Teilnehmer waren nun mal die einzige Verbindung zwischen den beiden Toten.

«Kommst du mit auf den Balkon?», fragte Matthias, der eine rauchen wollte.

Draußen sahen sie in den Garten hinunter. Gerade kamen zwei Rehe aus dem Wald und begannen die Goldruten abzuweiden. «Oh, schon so spät», sagte Matthias.

Holzhammer sah ihn an wie einen Bekloppten.

«Die kommen immer genau zur gleichen Zeit», erklärte Matthias. «Daher weiß ich, dass es jetzt halb fünfe ist.»

Neben ihnen flatterte Holzhammers Hose im Wind. Zwar ohne Bügelfalte, aber wenigstens auch ohne Schlamm. Matthias befühlte ein Bein. «Kannst bald heimgehen», sagte er.

Seit drei Stunden bemühte sich Christine, einen Abstieg zu finden. Die Querung hatte sie nur über einem absturzgefährlichen Abbruch entlang zu einem anderen kleinen Vorsprung geführt. Das Gelände war kleinteilig und unübersichtlich. Man konnte einfach nicht sehen, was hinter der nächsten Erhebung war. Und bisher war da einfach nur noch mehr vom gleichen steilen und rutschigen Gelände gewesen. Sie hatte keinen Überblick mehr, wie viele Höhenmeter sie inzwischen rauf und runter zurückgelegt hatte.

Eine Stunde vor dem Dunkelwerden kam sie zu einer größeren Schuttrinne. Um sich einfach dem Schuttstrom zu überlassen und darin «abzufahren», war es zu steil. Aber sie würde versuchen, vorsichtig nach unten zu gelangen, einen Schritt nach dem anderen.

Jetzt wurde es auch wirklich Zeit. Die Sonne stand zwar noch am Himmel, aber in die Rinne schien sie schon seit einer Stunde nicht mehr hinein. Plötzlich kam ein mehrere Meter hoher senkrechter Absatz in Sicht, über den die Steine mit ohrenbetäubendem Lärm hinunterpolterten. Mit aller Kraft kämpfte Christine gegen den Schutt, der sie hinunterspülen wollte. Sie kroch seitlich einen steilen Felsen hinauf, der durch kleine Leisten begehbar war, und hoffte, dass es einige Meter weiter vielleicht eine Möglichkeit zum Abklettern gab. Inzwischen dämmerte es.

Tatsächlich ging es auf der anderen Seite des winzigen Sattels hinunter. Aber es wurde immer steiler und rutschiger, und dann war Schluss. Christine musste umdrehen. Sie hatte Mühe, auf dem steilen, mit feinem Schotter bepuderten Fels die Richtung zu ändern. Ihre Schuhe glitten ab, es gab nichts, was man als Stufe benutzen konnte. Spitze Steinchen bohrten sich in ihre Handflächen, als sie auf allen vieren den Fels mühsam wieder hinaufkletterte. Inzwischen konnte sie kaum noch die Hand vor Augen sehen. Sie kam wieder zu dem winzigen Sattel. Dann war es dunkel.

Natürlich hatte sie eine Stirnlampe dabei. Aber die war nicht kräftig genug, um in ihrem Licht an unbekannten Felsen herumzuklettern. Das wäre Wahnsinn gewesen. Nein, hier war Endstation. Hier, auf diesem kleinen Fleck, der gerade genug Platz zum Sitzen bot. Zum Liegen war er zu klein. Und damit nützte der tolle Biwaksack, den sie dabeihatte, gar nichts.

Dr. Dr. Christine Müller-Halberstadt saß auf ihrem Felsvorsprung und wusste nicht weiter. Wie war sie nur in diese Lage gekommen? Sie hatte schon oft im *Berchtesgadener Anzeiger* von ähnlichen Fällen gelesen. Und sie hatte immer den Kopf geschüttelt über die Dummheit der Leute. Wieso gingen die irgendwohin, wo sie dann nicht wieder wegkamen? Jetzt wusste sie es. Es passierte. Es passierte auch Leuten, die sonst durchaus in der Lage waren, zwei und zwei zusammenzuzählen. Keins ihrer diversen Studienfächer hatte sie davor bewahrt, einfach immer weiterzuklettern, bis es keinerlei Optionen mehr gab. Dabei hatte sie sich schon für einen halben Profi gehalten.

Vorsichtig, um auf dem kleinen Vorsprung nicht das Gleichgewicht zu verlieren, nahm Christine ihren Rucksack ab. Richtig, da waren noch einige Müsliriegel. Verhungern würde sie vorerst nicht. Verdursten? In ihrem Trinksack befand sich noch mehr als ein halber Liter Wasser. Nein, das war alles nicht das Problem. Das Problem war: Ihr war die Sache peinlich. Wie hatte sie so blöd sein können? Warum hatte sie sich in diese Lage manövriert, in der ihr nichts anderes übrigblieb, als um Hilfe zu rufen? Denn darauf würde es hinauslaufen, das war ihr inzwischen klar. Der Felssporn aus Ramsaudolomit, auf dem sie hockte, würde nicht flacher werden, jedenfalls nicht in den nächsten hundert Jahren. Ihre Kletterkünste würden nicht wachsen, auch morgen früh nicht. Wenn sie bis dahin nicht längst hinuntergefallen war.

Christine stellte sich vor, was passieren würde, wenn sie einschlief. Nein, mit ein bisschen Rutschen und ein paar Abschürfungen wäre es dann nicht getan. Im besten Fall würde sie den Absatz hinunterfliegen, der sie auf der rechten Seite am Abklettern durch die Rinne gehindert hatte. Und dann immer weiterrollen, während die gesamte Schuttrinne ihr nachfolgte. Selbst wenn sie den Flug überlebte, würde sie von nachfolgenden Steinen aller Größen bombardiert werden. Wenn sie hingegen nach links hinunterkippte, ging es gleich so steil los, dass sie bereits nach ein paar Metern fast Fallgeschwindigkeit erreichen würde. Es war ganz egal, was weiter unten passierte, ob sie bereits im Vorbeiflug mit dem Kopf gegen einen Felsen schlagen oder sich beim Sturz über einen Abbruch das Rückgrat brechen würde. All dies überlegte sie ganz rational. Warum war sie eigentlich nicht in Panik? Vielleicht weil es bei Reizen eine Sättigungsgrenze gab. Wenn alle Rezeptoren besetzt waren oder der gesamte Transmitterstoff verbraucht war, gab es keine Steigerung mehr.

Zum Glück war das Wetter stabil. Das war das Einzige, was sie richtig gemacht hatte: Sie hatte direkt vor dem Start noch einmal auf die einschlägigen Wetterportale geschaut und sich vergewissert, dass es den ganzen Tag schön bleiben würde.

Christine holte ihr Handy heraus und überlegte, wen sie zuerst anrufen sollte: die Bergwacht oder Matthias.

Matthias saß bereits seit einer Stunde wie auf Kohlen. Er hatte nicht einmal mitbekommen, dass der FC Bayern soeben ein Tor geschossen hatte. Seine Standardverabredung mit Christine war, dass er die Bergwacht rufen sollte, wenn sie sich eine Stunde nach Dunkelwerden nicht gemeldet hatte. Aber normalerweise war sie viel früher wieder da oder meldete per Handy, dass sie nach der Tour noch irgendwo einkehrte.

Er überlegte, von sich aus bei ihr anzurufen. Aber vielleicht saß sie gerade im Auto. Er mochte es nicht, wenn sie am Steuer telefonierte. Erstens war es gefährlich, und zweitens konnte es teuer werden. Das war ein ständiger Streitpunkt zwischen ihnen.

Matthias machte den Fernseher aus. Ihm blieb nichts anderes übrig, als für ihre gesunde Wiederkehr zu chanten. Kaum hatte er sich auf seinem Kissen niedergelassen, da klingelte das Telefon.

«Hallo, Matthias, ich muss die Bergwacht rufen. Reg dich bitte nicht auf.» Christine klang ganz ruhig.

Matthias fühlte, wie sich alles in seinem Brustkorb zusammenzog. «Wo bist du? Geht es dir gut? Kann ich was tun? Wann kommst du?», fragte er.

«Es geht mir gut, ich bin nicht verletzt, ich kann nur nicht weiter. Ich ruf jetzt die Bergwacht. Wollte dir nur vorher Bescheid sagen. Mach dir keine Sorgen, okay? Ich melde mich.» Christines Stimme war ruhig und fest.

Das waren ziemlich viele Informationen auf einmal. In seinem Kopf formten sich hundert Fragen, die er alle nicht stellte. Es war wichtig, dass Christines Akku durchhielt und dass sie jetzt möglichst schnell Hilfe bekam. Dazu war es am besten, wenn sie selbst mit der Bergwacht telefonierte. Er konnte in diesem Moment gar nichts tun. Außer sie nicht zusätzlich zu beunruhigen. Daher sagte er nur mit möglichst ruhiger Stimme: «Ist gut, ich warte.»

Als sie aufgelegt hatten, rannte Matthias eine Weile planlos durch die Wohnung. Es konnte Stunden dauern, bis er wieder etwas von ihr hörte. Die Angst. Es gab nur eins, was er tun konnte. Er setzte sich wieder auf sein Kissen vor dem Gohonzon und chantete, wie er noch nie gechantet hatte. Das beruhigte. Er würde das Universum schon auf seine Seite bringen.

Als eine halbe Stunde später das Telefon klingelte, hechtete er zum Apparat: «Ja?»

«Servus, da ist der Hias, ich wollte euch einladen. Zum Herbstfest der Weihnachtsschützen. Du warst so nett bei meinem kurzen Intermezzo im Café Viereck.»

Matthias war mit seinen Gedanken ganz woanders. Nur mit Mühe konnte er sich auf die Worte seines Cousins konzentrieren. Es ging um eine elitäre Veranstaltung, zu der es im freien Verkauf praktisch keine Karten gab. Dass Hias welche hatte, war natürlich klar.

Es gab mehrere Bergwachten für die verschiedenen Gebiete der Berchtesgadener Alpen. Je nachdem, von welchem Tal aus man am schnellsten hinkam. Zum Glück brauchte man das in Bergnot nicht so genau zu wissen.

Christine wählte 112 und landete bei der Rettungsleitstelle Traunstein: «Grüß Gott, ich brauch die Bergwacht», sagte sie.

«Wo san's denn?», fragte eine vertrauenerweckende Männerstimme zurück.

Christine schilderte so genau wie möglich ihren Standort.

«Was zeigt Ihr Höhenmesser?», fragte die Stimme.

Christine gab Auskunft.

«Können Sie die Lichter von Hintersee sehen?»

Christine sah keine Lichter, konnte sie von dort auch nicht. Aber die Fragen gaben ihr die Gewissheit, dass am anderen Ende jemand saß, der nicht nur eine Karte vor sich hatte, sondern sich in dem Gebiet auch genau auskannte.

Sie wurde noch gefragt, ob sie verletzt sei, ob andere dabei seien und ob sie sich in unmittelbarer Lebensgefahr befinde. Alles nein.

«Gut, in ein paar Minuten ruft Sie der Einsatzleiter der Bergwacht an. Halten Sie bitte die Leitung frei», sagte die Stimme aus Traunstein. Dann war das Gespräch beendet.

Christine saß im Dunkeln auf ihrem Felsvorsprung und dachte an ihre allererste Bergwanderung. Damals hatte sie nicht einmal eine Jacke dabeigehabt. Pudelnass war sie geworden. Sie hatte wahrscheinlich ausgesehen wie die letzte und dümmste Turnschuhtouristin, als Matthias sie damals am Parkplatz Königssee aufgelesen hatte. Schlamm an der Hose, Schlamm am Hintern, Schlamm im Gesicht. Vom Regen durchsichtige Bluse. Aber schlecht gefühlt hatte sie sich nicht – nur nass. Genau an jenem Tag war der Grundstein für ihre Bergleidenschaft gelegt worden. Denn es ging nicht nur um Sport, das wäre gelogen. Es ging auch um den Kick. Vermutlich war das bei allen Bergwanderern und Bergsteigern so, vom Rentner bis zum Extremkletterer. Nur in unterschiedlicher Dosis.

Die Suche nach dem alten Weg war die eine Sache. Die andere war, dass der Weg laut Führer einige «ausgesetzte Passagen» enthielt – eine Herausforderung an ihren Mut – sowie «einige Kletterstellen im zweiten Grad» – eine Herausforderung an ihre körperliche Gewandtheit. Es war also von vornherein klar gewesen, dass es kein Spaziergang werden würde, kein Ziel, das mit hundertprozentiger Sicherheit erreicht werden konnte. Und genau das hatte sie magisch angezogen.

Ihre erste Bergwanderung war sie noch völlig naiv angegangen, ohne Bewusstsein für irgendwelche Gefahren und ohne Ausrüstung für Schlechtwetter oder ungeplante Übernachtungen. Inzwischen hatte sie mächtig aufgerüstet, aber weder Biwaksack noch Stirnlampe, Höhenmesser oder Regenschutz hatte sie vor dieser Situation bewahren können. Nur eins kam ihr jetzt sehr zugute: die Mitgliedschaft im Alpenverein. Der würde die Rettungskosten übernehmen.

Ihr Handy klingelte: «Hier ist die Bergwacht, Einsatzleiter. Sagen Sie bitte noch mal genau, wo Sie san.»

Christine beschrieb ihren Standort, so genau sie konnte. Der Einsatzleiter kannte seine Berge natürlich. Aber den Weg, den sie gesucht hatte, den kannte er nicht. Der war offensichtlich schon seit vielen Jahren völlig out.

«Also, der Hubschrauber kann nicht fliegen bei der Dunkelheit. Wir müssen Sie zu Fuß holen. Es kommen jetzt erst mal zwei Leit mit Motorrad den Forstweg hoch und steigen dann zu Fuß weiter auf. Wenn Sie Licht sehen, machen Sie Ihre Stirnlampe an, dass man Sie sieht.»

«Ja, ist gut.» An ihrem Standort hatte sie sowieso nicht mit einem Hubschrauber gerechnet. Der kam ja gar nicht in die Rinne rein.

Eine halbe Stunde lang saß sie wieder allein im Dunkeln. Dann hörte sie Motorengeräusch, das zuerst lauter wurde und dann erstarb. Christine knipste ihre Stirnlampe an und stellte sie auf die hellste Stufe. Sehen konnte sie nichts, und einige Minuten passierte auch nichts. Dann klingelte ihr Handy.

«Die Leit san jetzt an der Alm, aber sie sehen Sie nicht. Können Sie sich irgendwie bemerkbar machen?»

«Ja, ich habe eine Pfeife.» Dass sie nicht selbst daran gedacht hatte! Sie saß ja in einem Einschnitt im Berg, und sie selbst sah die Stirnlampen der Retter auch nicht. Wie sollten die dann sie sehen?

«Gut, dann pfeifen Sie.»

«Okay.» Der Einsatzleiter war wieder weg. Christines Pfeife aus rotem Kunststoff war laut amerikanischer Werbung die lauteste Pfeife der Welt. Sie hatte das noch nie wirklich ausprobiert. Jetzt pfiff sie so kräftig, wie sie nur konnte. Das alpine Notsignal: sechsmal innerhalb einer Minute, dann Pause.

Sie wartete. Kurze Zeit später sah sie weit unten schwankende Stirnlampen, klein wie Glühwürmchen. Sie pfiff noch mal.

«Scho guad, mir hom di gsengn!», kam es von unten. Weitere Pfiffe erübrigten sich also. Die Retter hatten jetzt ihre Stirnlampe zur Orientierung. Christine sah auf die Uhr. Seit ihrem Anruf bei der Rettung war schon eine Stunde verstrichen. Die Zeit war wie im Flug vergangen. Aber noch war sie nicht wieder unten. Noch saß sie im Dunkeln auf einem Felsvorsprung.

Deutlich bequemer saß Hilde Stranek in ihrem 60 Quadratmeter großen Wohnzimmer mit Fußbodenheizung für die Wärme und einem Kachelofen für die Gemütlichkeit. Sie hatte sich eine Flasche Rotwein aufgemacht, vor zwei Wochen aus Italien geliefert und laut Gebrauchsanweisung nach ebendiesen zwei Wochen Ruhezeit perfectamente trinkbereit. Sie hatte keine Ahnung, warum Wein sich nach dem Transport beruhigen musste, er saß ja nicht am Steuer. Sie jedenfalls war in diesem Moment die Ruhe selbst, endlich. Um sie herum herrschte ebenfalls Ruhe, nichts war zu hören, außer den dezenten Klängen der Stereoanlage von Bose, deren niedrige Loudness-Grenze laut Prospekt für höchste Klangqualität stand. Vor den Scheiben des Wintergartens ging hinter dem Hochkalter soeben die Sonne unter.

Hilde Stranek hatte sich auf der großen Eck-Couch von Rolf Benz aus cremefarbenem Leder niedergelassen, die sie besonders liebte. Einmal hatten sie einen Graphiker zu Besuch gehabt, der für den DSV Plakate entwarf. Der hatte die Couch nach dem dritten Glas Dimple «spießiges Provinzdesign» genannt. Das konnte aber nicht stimmen, denn es war die teuerste Couch im ganzen Geschäft gewesen. Zu dem Whisky hatte er «Bildungsbürgerverschnitt» gesagt – aber erst nachdem er ihn ausgetrunken hatte.

Sie nippte an ihrem Barolo. Dann nahm sie einen tiefen Schluck. Ihr Blick wanderte über die Einrichtung. Die ehemaligen Lieblingsplätze ihres Mannes konnte man leicht erkennen. Wo er am liebsten gelümmelt hatte, war das helle Leder der Couch dunkel und speckig, und wo er am Esstisch gesessen hatte, konnte man an den unentfernbaren Rotweinflecken auf dem Teppich sehen.

Über Tote sollte man ja nichts Schlechtes sagen – aber denken würde man es wohl noch dürfen, oder? Nein, ihre Ehe war kein Spaß gewesen, eigentlich von Anfang an nicht. Sie war achtzehn gewesen, ein Dummchen vom Lande, wie es im Buche stand. Er vierunddreißig und bereits fest beim DSV installiert. Sie sah gut aus, und er hatte einen guten Job, eine klassische Kombination, die von allen Verwandten fast unwiderstehlich gefördert wurde.

Ihr Vater hatte damals eine Wiese an den DSV verpachtet, und beim Heuen hatten sie sich das erste Mal gesehen. Sie verschwitzt im knappen Top – er im dicken Wagen. Der Hof ihres Vaters war nicht gerade der größte gewesen, die Familie hatte zu kämpfen gehabt. So war Stranek für sie die Fahrkarte vom Viehstall zum Fünfsternehotel gewesen. Sein Job brachte weniger, als die Leute dachten, in Wirklichkeit lebte er hauptsächlich von seinem Erbe. Aber Hauptsache, es war Geld da. An das Geld hatte sie sich schnell gewöhnt, an das große Haus mit Putzfrau und teuren Möbeln. Sie konnte sich nicht vorstellen, dies alles wieder aufzugeben. Deshalb war eine Scheidung für sie trotz allem nie in Frage gekommen.

Hilde wollte sich gerade Barolo nachschenken, als das Telefon klingelte. Sie sah die Nummer auf dem Display und ließ es einfach klingeln.

❀ ❀ ❀

# 11

In der Dunkelheit verfolgte Christine gespannt, wie die Retter ihr langsam näher kamen. Beide mussten bereits in der Rinne sein, irgendwo unterhalb des senkrechten Absatzes, der sie am Absteigen gehindert hatte. Sie konnte hören, dass die beiden sich unterhielten. Irgendwas von «... nicht weiter».

Dann rief einer zu ihr rauf: «Wie geht's dir denn da oben?»

«Mir geht's gut!», rief sie zurück. Stimmte ja auch. Sie konnte nur nirgends hin. Und ihre Knie taten langsam weh.

«Frierst du?», brüllte dieselbe Stimme zu ihr herauf.

«Nein!», rief sie zurück.

Dann unterhielten sich die beiden wieder. Sie hörte «so geht das nicht» und «Bohrhaken» und «Statikseil». Einer sprach in ein Funkgerät, es piepste.

Dann rief die Stimme aus dem Dunkel wieder: «Wir brauchen noch a bissl. Wir sind nur die Vorhut. Die andern kommen mit Ausrüstung, mit dem Pinzgauer.»

Christine hatte keine Ahnung, was ein Pinzgauer war, aber sie reimte sich Folgendes zusammen: Die beiden Bergwachtler unter ihr hatten erst mal nur die Lage gepeilt. Wenn es einfach gewesen wäre, hätten sie sie einfach heruntergeführt. Jetzt hatten sie festgestellt, dass es nicht so einfach war, und dass sie sich zumindest anseilen mussten. Das war das Thema «Bohrhaken». Im Gegensatz zu mobilen Sicherungen, die der Vorsteiger legte und der Nachsteiger wieder einsammelte, wurden mit Bohrhaken Kletterrouten dauerhaft abgesichert. Die Ösen, an denen man das Seil befestigte, wur-

den am Fels verschraubt. Doch um Bohrhaken zu setzen, brauchte man natürlich nicht nur diese Haken, sondern auch eine Bohrmaschine.

Einer der beiden stieg anscheinend wieder ab. Christine war beunruhigt. Wo wollte der denn hin, wo er ihr schon so nahe gewesen war? Sie dachte nach und beruhigte sich wieder: Wahrscheinlich der Hauptmacht den Weg zeigen.

Jetzt war wieder Motorengeräusch zu hören. Kurze Zeit später diverse Stirnlampen, die weit unten herumwuselten. Und dann wurde plötzlich alles hell. Gleichzeitig erfüllte ein Sausen die Luft. Nein, das war kein Hubschrauber, das musste ein riesiger Scheinwerfer sein, den man unten aufgestellt hatte. Irgendwas mit einem Generator, der dieses Geräusch verursachte. Und mit gewaltiger Leuchtkraft. Mehrere hundert Meter weit konnte man damit die Felsen beleuchten.

Es dauerte nicht lange, bis das Geräusch einer Bohrmaschine zu hören war. Um sich die Zeit zu vertreiben und ihre angeschlagenen Knie zu vergessen, versuchte Christine abzuschätzen, wie viele Leute da jetzt unter ihr beschäftigt waren. Sie kam auf sechs. Dazu noch der Einsatzleiter im Hauptquartier der Bergwacht Ramsau.

Schlagartig fiel ihr ein, dass sie Matthias mal eine Zwischenmeldung geben sollte. Er war sicherlich in Sorge – was sich sogleich bestätigte, denn nach dem ersten Klingeln war er auch schon dran.

«Es dauert noch etwas, aber ich kann sie jetzt sehen. Mach dir keine Sorgen», sagte sie.

«Und dir ist nichts passiert?», fragte er besorgt.

«Nein, noch alles dran. Geh ruhig schlafen.» Aber sie glaubte selbst nicht, dass ihr Matthias sich jetzt seelenruhig ins Bett legen würde.

Die Bohrmaschinen kamen näher und überwanden schließlich den senkrechten Absatz. Wie sie dort hinaufkletterten, konnte Christine nicht sehen. Auf jeden Fall waren es die gleichen zwei Retter, die schon zu Anfang die Vorhut gebildet hatten. Ob das die besten Kletterer der Truppe waren?

Zwei Stunden nachdem die beiden das erste Mal mit ihr Kontakt aufgenommen hatten, waren sie nur noch ein paar Meter entfernt, in der Rinne links unter ihr. Von hier ging es eine steile Felswand empor zu ihrem kleinen Sitzplatz.

Beide Männer trugen Stirnlampen, daher konnte Christine auch jetzt noch keine Gesichter erkennen. Die Stimmen hörten sich recht jung an. Mit ihr sprach immer der Gleiche. Wahrscheinlich lernten sie das bei ihren Kursen. Dass einer der Retter eine Beziehung herstellen, Vertrauen aufbauen sollte. Wieder diskutierten die beiden am Fuß ihres Felsens. Dann schwang der Kleinere sich – zack, zack – mit ein paar beherzten Schritten die Wand hinauf und stand direkt neben ihr. Christine versuchte ein bisschen Platz für seine Füße zu machen, die in einer Art Outdoor-Kletterschuhe steckten. Da sie sein Gesicht nicht sehen konnte, musste sie sich auf die Füße beschränken. Solche Schuhe hatte sie noch nie gesehen.

«Bleib nur schön sitzen», sagte er.

Der Retter machte irgendwas hinter ihrem Rücken. Dann dröhnte einen Meter über ihren Ohren eine Bohrmaschine, und sie wurde mit Felsstaub berieselt. Anscheinend hatte er die Bohrmaschine an einer Reepschnur nachgezogen. Als der Haken drinnen war, sicherte er daran zuerst sich selbst. Dann zog er eine Art Plastikplane hervor – so sah es für Christine jedenfalls im ersten Moment aus. Doch es war ein Rettungsgurt. Die Plane legte er über ihren Rücken, einfach über ihren kleinen Rucksack drüber. Daran befestigt waren fünf Gurte:

Zwei kamen über die Schultern, zwei um den Bauch, und einen zog der Retter zwischen ihren Beinen durch. Dann wurde vor ihrem Bauch alles verknubbelt und mit einem Karabiner und einer Bandschlinge an dem frischgesetzten Bohrhaken befestigt.

«Jetzt bist gesichert», sagte er.

Na, das war doch sehr beruhigend.

«Übrigens, ich bin der Sepp, und wie heißt du?»

«Christine», sagte Christine.

Dann diskutierte ihr Helfer mit seinem Kumpel, ob insgesamt zwei oder drei Haken zu setzen wären. Sie entschieden sich für drei, vermutlich aufgrund des schlechten Untergrunds. Der Retter fragte, ob sie ein kleines Stück rücken könne. Jetzt, da sie nicht mehr runterfallen konnte, war das kein Problem. Er setzte noch zwei weitere Haken. Dann fragte er, ob sie aufstehen könne.

Mühsam rappelte sich Christine hoch, ihre Beine wollten nicht so richtig gehorchen. Vom langen Stillsitzen oder vor Angst – oder beidem. Aber schließlich stand sie.

An einem der unbenutzten Haken sicherte ihr Retter jetzt seinen Kumpel nach. Dann waren sie zu dritt oben – eine ziemliche Überbevölkerung für den kleinen Vorsprung. Einer der beiden musste seine Füße am steilen Fels unterbringen und wurde nur durch die Sicherung und die Reibung oben gehalten.

Christine hatte keine Ahnung, wie es jetzt weitergehen würde. Wie wollten die beiden sie hinabbringen?

«Hast du schon mal abgeseilt?», fragte ihr Retter.

«Nein», sagte sie, obwohl sie vor einiger Zeit mal einen Grundkurs in der Kletterhalle gemacht hatte. Aber sie wollte auf keinen Fall, dass die Männer glaubten, sie hätte irgendwelche Fähigkeiten, die sie nicht hatte.

Währenddessen baute der andere mit Hilfe einer Bandschlinge und eines Karabiners ein kompliziertes Muster zwischen den drei Haken auf. Der Karabiner bildete den untersten Punkt. Der Retter ließ ihn hin und her rutschen, als würde er etwas ausprobieren. Da verstand Christine den Sinn der Sache: Alle drei Haken sollten beim Abseilen gleichmäßig belastet werden.

Plötzlich war auch ein langes Seil da. Der zweite Retter musste es mitgeführt haben. Sie wurde an dem Seil befestigt, und ihr Lieblingsretter hing knapp unter ihr am gleichen Seil. Die andere Sicherung wurde gelöst.

«Ich bin unter dir und pass auf, wo deine Füße sind», sagte ihr Held von unten.

Jetzt ließ sich zum ersten Mal der andere Retter vernehmen: «Du musst die Beine steif machen und dich aussi lehnen.» Sprach's und schob sie über die Kante.

Hatte Christine die Stimme nicht kürzlich schon mal gehört? Egal. Auf jeden Fall bekam sie Panik und machte gar nichts steif. Sie vertraute dem Seil nicht, vertraute der Situation nicht. Sie sollte sich entspannt nach hinten ins Nichts, in die Luft lehnen? Das konnte sie nicht. Vermutlich konnte niemand das beim ersten Mal. Wie ein nasser Sack rutschte sie am Fels hinunter. Ihre Hände krallten sich ans Seil, ihre Nase streifte den Fels.

Der schweigsame Bergwachtler, der auf dem Vorsprung geblieben war, sah ihr zu. «Oh, vielleicht sollten wir doch ...», dann kam irgendwelches Fachchinesisch, oder besser gesagt: Fachberchtesgadnerisch. Irgendein Plan B für inkompetente Gerettete.

Sie rappelte sich auf. Es war nur dieser eine Moment gewesen. Der Moment, in dem sie sich dem Seil anvertrauen musste. Jetzt hing sie dran und fühlte, dass es hielt. Mit aller Kraft streckte sie ihre Beine gegen den Fels und stieß sich ab. «Es geht schon», sagte sie und fühlte, dass sie Dreck im Gesicht hatte.

Der Retter über ihr leuchtete mit seiner Stirnlampe in ihr Gesicht. Dann griff er in seine Brusttasche und förderte ein Tuch zutage. Er reichte es ihr hinunter. Sie wischte sich den Dreck ab, den sie mit der Nase vom Fels gewischt hatte. Sehr aufmerksam ...

Christine stutzte. Im Schein der Stirnlampe blickte sie auf ein rot-weißes Tuch. Es stellte eindeutig die kanadische Flagge dar. Genau dieses Tuch hatte Hilde Stranek auf dem Foto im *Anzeiger* getragen, das den Bericht über die Versöhnungstour der Lokalprominenz zierte. Jetzt wusste sie auch, wo sie die Stimme schon gehört hatte: Das war der Mann, der am Grünstein-Klettersteig Hilde Stranek gegrüßt hatte. Sie sah hoch. Wegen seiner Stirnlampe konnte sie das Gesicht des Bergwachtlers immer noch nicht erkennen, die Lampe blendete sie. Kommentarlos nahm er ihr das Tuch aus den Händen und steckte es schnell in die Tasche. Hatte er etwas gemerkt?

Dann ging es abwärts. Christine krallte sich krampfhaft am Seil fest, obwohl das gar keinen Sinn machte. Sie sah nach oben und erkannte, dass der zweifelhafte Retter sie per HMS abließ. Diesen Knoten, die *Halbmastwurfsicherung*, lernte man beim Klettergrundkurs. Hand nach oben, der Knoten bremst. Hand nach unten, der Knoten löst sich, und das Seil läuft durch den Karabiner. Wenn der Sicherer aus irgendeinem Grund falsch reagiert oder nur eine Sekunde in seiner Aufmerksamkeit nachlässt, hat man Pech gehabt. Wenn er ohnmächtig wird oder einen Stein auf den Kopf bekommt, sowieso. In der Berchtesgadener Kletterhalle sicherten viele auf diese Weise, obwohl es inzwischen diverse ausgeklügelte Geräte gab, die den menschlichen Faktor auf ein Minimum reduzierten.

Jetzt hing Christine an so einem seidenen Faden. Und diesen Faden hatte jemand in der Hand, der, wenn sie richtig kombinierte, seine Hand auch am toten Stranek gehabt hatte. Eigentlich hätte sie froh sein sollen, dass sie von dem kleinen Felsvorsprung runter war. Aber nun hatte sie mehr Angst als da oben. Andererseits, wenn der Mann das Seil losließ, würde nicht nur sie fallen, sondern auch sein Bergkamerad.

Doch es passierte nichts. Bald kamen sie an den senkrechten Absatz, der ihr so viele Schwierigkeiten bereitet hatte. Der Retter unter ihr nahm ihren linken Fuß und setzte ihn auf den Fels. Jetzt hieß es wieder hinauslehnen und steif machen. Christine musste die ganze Zeit an den Mann oben denken, der ihrer beider Leben in der Hand hielt. Im wahrsten Sinne des Wortes.

Immer noch hingen sie am Seil, Christine hatte das Zeitgefühl inzwischen völlig verloren. Aber irgendwann musste es doch zu Ende sein.

«Wie lang ist eigentlich das Seil?», fragte sie den Mann unter sich.

«Hundert Meter», kam die Antwort.

Und kurze Zeit später von oben ein laut gerufenes «Seil aus!».

Gleichzeitig hatten sie halbwegs gangbares Gelände erreicht. Es war tatsächlich nur diese eine Stelle gewesen, die sie aufgehalten hatte. Alles andere wäre zumindest im Hellen machbar gewesen. Christine wurde vom Gurt befreit. Hier unten wuselten mehrere Bergwachtler herum, deren konkrete Funktion Christine nicht erraten konnte. Einer stand jedenfalls abseits bei dem riesigen Scheinwerfer, der genauso aussah wie das Gerät, mit dem man in Gotham City Batman herbeizurufen pflegt.

Zu Fuß ging es weiter bergab. Christine mühte sich, so schnell wie möglich zu gehen, aber ihr tat alles weh, sie schnaufte und keuchte. Bis sie und ihr persönlicher Retter beim Auto waren, hatten die anderen offensichtlich schon alles wieder eingepackt. Jetzt erfuhr sie auch, was ein Pinzgauer war: ein ziemlich großes Geländefahrzeug mit hoher Bodenfreiheit. So hoch, dass Christine Mühe hatte hineinzuklettern. Als Letzter stieg der Mann ein, der ihr heruntergeholfen hatte. Der musste sich selbst ja blitzartig abgeseilt haben. Warf er ihr misstrauische Blicke zu, oder bildete sie sich das nur ein?

Beim Parkplatz stieg Christine in ihr eigenes Auto um. Sie wurde aufgefordert, hinter dem Pinzgauer herzufahren, um auf der Wache noch ihre Daten fürs Protokoll anzugeben.

Am Eingang der Bergwacht fielen ihr zahlreiche Bierkisten auf. Am liebsten hätte sie ein Foto gemacht, aber sie traute sich nicht. Nachdem Christine das Protokoll unterschrieben und den halben Inhalt ihrer Geldbörse für die Bergwacht gespendet hatte, stieg sie endlich in ihr Auto, um heimzufahren.

Als sie in der Schönau ankam, war es vier Uhr in der Frühe. Natürlich war Matthias noch wach. Obwohl Christine selbst todmüde war, sah sie ihm an, was er die letzten Stunden durchgemacht haben musste – vielleicht mehr als sie. Doch kein Wort des Vorwurfs kam über seine Lippen. Er nahm sie nur fest in den Arm. Dann fragte er: «Willst du noch duschen?»

«Nur schlafen.»

Dann fielen sie direkt ins Bett.

❦ ❦ ❦

Als drei Stunden später Christines Wecker klingelte, überlegte sie einen Moment lang, ob sie sich krankmelden sollte. Sie würde an diesem Dienstag sowieso zu nichts zu gebrauchen sein. Aber nein, es war schließlich ihre eigene Schuld. Sie würde den Tag durchstehen. Ein Tag ohne Schlaf ging schon mal. Wenn es nicht zur Gewohnheit wurde …

Beim Zähneputzen fiel ihr etwas ein. Halb angezogen, ein Handtuch um den Kopf gewickelt, rief sie Holzhammer auf dem Handy an. Sie hatte keine Ahnung, ob er Dienst hatte oder nicht.

«Grüß dich, Christine», antwortete er, halbwegs munter. «Hast schon gehört, was gestern passiert ist?»

«Das wollte ich eigentlich dir erzählen, was gestern passiert ist», antwortete sie. Irgendwie spielte ihr der Schlafmangel anscheinend seltsame Streiche.

Kurze Zeit später hatten sie die Sache aussortiert. Christine war im Bilde, dass Alois Seiler tot war, wahrscheinlich ermordet, die Todesursache: ein Traktor. Und Holzhammer war im Bilde, dass Christine bei einem Bergwachtler ein Tuch gesehen hatte, das vor einer Woche noch um den Hals von Hilde Stranek geknotet gewesen war. Ergänzend berichtete Christine von ihrer Beobachtung damals am Klettersteig – als die beiden sich so verstohlen gegrüßt hatten.

«Da werd ich heut wohl noch a mal zur Bergwacht müssen. Super, dass wir weiterkommen. Aber du bringst di ned mehr a so in Gefahr, gell, das versprichst mir.»

«Das hab ich schon Matthias versprochen», antwortete Christine. Gleichzeitig wusste sie, dass dieses Versprechen möglicherweise nicht zu halten war. Sie hatte nicht vor, ihre Zeit in den Bergen zukünftig auf Forstwegen zu verbringen.

«Apropos Matthias, wie wär's, wenn wir uns später zu dritt bei Manu treffen?», fragte Holzhammer. «Ich hab heut reichlich Programm, da wär a gepflegtes Weißbier am Abend grad recht.»

«Sicher, ich frag ihn. Er kommt bestimmt gern mit», sagte Christine.

Kaum hatten sie sich verabschiedet, da arbeitete Holzhammers oft unterschätztes Gehirn bereits auf Hochtouren. Endlich hatte es neues Futter. Hilde Stranek und einer von der Bergwacht. Christine hatte gesagt, die hätten sich am Grünstein gegrüßt, wie in geheimem Einverständnis. Wahrscheinlich hatte sie eine Affäre mit ihm, sie sollte ja kein Kind von Traurigkeit sein. So weit brauchte man kein Einstein zu sein.

Aber warum war er nicht früher darauf gekommen, dass sie die Mörderin sein konnte? Weil Frauen nicht mordeten? Nein, weil Frauen ihre Männer nicht vom Berg stießen. Vom-Berg-Stoßen war Männersache. Aber Hilde Stranek war eine sportliche Frau, groß, schlank, muskulös. Und ihr Mann, nach allem, was man so hörte, eher einer für Passivsport. Holzhammer musste zugeben, dass das auch für ihn selbst leider inzwischen zutraf. Er würde die Teufelshörner jedenfalls in diesem Leben nicht mehr überschreiten. Stranek hatte es vorgehabt, war aber nur bis zur Hälfte gekommen. Dann hatte Hilde ihren Mann – zack, bum. Hatte sie wirklich?

Und wenn ja, wie konnte es gewesen sein? Hilde stößt ihn, damit er obi fällt. Er stolpert, mit einer Hand greift er ihre Jacke, krallt sich eini, aber die Hand gleitet an der glatten Funktionsjacke ab. Mit der anderen Hand erwischt er gerade noch ihr Halstuch, aber das hängt nur lose um ihren Hals: Vielleicht hat sie es gelöst, weil ihr warm geworden ist. Darum nimmt er das Halstuch mit in die Tiefe, ohne passende Faserspuren unter den Fingernägeln zu haben. Dann liegt er unten, das Tuch in der Hand oder knapp daneben. Holzhammer hatte die Situation klar vor Augen.

Und dann, was war dann passiert? Wie war das Tuch von dort in die Tasche des Bergwachtlers gekommen? Pling, pling, pling machte es in Holzhammers Kopf. Wie das Signal, dass man sich nicht angeschnallt hat. Es ging auch in gewisser Weise ums Anschnallen, nämlich um eine gewisse Bandschlinge. Die gestern bei einem ganz anderen Toten gefunden wurde. Bandschlinge – pling – Sicherungsmittel – pling – Bergwacht – pling pling pling! Hingen die beiden Morde also doch zusammen? Aber wieso denn bloß, wenn Hilde Stranek …

An dieser Stelle seiner Überlegungen hörte Holzhammer draußen den Wagen seines Chefs. Wenn man jahrelang Verkehrskontrollen durchgeführt hatte, konnte man die diversen Marken am Klang unterscheiden und sogar sagen, ob die Reifen abgefahren waren. Die Reifen von Dr. Fischer waren natürlich nicht abgefahren. Ziemlich abgefahren war allerdings, dass sie jetzt schon wieder zwei Morde am Hals hatten. Und ein ziemlich rutschiges Pflaster war das Gespräch, das er jetzt mit Dr. Fischer führen musste.

Die Sache war nämlich so, dass er gestern seinen Chef überhaupt nicht mehr erreicht hatte. Möglicherweise aus dem

Grund, dass er es nur einmal versucht und diesen Versuch beim dritten Klingeln abgebrochen hatte. Aber gut.

Das bedeutete im Klartext, dass er jetzt die ganze Geschichte schon wieder erzählen musste. Wenigstens hatte er bei Christine schon geübt. Andererseits hatte er von Christine auch noch neue Informationen erhalten, die an der richtigen Stelle eingebaut werden mussten, damit Fischer nicht wieder die völlig falschen Schlüsse zog. Im Grunde war die Geschichte, die er weitergeben musste, inzwischen so umfangreich, dass er erst einmal Brotzeit machen sollte, um sich dafür zu stärken. Bis dahin hörte er möglicherweise sogar etwas von der Spurensicherung. Dadurch wurde die Geschichte zwar noch länger, aber dann würde er hoffentlich ein paar Argumente haben, um Fischer zu einer nachträglichen Genehmigung im Fall Seiler zu veranlassen. Und Josef Berg musste nicht für Gotteslohn arbeiten.

Zum Glück hatte Marie ihre vegetarischen Wochen überwunden und ihm zwei gescheite Leberkas-Semmeln eingepackt. Sonst hätte er erst zum Metzger gehen müssen. Und unterwegs den Salat entsorgen.

Während er genüsslich kaute, fiel Holzhammer auf, dass er jede Menge Dinge brauchte, die er nicht hatte: die Spuren von der Bandschlinge und aus dem Traktor, die Identität des Bergretters, das Tuch von Hilde Stranek, das Motiv von Hilde Stranek, die Verbindung vom einen Mord zum anderen … Und natürlich auch eine Obduktion vom toten Seiler. Man musste feststellen, ob der vor dem Traktor noch etwas anderes auf den Kopf bekommen hatte. Das hieß, er brauchte vor allem erst einmal seinen Chef, um diverse Dinge zu genehmigen und zu beantragen. Aber wenigstens wusste er jetzt, was er brauchte. Gestern hatte er noch gar nichts gewusst.

Das Telefon klingelte. Josef Berg war dran.

«Grias di», sagte Holzhammer, «was ist mit der Bandschlinge?»

«Leider nix, die Schlinge war nagelneu. Ka Haar, ka Hautschuppe ...»

«So ein Mist!»

«... aber auf dem Karabiner san Fingerabdrücke und die gleichen auch am Lenkrad», fuhr Josef Berg triumphierend fort. «Auf dem Lenkrad san außerdem welche vom Toten. Auf dem Karabiner san nur die vom Unbekannten.»

«Du sollst einen alten Mann nicht so auf die Folter spannen», tadelte Holzhammer. «Aber super Arbeit, danke dir. Dann geh ich jetzt Fingerabdrücke besorgen.»

Holzhammer legte auf. Ein Punkt von seiner Wunschliste war damit abgehakt. Vor die Fingerabdrücke hatte der Herrgott allerdings den Fischer gestellt. Den musste er jetzt endlich ins Bild setzen. Der sollte dann schon mal die Obduktion beantragen, damit sie mit der Todesursache weiterkamen. Ihm fiel ein, dass er überhaupt noch nicht dazu gekommen war, Fischers Auftrag von gestern auszuführen, nämlich nochmals mit der Bergwacht zu sprechen. Über die sogenannte Auffindesituation. Aber das war quasi verjährt, da er jetzt ja einen ganz neuen Grund hatte, den Bergwachtlern auf den Zahn zu fühlen. Vielleicht war es ganz gut, dass er nicht schon gestern die Pferde scheu gemacht hatte – bevor er die richtigen Fragen parat hatte. Gestern hatte er noch nichts von dem Tuch gewusst. Und er hatte nicht gewusst, dass es bei der Bergwacht nicht nur Zeugen gab, sondern möglicherweise auch einen Täter.

Holzhammer betrat das getäfelte Chefzimmer, in das malerisch die Herbstsonne fiel. Fischer ließ die Zeitung sinken. Was hatte der immer Zeitung zu lesen, er war schließlich kein

Minister, über den vielleicht was in der FAZ stand. Aber er wäre zweifellos gern einer gewesen.

«Ah, sehr gut, ich wollte dich gerade anrufen», sagte Dr. Fischer.

Wäre Fischer ein Zeuge gewesen, hätte Holzhammer «unglaubwürdig» neben diese Aussage geschrieben.

«Ich wollte mal den aktuellen Stand berichten», sagte Holzhammer. «Dass Alois Seiler tot ist, weißt du natürlich schon ...»

Fischer guckte entgeistert.

Ja, dachte Holzhammer, das kommt davon, wenn man morgens erst stundenlang die FAZ liest und nicht den Bericht, den ich gestern Abend noch im Schweiße meines Angesichts in den Polizeicomputer gehackt habe. Dann hatte man natürlich keine Ahnung.

Holzhammer erzählte, wie er Seiler verhören wollte und ihn im Wald tot unterm Traktor gefunden hatte. Und dann rückte er damit heraus, dass er eigenmächtig Josef Berg bestellt hatte, weil ihm die Sache verdächtig vorgekommen war. Vorwärts überrollt worden, obwohl der Rückwärtsgang eingelegt war. Und die Handbremse angezogen. Und wie Josef Berg dann die Bandschlinge entdeckt hatte. Mit Fingerabdrücken von einem Unbekannten. Und dann die Sache mit dem Tuch, die Christine ihm erzählt hatte.

«Tuch, was für ein Tuch?», fragte Fischer.

«Ein kanadisches. Rot-weiß, mit Ahornblatt. Nicht gerade eins von der Sorte, die man in Berchtesgaden überall kaufen kann. Wahrscheinlich von einer Reise nach Kanada, zu den Winterspielen. Das würde jedenfalls Sinn machen.»

«Aber es können doch trotzdem zwei völlig verschiedene Tücher sein», sagte Fischer.

«Ja freilich», sagte Holzhammer mit leichtem Sarkasmus in der Stimme. «Bestimmt war dieser Unbekannte auch in Kanada. Und hat dort eine Medaille geholt.»

«Warum eigentlich nicht, der halbe Talkessel besteht doch aus Leistungssportlern», beharrte Fischer.

Holzhammer konnte im Moment keinen Streit gebrauchen und gab sich versöhnlich: «Wie auch immer, es ist an Indiz. Und es passt zu der Bandschlinge im Traktor. Und die ist schon mehr als an Indiz, die ist ein Beweismittel. Und beides zusammen sagt mir, dass ich Fingerabdrücke von allen an der Rettung beteiligten Bergwachtlern brauche.»

«Die Alternative wäre eine Gegenüberstellung», sagte Fischer.

Holzhammer registrierte, dass Fischer Christines Namen nicht erwähnte. Das ließ sich nachholen: «Na ja, Christine hat den Mann ja nur beim ersten Mal gesehen, am Grünstein, wie er und die Stranek sich grüßten. Und beim zweiten Mal, als sie das Tuch gesehen hat, hat sie ihn ned erkennen können, sondern nur seine Stimme gehört. Es war ja dunkel, und sie wurde von seiner Stirnlampe geblendet. Sie könnte also nur sagen: ‹Ja, das war der Mann, der Frau Stranek am Grünstein gegrüßt hat.› Das bringt nix. Ist doch albern.» Der letzte Satz war Holzhammer so rausgerutscht.

Schon verfinsterte sich Fischers Miene wieder, und seine Stimme wurde schärfer: «Soso, und was sollen wir jetzt deiner Meinung nach tun?»

«Ich dachte, wir ordnen zunächst mal a Leichenschau an. Die genaue Todesursache brauchen mir auf jeden Fall.» Mit «wir» meinte Holzhammer natürlich seinen Chef. Für sich selbst hatte er die wichtigere Aufgabe vorgesehen: «Und ich schau, dass ich aussi bring, welche Bergwachtler an dem Tag im Einsatz waren. Also wer überhaupt in die Nähe der Leiche vom Stranek gekommen sein kann. Im Einsatzbericht steht ja nur, wie viele Männer wie lange mit dem Einsatz beschäftigt waren. Aber ned die Namen.»

«Warst du überhaupt gestern bei der Bergwacht, wie ich es angeordnet hatte?», fragte Fischer.

«Nein, ich war ja gestern die ganze Zeit mit dem neuen Mord beschäftigt», sagte Holzhammer. «Ich dachte, ein Mord ist vielleicht doch wichtiger. Aber eigentlich ist das kein Verlust, denn ich weiß ja jetzt erst, was ich dort eigentlich will.»

Fischer runzelte die Stirn. Sein Untergebener hatte auch auf alles eine Antwort. «Also gut, du redest mit dem Einsatzleiter. Der ist ja üblicherweise nicht am Berg dabei, oder?»

«Nein, der Einsatzleiter ist derjenige, der in der Wache sitzt und telefoniert», bestätigte Holzhammer. «Der ist also tuchmäßig unverdächtig.»

«Also gut, dann mach es so», sagte Fischer.

Holzhammer kam diese Formulierung irgendwie bekannt vor. Sagte das nicht immer der Kapitän der Enterprise? Egal. «Bin schon weg. Nur noch eine ganz kleine Bitte: Könntest du noch einen Auftrag für die Spusi schreiben? Rückdatiert auf gestern?»

Fischer stöhnte. «Also schön. Aber nächstes Mal werde ich vorher informiert, verstanden?»

Holzhammer nickte unbestimmt, es konnte auch ein Abschiedsgruß sein. Dann ging er hinaus.

# 12

Auf dem Weg zur Bergwacht fiel Holzhammer ein, dass ja eigentlich alles viel einfacher war: Wenn er sich zusätzlich die Namensliste vom gestrigen Einsatz besorgte, dann konnte er alle ausschließen, die nicht an beiden Einsätzen beteiligt waren. Und Christine hatte gesagt, dass nur zwei Retter bei ihr ganz oben gewesen waren. Wenn er also rausfand, wer bei dem Einsatz welche Aufgabe gehabt hatte, dann hatte er nur noch maximal zwei Verdächtige.

Er ärgerte sich, dass er da nicht früher draufgekommen war. Gleichzeitig freute er sich, dass er zumindest früher draufgekommen war als Fischer. Jetzt war noch wichtig, bei der Bergwacht keine Pferde scheu zu machen. Er durfte seine Nachfrage nicht zu dringend machen und auf keinen Fall raushängen lassen, nach welchem Zusammenhang er suchte. Er musste den richtigen Mann erwischen, bevor der den geringsten Verdacht schöpfte und etwa das ominöse Tuch verschwinden ließ. Das Tuch brauchte er unbedingt, es stellte die Verbindung zur Stranek her. Christine hatte gesagt, dass sie kurz geglaubt hatte, der Bergwachtler hätte ihr Stutzen bemerkt. Aber das konnte Einbildung gewesen sein, sie hatte schließlich ziemlich unter Stress gestanden, und es war dunkel gewesen.

Die Bergwacht war zu dieser Jahreszeit Tag und Nacht besetzt. Holzhammer parkte und schlenderte am Pinzgauer vorbei zur Tür hinein. Zuerst kam ein kleiner Vorraum, in dem jede Menge Bierkästen standen, dann ein Raum mit

Regalen und Haken voll mit allen erdenklichen Ausrüstungen und ganz hinten das kleine Büro des Einsatzleiters. Der grauhaarige Ramsauer war im Talkessel bekannt wie ein bunter Hund. Er war jahrelang deutscher Skitourenmeister gewesen und betrieb passenderweise die Ramsauer Skischule. «Servus, Obrigkeit», sagte der Einsatzleiter, «was verschafft mir die Ehre?»

«Ich brauch noch a paar Auskünfte über die Bergung vom Stranek», sagte Holzhammer und bemühte sich, völlig gleichgültig zu wirken. «Ich find's a bissl überflüssig, aber mei Chef hat mich verdonnert, in des Protokoll genau eini zum schreibm, wer an dem Einsatz beteiligt war. Ich brauch also die Namen.»

«Ka Problem, is ois im Computer. Mir gem die Namen nur ned an die Öffentlichkeit.» Der Einsatzleiter tippte schon auf der Tastatur.

«Ich weiß schon, ist ja bei Polizeieinsätzen genauso», stimmte Holzhammer zu und schaute treuherzig. Das konnte er gut. Und während der Einsatzleiter das Dokument ausdruckte, bemerkte er, wie um Konversation zu machen: «I hab gehört, dass ihr gestern Nacht schon wieder einen schwierigen Einsatz hattet. Warst du da auch schon hier?»

«Na, irgendwann muss auch a Bergwachtler mal schlafen. Des war der Sepp.»

Holzhammer hatte keine Ahnung, welcher Sepp gemeint war, die gab's ja wie Sand am Meer. Es war auch egal. Er musste irgendwie die Kurve zu der zweiten Namensliste kriegen. Aber er war sich absolut sicher, dass der Bergwachtler seine Kollegen warnen würde, wenn er Verdacht schöpfte. Wenn man sich jahrelang gegenseitig am Berg sein Leben anvertraute, dann machte man so was. Hätte er selbst auch gemacht.

Der Einsatzleiter gab ihm das Blatt mit den Namen. Holzhammer fragte: «Wie ist das eigentlich, sind in einer Mannschaft immer die gleichen Leute drin? Oder wechselt das durch?»

«Na, des is ganz unterschiedlich. Wer grad Bereitschaft hat, hockt deshalb ja ned hier in der Wache herum. Die haben Funk, und wenn ein Einsatz hereinkommt, ruft der Einsatzleiter von den Leuten, die Bereitschaft haben, diejenigen, die er für den Einsatz braucht.»

«Ah, es macht also ned a jeder ois?», fragte Holzhammer interessiert. Konnte man sich ja denken.

«Na, grundsätzlich haben natürlich alle die Ausbildung, aber es gibt da auch – sagen wir mal – Vorlieben. Ned jeder klettert gern in der Nacht an Sechser. Und die Einsatzplanung geht auch viel schneller, wenn schon halbwegs klar ist, wer jetzt was machen wird. Wer die Vorhut mit dem Bike macht, wer den Pinzgauer fährt, wer den Scheinwerfer bedient. Is a logisch, dass die Schnellsten die Vorhut machen und ned die Ältesten.»

«Ja, verstehe. Und des Bike kann wahrscheinlich a ned jeder foarn.» Christine hatte erzählt, dass die beiden ersten Retter mit einer Geländemaschine gekommen waren.

«Jedenfalls ned so wie der Grubei», sagte der Einsatzleiter.

«Der ist dann immer bei der Vorhut, wenn mit dem Bike angefahren wird?» Wer den Spitznamen Grubei trug, würde Holzhammer leicht herausfinden.

«Ned immer, aber gestern. Mit'n Hasei als Beifahrer. Die beiden san a eingespieltes Team.»

«Verstehe. Da hab ich ja direkt was gelernt. Und dank schön für die Liste.» Mit dem Papier wedelnd, ging Holzhammer ab. Wieder im Wagen, notierte er sich die Namen «Grubei» und

«Hasei». Die Berchtesgadener bildeten für alles und jeden die Koseform, indem sie ein «ei» anhängten. Holzhammer selbst war auch für manche der Holzei. Es konnte also gut sein, dass der Grubei mit Nachnamen Gruber hieß. Es konnte aber genauso gut sein, dass der Spitzname auf eine bestimmte Begebenheit zurückging. Vielleicht war der Grubei als Kind mal in eine Grube gefallen. Aber das würde er schnell herausbringen. Wer der Hasei war, wusste Holzhammer selbst. Das war der Angerer Berthold. Der wurde Hasei – Häschen – genannt, weil er so klein und drahtig war und schon in der Grundschule der schnellste Läufer.

Holzhammer suchte den Namen Angerer in der Namensliste. Kein Eintrag. Der Hasei war nicht an beiden Einsätzen beteiligt gewesen. Jetzt musste er umso dringender herausfinden, wer der Grubei war. Er überlegte. Marie war im Tengelmann, Großtante Steffi war zu alt. Wahrscheinlich war der Grubei ja eher jüngeren Datums. Er musste knackig sein, wenn die Stranek auf ihn stand. Und ein guter Kletterer. Jüngeren Datums ... richtig, da fragte er doch mal den Andi. Sein Sohn trieb sich in jeder freien Minute an den senkrechten Wänden herum und bei schlechtem Wetter in der neuen Kletterhalle. Andi war Zimmerer, daher hatte er schon von Berufs wegen keine Höhenangst.

Holzhammer zückte sein Handy. «Servus, Andi, ich hätte mal eine vertrauliche dienstliche Nachfrage.»

«Servus, Papa, aber mach's kurz, ich steh grad am Dachfirst.» Neuerdings standen alle Leute immer irgendwo am Abgrund, wenn Holzhammer anrief.

«Okay, sag, ich hab hier einen Namen, Grubei. Ist bei der Bergwacht. Weißt du, wie sich der schreibt?»

«Das müsste der Gruber Xaver sein. Der ist Bergführer und

bei der Bergwacht. Ich treff ihn auch oft in der Kletterhalle, er gibt da Kurse.»

«Super, dank dir.» Holzhammer steckte das Handy weg und sah auf die Namensliste. Ja, ein Xaver Gruber war bei dem toten Stranek im Einsatz gewesen. Bingo.

Holzhammer überlegte, ob er Verstärkung rufen sollte. Und einen Haussuchungsbefehl beantragen. Das würde alles dauern. Er konnte auch einfach hingehen, schauen, ob irgendwo die rote Funktionsjacke herumhing, und unauffällig in die Tasche greifen. Und dann in netter Form um die Fingerabdrücke bitten? Nein, das war nix. Spätestens an der Stelle würde der Mensch zu flüchten versuchen. Das konnte dann anstrengend werden.

Holzhammer sah auf die Uhr. Es war Mittag. Wenn der Gruber einen Kunden hatte, würde er gar nicht daheim sein, sondern irgendwo am Berg. Es war immer noch herrliches Wetter und Hochsaison.

Also neuer Plan: Er würde zwei Leute hinschicken, die den Grubei auf die Polizeiwache holten, wenn er daheim war. Dann konnte man in Ruhe die Fingerabdrücke nehmen und ihn festhalten, bis seine Pratzen mit den Fingerabdrücken vom Karabiner verglichen waren. Wenn sie übereinstimmten, würde die Hausdurchsuchung wie von selbst genehmigt. Und er hatte keinerlei Rennerei.

Also fuhr Holzhammer zurück zur Polizeiinspektion Berchtesgaden in die schöne Villa Bayer. Dort schnappte er sich zwei junge Polizisten und erklärte ihnen, was sie machen sollten. Dann ging er in seine Dienststube und dachte nach. Wo war die Verbindung zwischen Alois Seiler und Hilde Stranek? Wo die Verbindung zwischen dem Bergwachtler und Alois Seiler?

Wie war das mit seiner Wunschliste? Der Name des Bergwachtlers: abgehakt. Die Spuren von dem Karabiner aus dem Traktor: abgehakt. Die zwei mussten nur noch miteinander verglichen werden. Was dringend fehlte, war immer noch das Tuch. Dann fiel ihm ein, dass es nicht schlecht wäre, eine schriftliche Aussage von Christine zu haben. Er rief sie an.

«Klar kriegst du eine Aussage von mir. Hast du den Mann denn inzwischen identifiziert?»

«Ja, sehr wahrscheinlich. Es gibt nur einen, der bei beiden Einsätzen dabei war. Ich hab gerade zwoa Leit hingeschickt, um ihn aufzuklauben.»

«Wär noch interessant, ob der sich bei dem Einsatz irgendwie vorgedrängt hat», sagte Christine.

«Wie meinst du das?», fragte Holzhammer.

«Na ja, dass er unbedingt als Erster bei der Leiche sein wollte, um das Tuch einzusammeln. Er muss informiert gewesen sein. Warum hätte er das sonst tun sollen.»

«Na, weil er einfach das Tuch erkannt hat. Und sich seinen Teil gedacht.» Während Holzhammer das sagte, fiel ihm selbst auf, dass Christines Theorie etwas für sich hatte.

«Also, wenn ich du wäre, würde ich die Handyanrufe der lieben Frau Stranek checken», sagte Christine.

«Da oben ist doch gar kein Empfang», antwortete Holzhammer. Dass an der Wasseralm kein Handyempfang war, wusste er genau. Daraus hatte er automatisch geschlossen, dass weiter oben auch keiner war. Als er früher dort herumgekraxelt war, hatte es noch keine Handys gegeben.

«Doch, ich weiß es sicher», sagte Christine. «Ich war ja im Sommer selbst oben. Ich hab zwar nicht die Überschreitung gemacht, das hab ich mich nicht getraut. Aber ich war am Gipfel vom Großen Teufelshorn und hab von dort bei Matthias angerufen. Über Österreich natürlich. Man sieht ja da oben praktisch bis nach Tenneck.»

«Super Tipp, das muss ich sofort checken», sagte Holzhammer. Und wusste gleichzeitig, dass es mit «sofort» Essig war. Anrufliste bedeutete Fischer und Staatsanwalt. Außerdem musste man erst einmal die Handynummer der lieben Frau Stranek herausbekommen. Aber das konnte jemand anders machen. Holzhammer wuchtete sich hoch, um einen weiteren Kollegen darum zu bitten. Durch persönliches Erscheinen konnte er der Order mehr Druck verleihen.

Kaum war er wieder an seinem Schreibtisch, da meldete sich einer der beiden jungen Kollegen, die er zum Verdächtigen geschickt hatte: «Da Grubei is ned dahoam. Und neamds woaß wos.»

Holzhammer fragte, ob sie bei den Nachbarn gewesen wären. Ja, waren sie. Der Gruber lebte allein, und kein Nachbar hatte eine Ahnung, ob er am Berg war oder sonst wo. Aber gut, der würde sich schon wieder anfinden. Im Talkessel gingen die Leute nicht verloren. Am Berg manchmal schon.

Holzhammer fiel ein, dass die Bergwachtler ja alle Funk hatten. Sollte er den Einsatzleiter unter irgendeinem Vorwand bitten, den Grubei anzufunken? Vielleicht hatte er Bereitschaft und war erreichbar. Andererseits, wenn einer einen umgebracht hatte, wäre der extrem misstrauisch.

Er würde erst einmal seinem Chef die Sache mit der Handyliste aufs Auge drücken. Dann endlich Mittag machen. Und dann mal dezent bei Hilde Stranek vorbeischauen. Immerhin war sie mordverdächtig. Die trauernde Witwe dürfte es nicht wundern, wenn die Polizei noch einmal vorbeikam. Er könnte ihr als Ausrede auch ihre Jacke zurückbringen. Die Funktionsjacken waren inzwischen aus dem Labor zurückgekommen und lagen sauber eingetütet auf der Polizeiwache herum. Halt, Moment! Das war ja eine super Gelegenheit, die Verbindung zwischen dem kanadischen Tuch und Hilde Stranek zu untermauern. Falls sie leugnen sollte, dass es ihr gehörte. Wenn er ein Haar von Hildes Jacke hatte, brauchte er keine Einwilligung von ihr zum DNA-Test. Und an ihrem schönen Halstuch würde sich hoffentlich das Gegenstück finden.

Holzhammer musste sich ausnahmsweise selbst loben. Bald hätte er die Handynummer von Hilde Stranek, dazu dann noch ihr Tuch und die Fingerabdrücke vom Gruber am Traktor, dann stand einer Verhaftung fast nichts mehr im Wege. Oder besser gesagt: zwei Verhaftungen. Zur Belohnung würde er jetzt erst mal ein Schnitzel essen gehen und dann diesen ganzen Zirkus in Angriff nehmen. Kein Grund, in Hektik zu verfallen, denn die Telefonnummer war ja auch noch nicht da.

Hilde Stranek stand auf der Terrasse und wartete auf ihren Exliebhaber – den Feigling. Ihr Blick fiel auf die großen Pflanztröge, in denen exotische Gewächse üppig blühten.

Hilde liebte es, hier auf dem gepflasterten Freisitz ein wenig zu garteln. Ernsthafte Arbeit draußen bei den Rabatten überließ sie dem Gärtner, so etwas erinnerte sie zu sehr an ihre Kindheit auf dem Bauernhof. Aber der grüne Daumen war ihr geblieben, und es machte sie stolz, wenn als schwierig geltende tropische Pflanzen bei ihr bestens gediehen.

Aber selbst das hatte ihr Mann ihr verdorben. Genau hier pflegte er zu rauchen, seine Asche überall zu verteilen und die Kippen entweder direkt in der Blumenerde oder in leeren Marmeladengläsern zu entsorgen. Die deponierte er dann rund um die Blumenkästen. Und wenn ein Glas voll war, dann warf er es nicht etwa weg, sondern fing einfach ein neues an. Immer wieder fand Hilde diese widerlichen Hinterlassenschaften zwischen ihren Pflanzen.

Was ihr Mann auch machte, er machte es so, dass es die maximalen Emissionen erzeugte. Wo er ging und stand, hinterließ er Schmutz, Geräusche, Gestank. Von den Spritzern in der Toilette bis zu den Krümeln auf der Couch. Niemals hob er etwas Herumliegendes auf, niemals warf er etwas weg, niemals rückte er etwas zurecht. Es war, als wäre er fernab jeder Zivilisation im Wald aufgewachsen. Selbst beim Sex grunzte er wie ein Wildschwein.

Natürlich hatten sie längst getrennte Schlafzimmer, schon deshalb, weil Holger unerträglich schnarchte. Außerdem musste sie dann nachts nicht die Toilette im ersten Stock benutzen, auf der er seine Sitzungen abzuhalten pflegte. Jeden Tag saß er mehrmals stundenlang auf dem Klo. Warum und wieso, konnte er ihr nicht erklären. Manchmal spielte er dort Handyspiele oder führte Telefonate. Und immer, wenn sie ihn um etwas bat oder sie zusammen aus dem Haus gehen wollten, kam von ihm unweigerlich die Ansage: «Vorher muss ich kacken.» Sie wollte das nicht wissen, sie wollte das nicht hören, und vor allem wollte sie nicht ihr halbes Leben damit vertun, darauf zu warten, dass ihr Mann seinen Stuhlgang erledigte.

Oft hatte sie sich gefragt, ob er sich im beruflichen Umfeld zusammennahm oder ob das alles dort nur aufgrund mangelnder Gelegenheit nicht auffiel. Wahrscheinlich Letzteres. Ski-Ereignisse fanden an der frischen Luft statt, und es gab währenddessen selten Suppe. Also kein Anlass zu schlürfen, die frische Luft verwehte seine Gerüche, rauchen war kein Problem. Seinen eigentlichen Job, den Skiverband zu vertreten und die Aktiven bei der Stange zu halten, nahm er wohl in angemessener Weise wahr. Sport ging ihm schließlich über alles.

Aber wenn er nicht irgendwo in der Weltgeschichte an Sport-Events teilnahm, dann saß er breit im Wohnzimmer, stopfte sich die empfindlichen Kissen aus Wildseide, die sie so gerne mochte, rücksichtslos hinter den Kopf und verfolgte jegliche Sportsendung, die mit Pay-TV zu empfangen war, auf dem riesigen Fernseher. Am Wochenende fingen diese Fernseh-Sessions bereits morgens an. Und natürlich drehte er den Ton auf Stadionlautstärke auf, sodass sie auch auf der Terrasse nicht verschont blieb.

Ja, ihr Mann war ein Störfaktor gewesen. Optisch, akustisch, olfaktorisch und sogar hydrologisch. Denn wenn er badete, stellte er das Wasser so heiß ein, dass man durch den Dampf hindurch kaum etwas erkennen konnte und das Wasser hinterher noch stundenlang von den Wänden troff. Anschließend trug er dann ein Herrenparfüm auf, das für Hildes Nase nicht nur aufdringlich war, sondern geradezu nach Klostein roch. Wahrscheinlich kam es vom Rauchen, dass sein Geruchssinn derartig verkümmert war.

Das alles war jetzt vorbei. Endlich war ihr schönes Heim perfekt. Endlich war ihr Mann weg. Plötzlich musste sie lachen. Es war wie in dem schlechten Witz einer Einrichtungszeitschrift, wo es hieß: «Werfen Sie alles aus Ihrer Wohnung hinaus, was Sie stört oder was nicht dazu passt.» Und wo die Frau dann ihren Mann rauswirft.

Seit Jahren hatte sie nach einer Lösung gesucht, wie sie den

Mann loswerden und das Geld behalten konnte bis – ja bis zu dieser Bergtour. Als sie ihn da vor sich neben dem Abgrund tapsen sah, mehr von männlichem Ego getrieben als von bergsteigerischem Interesse oder gar Talent, hatte sie plötzlich ihre Chance gesehen. So war sie aufgerückt zu ihrem Mann, der selbstverständlich vor ihr ging, obwohl er sie im Grunde nur aufhielt. Sie war die Sportlichere von beiden. Er hingegen war durch Beziehungen zu seinem Job gekommen und nicht aufgrund einer eigenen erfolgreich beendeten Sportkarriere. Ein kleiner Schubs, und sie war alle Sorgen los – fast.

Holzhammer stapfte zu Fuß die Maximilianstraße entlang, als sein Handy klingelte. Josef Berg war dran. Richtig, der war ja heute nochmals im Wald bei der Fundstelle der Leiche gewesen. Diesmal vermutlich mit seiner ganzen Truppe.

«Rate, was wir gefunden haben», sagte Berg.

«Deine Ratespielchen, weißt, was du dir die kannst?», antwortete Holzhammer freundlich.

«Einen Fünfhundert-Euro-Schein», antwortete Berg ebenso freundlich. «Quasi direkt unter dem Seiler. Also unter der Stelle, wo er lag. Komplett in den Schlamm gedrückt, aber diese Stelle haben wir besonders gründlich untersucht.»

«Ihr seid Helden», sagte Holzhammer trocken. «Fingerabdrücke?»

«Das Ding hat eine Nacht im Schlamm gelegen, ich kann ja nicht zaubern», sagte Berg.

«Na fein.» Und mehr zu sich selbst: «Was soll jetzt des wieder.» Er erwartete keine Antwort. «Also dank dir schön.»

Holzhammer steckte sein Handy weg und marschierte

weiter. Geld. Hatte Seiler es bei sich gehabt oder der Mörder? Und warum? Geld konnte Erpressung heißen. Aber wer wen und warum? Und fünfhundert Euro waren nun wirklich keine Summe, mit der sich irgendein Mitteleuropäer erpressen ließ. Vielleicht war der Schein Seiler einfach irgendwie aus der Tasche gefallen. Oder ... Holzhammers Magen hing inzwischen in den Kniekehlen, da konnte er nicht gut denken.

❀ ❀ ❀

Eine halbe Stunde später hatte Holzhammer ein prima Schnitzel verspeist und ein Jubi dazu getrunken. Es war inzwischen halb sechs. Unglaublich, wie die Zeit verging, wenn man ein paar Morde aufzuklären hatte. Er war gerade am Zahlen, als sein Handy schon wieder klingelte.

«Papa, du hast doch den Grubei gesucht», sagte die Stimme am anderen Ende. Andi.

«Ja, den brauch ma dringend.»

«Also, ich bin mit dem Bernhard in der Kletterhalle. Und grad ist der Grubei eini kimma. Mit der Witwe Stranek.»

«Super, Andi. Behalt die beiden im Auge, wenn's geht. Aber unauffällig. Ich bin gleich da.»

Holzhammer bekam plötzlich ein ganz schlechtes Gefühl. Unter anderem deshalb, weil er seinen Wagen nicht dabeihatte. Mit dem Auto war die Kletterhalle nur wenige Minuten entfernt.

Er rief im Dienstzimmer an und machte nicht viele Worte: «Gefahr im Verzug. Pickt mich beim Postturm auf. Blaulicht. Sofort!»

Der Kellner vom Roten Ochsen, der gerade abkassiert hatte, sah Holzhammer neugierig an. Holzhammer steckte Geld und Handy ein und ging vor zur Straße. Er stand wie auf Kohlen, während er auf die jungen Kollegen wartete. Um sich abzulenken, zählte er die Touristen, die blödsinnige Filzhüte trugen.

Schon nach zwei Minuten hörte er die Sirene. Ganz Berchtesgaden war Dreißigerzone, die Kollegen waren immer ganz begeistert, wenn sie einmal richtig durchpreschen durften. Man musste aber höllisch aufpassen, dass man keine Touristen auf die Haube nahm. Wenn die auf der anderen Straßenseite ein weiteres Kitschgeschäft entdeckten, waren sie nicht mehr zu halten. Zum Glück hatte man den zentralen Bereich zwischen Postturm und Schlossplatz schon lange zur Fußgängerzone erklärt.

Sie mussten in die Richtung, aus der sie gekommen waren. Als er Holzhammer vor dem Turm stehen sah, legte der frischgebackene Polizeioberwachtmeister am Steuer einen bilderbuchmäßigen Slide hin. Quietschend schlitterte der BMW gegen die Bordsteinkante. Und augenblicklich klickten mindestens fünfzig japanische Digitalkameras.

Holzhammer riss die Tür auf und warf sich auf den Rücksitz, dass die Stoßdämpfer ächzten. «Zur Kletterhalle», sagte er. Dann setzte er seine Mannen kurz ins Bild.

Sie mussten die ganze Maximilianstraße zurück, durch den kleinen Kreisverkehr vor dem Haus der Berge, dann runter zum Bahnübergang und gleich auf der anderen Seite wieder hinauf in die Strub. Direkt vor der Kaserne ging es nach links in eine kleine Stichstraße.

«Sirene aus», befahl Holzhammer.

Das Grundstück hatte die DAV-Sektion Berchtesgaden vor vielen Jahren von einem Gönner geerbt. Seit langem bestand dort eine kleine Kletterhalle für Mitglieder. Kürzlich hatte man allen unternehmerischen Mut zusammengenommen und neben das alte Gebäude einen großen, modernen Klettertraum gestellt. Wie man hörte, war es ein Riesenerfolg.

Die neue Kletterhalle war am Hang gebaut, man betrat sie im oberen Stockwerk. Links lagen die DAV-Geschäftsstelle und das Treppenhaus, das nach unten zu den Umkleiden und in den Kletterbereich führte. Rechts befand sich ein langer Tresen mit der Kasse und einigen Bistrohockern. Noch weiter rechts standen einige kleine Tische vor der durchsichtigen Brüstung. Von hier aus hatte man einen perfekten Rundblick in die Halle. Die bunten Klettergriffe einiger Routen führten knapp links und rechts an diesem Aussichtsbalkon vorbei. Natürlich war es verboten, direkt ins Bistro zu klettern, anstatt das Treppenhaus zu benutzen. Und ebenso natürlich wurde es manchmal trotzdem gemacht.

Holzhammer ging an die Brüstung und sah hinunter. Der Betrieb hielt sich in Grenzen, bei dem schönen Wetter hatten sich viele schon tagsüber ausgetobt. Aber wer tagsüber arbeiten musste, so wie sein Sohn Andi, der nutzte die Kletterhalle gern nach Feierabend.

An der gegenüberliegenden Wand entdeckte Holzhammer seinen Sohn. Er sicherte seinen Freund Bernhard, der soeben den Umkehrpunkt in sechzehn Meter Höhe erreicht hatte. Er hängte das Seil in die beiden Karabiner, die zum Ablassen dienten, und Andi ließ ihn zu Boden schweben.

Gleich daneben stand Hilde Stranek und sicherte Xaver Gruber. Der befand sich im oberen Bereich seiner Route und kletterte zügig weiter. Ein schwieriger Dynamo, ein Zug, bei dem man seinen sicheren Halt komplett aufgeben musste, um den nächsten Griff zu erreichen, war für ihn kein Hindernis.

Andi hatte gesagt, dass Gruber Kletterkurse gab. Aber wenn das ein Kurs gewesen wäre, dann würde Hilde klettern und Gruber sie sichern. Die beiden vergnügten sich hier also rein privat. Ganz schön gewagt, eine Woche nach dem Tod ihres Mannes. Warum machte sie das? Die Nachbarn würden reden, das musste ihr doch klar sein. Es machte sie auch nicht gerade unverdächtiger.

Holzhammer sah, dass Hilde kein Sicherungsgerät verwendete, sondern klassisch per Halbmastwurf sicherte. Dabei steuerte man allein durch die Handhaltung, ob das Seil durchlief oder stoppte. Wenn sie das Seil losließ, konnte Gruber bis zum Boden fallen. Holzhammer beschloss, mit dem Zugriff zu warten, bis die Stranek ihren Seilpartner abgelassen hatte. Wieder beschlich ihn dieses ganz schlechte Gefühl.

Andi stand nur einen Meter neben Hilde. Gern hätte Holzhammer seinen Sohn auf sich aufmerksam gemacht. Aber man soll einen Sicherer nicht ablenken. Kaum war Andis Freund unten angekommen, da sah Holzhammer, wie Andi erst zu Gruber nach oben, dann zu Hilde blickte. Gruber kämpfte gerade mit dem letzten schwierigen Zug vor den Umkehrhaken.

Hilde stand etwas sehr nachlässig da, das fiel auch Holzhammer auf. Andi schien unauffällig näher an sie heranzurücken.

Dann ging plötzlich alles sehr schnell.

Gruber oben in der Wand rief: «Zu!» Das Kommando für den Sichernden, ihn fest an die Leine zu nehmen. Dann fiel er auch schon, er hatte den Griff nicht erwischt. Völlig normal in der Kletterhalle. Alle fielen dauernd, besonders die Guten. Nur Übung machte den Meister, mancher Zug wurde zigmal probiert, bevor er klappte. Dafür war man ja gesichert. Das

Fallen war nicht das Problem – solange man dabei am elastischen Seil hing, das den Sturz halbwegs sanft auffing. Man sollte nur nicht bis zum Betonboden fallen.

Aber Hilde hatte nicht zugemacht, sondern ließ das Seil durchgleiten. Erst jetzt sah Holzhammer, dass sie Handschuhe trug. Gruber war schon an der nächsten Zwischensicherung vorbei. Er schrie jetzt in Todesangst. Keine Chance, sich festzuklammern, die Wand war überhängend.

Gleichzeitig bewegte sich Andi. Blitzartig griff er zwischen Hilde und ihrem HMS-Karabiner ins Seil. Auch Andi schrie jetzt, das durchrauschende Seil verbrannte ihm die Haut bis auf die Knochen. Aber er ließ nicht los. Er konnte das Seil nicht stoppen, aber abbremsen. Als Gruber auf dem Boden aufschlug, verdankte er Andi sein Leben.

Holzhammer hatte schon sein Handy draußen und rief die Rettung: «Kletterhalle Berchtesgaden, Grounder, zwoa Verletzte.» Dann lief er seinen Kollegen nach, die bereits auf dem Weg nach unten waren.

Gruber und Andi lagen nebeneinander am Boden. Andis Hand sah schlimm aus. Bei Gruber konnte man die Verletzungen nicht sehen, aber er war bei Bewusstsein und stöhnte. Holzhammer achtete darauf, dass niemand auf die Idee kam, Gruber zu bewegen. Sehr wahrscheinlich, dass er sich den Rücken verletzt hatte.

Rundherum war es still geworden. Niemand kletterte mehr, alle standen stumm herum und dachten daran, dass es grundsätzlich jeden hier erwischen konnte. Den genauen Hergang hatte außer Andi und Holzhammer niemand mitbekommen. Die Kletterer konzentrierten sich auf die Wand und ihren Partner.

Während sie auf die Krankenwagen warteten, konnte Holzhammer die ganze Zeit nur denken, wie ungeheuer stolz er auf seinen Sohn war.

Die Verletzten waren ins Krankenhaus verräumt, die Aussagen der Umstehenden aufgenommen, das Blut von Andis Hand teils weggeputzt und teils in den Betonboden der Kletterhalle eingezogen. Die sportliche Hilde Stranek hatte Holzhammer von seinen beiden jungen Kollegen wegschaffen lassen. Er war dann nicht mit Andi ins Krankenhaus gefahren. Sein Sohn hatte das kategorisch abgelehnt und ihm zu verstehen gegeben, dass er lieber den Fall aufklären sollte. Das war schon in Ordnung, Holzhammer war es gewohnt, dass Familienmitglieder ihm Arbeit anschafften.

Er saß an der Theke des Kletterbistros, vor sich einen Joghurtdrink aus Bergbauernmilch. Ein zweites Weißbier würde er sich erst nach Dienstschluss genehmigen. Immerhin war sein Sohn im Krankenhaus. Holzhammer überlegte. Von Gruber hatte er noch keine Aussage, dazu hatte der nach dem Sturz gar nicht genug Luft gehabt. Hilde Stranek hatte auch nichts gesagt, nur «Nicht ohne meinen Anwalt» oder so ähnlich. Und von seiner Wunschliste fehlte immer noch das kanadische Tuch, wenn möglich mit DNA-Spuren von Hilde Stranek. Außerdem noch einige andere Dinge.

Immerhin hatte er daran gedacht, dem am Boden liegenden Gruber die Fingerabdrücke abzunehmen. Gut, dann würde er die jetzt wenigstens mit denen aus dem Traktor vergleichen lassen. Und einen Durchsuchungsbeschluss für Grubers Wohnung besorgen. Vielleicht fand man außer dem Tuch auch noch eine Bandschlinge, die zu der aus dem Traktor passte.

Das wäre ja nicht schlecht, so zur Untermalung. Aber das hatte Zeit bis morgen, Gruber konnte ja aus dem Krankenhaus momentan nicht weg. Für heute war hoffentlich Feierabend mit den Überraschungen. Mit Grubers Fingerabdrücken bewaffnet, fuhr Holzhammer zurück in die Villa Bayer. Es war inzwischen dunkel.

Dort angekommen, scannte er Grubers Fingerabdrücke und schickte sie ans AFIS, das Automatisierte Fingerabdruck-Identifizierungs-System. Obwohl er das schon lange nicht mehr gemacht hatte, stellte dieser Vorgang für Holzhammer keinerlei Herausforderung dar. Seit Jahren verbarg er seine Computerfähigkeiten. Niemand sollte auf die Idee kommen, dass man ihn in diesen Dingen um Rat fragen konnte. Wenn er einmal als Computerfreak geoutet war, dann würde er keine ruhige Minute mehr haben, und seine Bürotür würde zur Drehtür.

Damit war wieder ein Punkt seiner Wunschliste erledigt. Der nächste war jetzt ein Durchsuchungsbeschluss für Grubers Wohnung, um übernächstens das Tuch zu finden. Auf seinem Schreibtisch fand sich ein handgekrakelter Zettel mit der Handynummer von Hilde Stranek. Schönschrift war jedenfalls kein Fach auf der Polizeischule. Auch das Beweismittelsackerl mit der Funktionsjacke von Hilde Stranek lag da. Konnte es überhaupt sein, dass noch Haare daran waren, nachdem die Kriminaltechnik die Dinger in den Fingern gehabt hatte? Nicht mehr wichtig. Eine DNA-Probe von Hilde Stranek würde sich wie von selbst anfinden – jetzt, da sie ein Stockwerk unter ihm in der Zelle saß.

Unter dem Beweismittel lugte der Prospekt für den Heizpilz hervor. Heute Morgen hatten die Autos schon Reif auf der Scheibe gehabt. Es wurde höchste Zeit, die Veranda wintertauglich zu machen. Selbst die Vögel bekamen im Winter ein Vogelhäuschen mit lecker Fettfutter. Und er? Er wollte nur eine überdachte Tränke. Mit Heizung und WLAN. Zum Glück sah es ganz danach aus, dass er sich demnächst wieder diesen wirklich wichtigen Dingen widmen konnte. Doch vorher waren noch ein paar Kleinigkeiten zu erledigen.

Holzhammer rief Fischer auf dem internen Apparat an, doch der war nicht mehr da. Wäre ja auch ein Wunder gewesen. Er erwischte seinen Chef auf dem Handy, setzte ihn kurz ins Bild und bestellte bei ihm einen Durchsuchungsbeschluss für Grubers Wohnung sowie die Anordnung an den Handy-Provider von Hilde Stranek. Fischer war ausnahmsweise gleich einverstanden und sagte zu, die beiden Papiere beim Staatsanwalt zu besorgen. Sein Chef war wirklich ein armes Schwein.

Dann rief Holzhammer seinen Sohn an, um sich nach dessen Verletzung zu erkundigen. «Ist grad schlecht, Papa», sagte der, «ich sitz im Auto, und ich hab ja nur eine Hand.»

«Bist wahnsinnig!», rief Holzhammer. Offenbar fuhr sein Sohn gerade freihändig über die kurvigen Straßen im Berchtesgadener Land. Nicht gut.

«Passt scho. Ich meld mich von daheim, okay?» Dann wurde das Gespräch unterbrochen.

Holzhammer ertappte sich dabei, dass er schon wieder stolz auf seinen Sohn war. Der Andi war einfach ein harter Hund. Ihm fiel ein, dass Marie heute ihren Abend mit der katholischen Frauengruppe hatte. Plötzlich fühlte er sich einsam und alleingelassen. Er hatte schon einen Durchsuchungsbeschluss bestellt. Sollte er auch noch eine Pizza bestellen? Er sah auf die Uhr. Viertel acht. Pizza gab es auch bei Manu. Zwar nur aus der Tiefkühltruhe, aber dafür in netter Gesellschaft.

Holzhammer wählte die wohlbekannte Nummer in der Schönau: «Manu, Pizza um acht?»

Dann schaute er zur Überbrückung noch ein bisschen in seinen Computer. Und der spuckte eine Riesenüberraschung aus!

❀ ❀ ❀

Als Holzhammer bei Manu eintraf, war die natürlich schon wieder bestens informiert. Über Seilers Tod sowieso, obwohl das erst morgen im *Anzeiger* stehen würde. Aber auch die Sache in der Kletterhalle hatte sich schon herumgesprochen.

«Wie geht's dem Andi?», wollte die Wirtin wissen.

«Er hat die Hand kaputt, ist aber schon wieder draußen.»

«Wie ist denn der Unfall genau passiert?», fragte Manu inquisitorisch.

Holzhammer registrierte befriedigt, dass sich wenigstens die entscheidenden Details noch nicht verbreitet hatten. Als er sein erstes Weißbier halb geleert hatte, also ungefähr fünf Minuten später, erschienen Christine und Matthias. Sie setzten sich links und rechts neben ihn an die Theke.

Nachdem Manu die beiden mit Getränken versorgt hatte, kamen einige gutgelaunte junge Kerle herein. Nur einer war deutlich älter. Sie besetzten den großen runden Ecktisch. Manu ging hin, um die Bestellungen aufzunehmen. Diese günstige Gelegenheit nutzte Holzhammer, um leise zu erzählen, was sich am Nachmittag in der Kletterhalle abgespielt hatte. Nur er und Andi hatten alles genau gesehen. Andi aus nächster Nähe, er selbst aus etwas größerer Entfernung. Und eines war glasklar: Hilde Stranek hatte ihren Lover absichtlich fallen lassen. Sie hatte absichtlich gewartet, bis er ganz oben war. Normalerweise wäre das ein tödlicher Sturz geworden. Aus 16 Meter Höhe auf Beton.

Unter Kletterern nannte man einen Absturz bis zum Boden Grounder. Es hatte schon mehrere tödliche Grounder in Kletterhallen gegeben. In einigen Fällen waren Gurte falsch angelegt oder Seile falsch eingehängt gewesen. Oder falsch mit dem Gurt verbunden. Wer sich aus Versehen an den dünnen Materialschlaufen einhängte anstatt an der vorgesehenen Anseilschlaufe, der hatte schlechte Karten. Alles, was schiefgehen konnte, ging auch irgendwann schief. Daher war Redundanz gefragt. Aus diesem Grund sollte man sich oben immer in beide Karabiner einhängen. Um das zu verdeutlichen und zu erleichtern, hatte vor Jahren ein Kletterhallenbesitzer die beiden Abseilkarabiner mit Klebeband verbunden. Daraufhin hatte es ein Kletterer geschafft, sein Seil nur in das Klebeband einzuhängen anstatt in die Karabiner.

Aber heute war es kein Versehen gewesen, keine Unkenntnis, kein menschliches Versagen, sondern Absicht. Hilde Stranek hatte Gruber töten wollen. Nur Andis schnelle Reaktion und sein heldenhafter Einsatz hatten das verhindert. Aber es würde schwer sein, Hilde die Absicht nachzuweisen. Natürlich würde sie leugnen.

Christine betrachtete Holzhammer von der Seite. Er sah etwas abgespannt aus, aber er strahlte, als er von Andis Aktion berichtete. Stolzer Vater.

«Das war ja große Klasse von Andi», sagte sie.

In diesem Moment ertönte an dem runden Ecktisch ohrenbetäubendes Gebrüll. Einer der jungen Männer brüllte, so laut er konnte, und wollte gar nicht mehr aufhören. Christine sprang erschrocken von ihrem Thekenhocker mit dem zerschlissenen Zebrafell. Erst einmal in ihrem Leben hatte sie solch ein Gebrüll gehört. Das war auf einem Workshop über Urschreitherapie gewesen. Dann fiel ihr auf, dass Holzhammer und Matthias sich kaum umdrehten. Matthias nahm gelassen einen Schluck Weißbier.

Schließlich hörte das Gebrüll auf, sodass man sein eigenes Wort wieder verstehen konnte. Christine sah fragend die beiden Männer an, die überhaupt nicht beunruhigt wirkten. Sie schienen sich nicht einmal zu wundern.

«Buttnmandl-Rekrutierung», erklärte Matthias und stellte sein Weißbierglas ab.

«Ja», sagte Holzhammer, «ein gutes Buttnmandl muss laut schreien können.»

Christine sah zu dem Tisch hinüber. Natürlich hatte sie schon vom Brauch des Buttnmandl-Laufens gehört. Am fünften und sechsten Dezember liefen die Buttnmandln in Gruppen durch den inneren Landkreis. Sie trugen dabei Kostüme aus Fell oder Stroh und große Masken aus Holz. Außerdem hatten sie Glocken umgebunden und geflochtene Peitschen aus Weidenruten in der Hand. Auch Holzkohle gehörte zu ihrem Repertoire. Wer ihnen in die Quere kam, wurde gepeitscht oder angemalt. Dazu machten sie einen Riesenradau – nicht nur mit ihren Glocken, sondern auch mit Gebrüll. Jede Gruppe hatte als Chef einen Nikolaus dabei. Aber in Wirklichkeit ging das Buttnmandl-Laufen natürlich auf einen heidnischen Lärmbrauch zurück. Der Nikolaus war irgendwann hinzuerfunden worden, um die Sache in christliche Zeiten zu retten.

Manu stellte die Getränke für die Buttnmandl auf ein Tablett. Als sie damit zum Tisch ging, sagte Holzhammer leise:

«Und jetzt ratet, was der Josef Berg im Woid neben Seilers Leiche gefunden hat!»

«Tier, Pflanze oder Mineral?», fragte Christine mit einem Grinsen.

«Geld», sagte Holzhammer. «Einen nagelneuen Fünfhundert-Euro-Schein. Leider ohne jegliche Fingerabdrücke.»

«Vielleicht wollte er sich da im Wald mit jemandem treffen. Das würde erklären, warum er so erpicht darauf war, aus der Klinik rauszukommen», sagte Christine.

«Vielleicht hat ihn jemand erpresst, oder er wollte selbst jemanden erpressen», ergänzte Matthias.

«Ja, seinen Erpresser bringt man gerne mal um die Ecke, daran habe ich auch schon gedacht. Die Frage ist nur: wer wen und warum», sagte Holzhammer. «Und wenn es Erpressung war, dann ned mit fünfhundert Euro.»

«Vielleicht gibt es noch mehr Scheine», sagte Matthias.

«Könnte es diese Annamirl gewesen sein?», fragte Christine. «Vielleicht hat sie gedroht, zur Polizei zu gehen und diese Betrugssache zu melden. Sie erpresst Seiler, weil sie schließlich doch gemerkt hat, dass sie trotz aller Anstrengungen von ihm nur ausgenutzt wird.»

«Na ja, ich hab sie ja besucht», sagte Holzhammer. «Und ich kenn sie auch von früher. Dass die jemand mit 'nem Traktor überfährt, kann ich mir wirklich ned vorstellen.»

«Also halten wir fest, Erpressung würde das Geld im Wald erklären ...», sagte Christine.

«Oder es ist Seiler einfach so aus der Tasche gefallen», schlug Matthias vor. «Manche Leute tragen immer einen Haufen Bargeld mit sich herum, für Notfälle. Ein Blödsinn natürlich heutzutage. Aber wir haben auch solche Kunden.»

«Aber dann müsste ja Gruber der Erpresste gewesen sein.

Warum sollte er sonst zusätzlich zum Erpresser oder Erpressten auch noch in den Wald kommen? Und warum dann Seiler umbringen?», fragte Christine.

«Ach, das Beste hab ich ja beinahe vergessen zu erzählen», sagte Holzhammer. «Der Gag ist: Die Fingerabdrücke vom Traktor gehören gar nicht Gruber! No match, also auf gar keinen Fall. Die Nachricht kam vorhin gerade rein.»

Eine kleine Pause machte sich breit, alle drei schauten nachdenklich. Schließlich sagte Christine in die Stille hinein: «Dann war es vielleicht Hilde selbst.»

Die beiden Männer schauten erstaunt, Matthias noch mehr als Holzhammer. Klar, dachte Christine, die trauen einer Frau so etwas nicht zu.

Doch dann konzedierte Holzhammer: «Von mir aus, warum nicht Hilde. Aber warum?»

«Vielleicht hat Seiler etwas gesehen», sagte Christine.

«Mensch, du hast recht, so könnte es gewesen sein», sagte Holzhammer. «Seiler sieht, dass sie ihren Mann umbringt und erpresst sie seitdem. Da muss Seiler natürlich weg. Vielleicht wollte sie sogar, dass Gruber es macht, aber der weigert sich. Da greift sie selbst zum Traktor. Vorausgesetzt, die gute Frau kann Traktor fahren.»

«Vorher musste sie ihn noch niederschlagen, damit er auch liegen bleibt», erinnerte Matthias.

«Stimmt, da wird's dann schwierig», gab Christine zu. Sie hatte den drahtigen Mann ja gesehen. «Was sagt denn der Pathologe zum Thema stumpfer Gegenstand oder so?»

«Bis jetzt noch nichts», antwortete Holzhammer. «Die Leiche ist in München, aber bisher noch kein Ergebnis. Berg sagt, dass es eventuell auch schwierig werden könnte. Seiler trug ja einen Kopfverband, und der ist weg. Also wenn es Materialspuren gibt, dann sind die möglicherweise nicht mehr aufzufinden. Dann kann man nur noch schauen, ob die Form der Wunde was hergibt. Aber morgen wissen mir mehr, morgen kann ich auch mit Gruber reden. Er hat Rückenverletzungen, aber das wird wieder. Und ich bekomme Nachricht wegen den Handyanrufen von der Stranek.»

Der nächste Morgen führte Holzhammer direkt ins Kreiskrankenhaus. Es war sicher besser, zuerst mit Gruber zu sprechen und dann mit Hilde. Gruber würde mitteilsamer sein – nach ihrer Nummer von gestern. Und dann hatte er womöglich mehr Material, mit dem er die Witwe konfrontieren konnte.

Gruber war wach, halbwegs munter und auskunftsbereit. Er gab alles zu, was von seiner Seite aus zuzugeben war. Und er nahm auch kein Blatt vor den Mund, was seine Affäre mit Hilde Stranek betraf. Ja, sie hatten sich getroffen. Aber er war nur einer von mehreren gewesen. Ja, sie hatte ihn vom Teufelshornnieder aus angerufen und ihm flüsternd mitgeteilt, dass ihr Mann mit ihrem Tuch in der Hand hinabgesegelt war.

Sie hatte zwar nicht ausdrücklich gesagt, dass sie ihn gestoßen hatte – aber wieso sonst hätte der Tote ihr Halstuch mitnehmen sollen? Gruber kannte Hilde schließlich ganz gut und wusste inzwischen, dass ihr alles zuzutrauen war. Die Bestätigung war dann kurze Zeit später gekommen.

«Sie hat gewusst, dass ich Bereitschaft hatte», sagte Gruber. «Sonst wäre sie wohl gar nicht mit ihrem Mann auf diese Bergtour gegangen, sondern lieber mit mir in die Kiste.» Als sich die Retter aufgeteilt hatten, war Gruber mit dem Arzt gegangen, und als sie dann Stranek im Blockwerk entdeckten, hatte er sich schnell an die Spitze gesetzt. Tatsächlich hatte Stranek das rot-weiße Tuch noch in der Hand gehabt. Gruber hatte es in seine Funktionsjacke gesteckt und dann gar nicht mehr daran gedacht. Erst bei der Rettungsaktion für Christine hatte er es plötzlich wieder in der Hand gehalten – und einen Moment lang gedacht, dass Christine es auch erkannt hatte. Aber woher hätte sie es kennen sollen?

«Es war jetzt ned schlecht, dies Tücherl zum haben», sagte Holzhammer zu Gruber.

«Kein Problem, das steckt immer noch in meiner Joppn daheim. Ich geb dir den Schlüssel, kannst es gern holen», sagte Gruber.

Das nannte Holzhammer mal Kooperation mit der Staatsgewalt. Aber Gruber hatte auch allen Grund dazu. Er selbst hatte zwar im Grunde nichts Schlimmeres gemacht, als ein Beweismittel verschwinden zu lassen. Aber er hatte Hilde die ganze Zeit gedeckt. Und zum Glück hatte er ein furchtbar schlechtes Gewissen.

«Und was war jetzt mit Seiler?», fragte Holzhammer.

«Die Hilde wollte, dass i eam derschlog», sagte Gruber. «Aber da hört sich der Spaß auf.»

Eine vernünftige Einstellung, wie Holzhammer fand. Obwohl es sich um das größte Ekelpaket im Tal handelte. «Und warum wollte sie ihn tot sehen?»

«Na, erpresst hat er sie!»

Also doch. «Und womit?»

«Genau in dem Moment, als sie ihren Mann obi stößt, taucht der Seiler aus dem Nebel auf. Er sieht, was passiert, sie sieht, dass er es sieht. Und kaum ist ihr Mann auf dem Weg nach unten, macht sie ein paar Schritte auf den Seiler zu, gibt ihm auch an Stoß. Wo sie grad dabei ist. Es war eh das Einzige, was sie tun konnte. Er rutscht ab, stand wohl auf losem Schutt. Er verschwindet über die Kante. Dass er ned ganz obi foit, kann sie ned sehen. Dann muss sie telefonieren, mit mir. Sie hat zuerst koan Empfang, geht deshalb unauffällig a paar Meter zur österreichischen Seite hinüber. Deshalb bekommt sie ned mit, dass er nur wenige Meter unterhalb liegt und stöhnt. Und dann tauchen auch schon die anderen aus dem Nebel auf, die den Schrei vom Stranek gehört haben. Da kann sie dann nichts mehr machen.»

«Und von da an hat der Seiler die Stranek erpresst?»

«Ja genau. Kaum konnt der wieder reden, hat er sie angerufen, noch aus dem Krankenhaus.»

«Und weiter?»

«Oiso, nachdem ich mich geweigert hab, musste sie sich selbst etwas ausdenken. Im Krankenhaus und in der Reha kam sie ned an eam heran. Aber kaum war er heraußen, hat er ja den Fehler gemacht und sie mit dem Geld in den Woid bestellt.»

Gruber erwähnte, dass Hilde zum Anfüttern für den Seiler fünftausend Euro dabeigehabt habe. In Fünfhundertern. Vielleicht ließen sich ja die restlichen Geldscheine auftreiben? Damit hatte Holzhammer für heute noch eine weitere Aufgabe an Land gezogen: schmutziges Geld suchen.

Holzhammer fuhr zuerst in Grubers Wohnung und holte das Tuch aus dessen Jacke. Anschließend fuhr er weiter zum Haus der Hilde Stranek. Aus dem Auto rief er Fischer an, der nur zu allem ja und Amen sagte. Auch dazu, dass Holzhammer «Gefahr im Verzug» annahm und daher ohne weiteres in die Stranek-Villa eindringen wollte.

Über die Terrassentür gelangte Holzhammer ins Haus und stand vor der pompösen Ledergarnitur. Er dachte daran, was diverse Leute über die Flecken auf Couch und Kissen gesagt hatten, und ging schnell weiter. Er überlegte. Geld bewahrten solche Leute normalerweise in einem Safe auf. Aber diese Scheine hatten möglicherweise im Schlamm gelegen, denn sie mussten nass und batzig sein. Tatsächlich fand er sie in der Waschküche – viertausendfünfhundert Euro, fein säuberlich nebeneinander auf die Leine geklammert. Holzhammer war sicher, dass Josef Berg oder spätestens die Spezialisten in München den Dreck an den Scheinen dem Fundort der Leiche würden zuordnen können. Die gute Hilde hätte besser daran getan, die Scheine zu verbrennen. Aber dazu war sie wohl zu geizig gewesen.

# 13
## *Epilog*

Christine stand vor dem Kleiderschrank und stieg in das erste Dirndl ihres Lebens. Matthias lag auf dem Bett und sah ihr wohlgefällig zu – jedoch nicht wegen des Dirndls. Durch die vielen Bergtouren war Christine braun gebrannt und muskulös wie nie zuvor in ihrem Leben. Ihre Waden waren stahlhart, die Oberschenkel wölbten sich wohlgefällig. Sogar ihre Schultern waren breiter geworden, durch das Gehen mit Stöcken.

«Der Seiler war doch ein durchtrainiertes Mannsbild. Wie hat die Hilde Stranek es eigentlich geschafft, ihn vor den Traktor zu legen?», fragte Matthias. Er wusste, dass sie mit Holzhammer telefoniert hatte.

«Ganz einfach, sie hat ihn mit dem Geld abgelenkt. Er wollte sie ja erpressen, und um nah genug an ihn ranzukommen, hatte sie einfach ein Bündel Scheine dabei. Bei der Übergabe stellt sie sich direkt neben den Traktor und lässt das Geld absichtlich fallen. Der geldgierige Seiler bückt sich danach. Sie lässt ihn die Scheine aufsammeln und wartet, bis er in einer günstigen Position ist. Dann haut sie ihm irgendein Werkzeug über den Kopf, das sie in ihrer Jacke hat. Diese Funktionsjacken haben ja gern tiefe Innentaschen, da kann man schon einen Hammer spazieren tragen. Sie trifft den Verband, den er immer noch trägt, deshalb ist in der Wunde selbst keine Spur von Metall. Seiler wird bewusstlos, vielleicht ist er sogar gleich tot. Einen Schein begräbt er unter sich.

Seiler liegt also schon perfekt, direkt neben

dem Traktor. Sie zieht Handschuhe an und setzt sich gemütlich ans Steuer, fährt ein Stück zurück, den Hang hinauf. Ursprünglich will sie den Traktor einfach rollen lassen, damit es möglichst perfekt nach einem Unfall aussieht. Ihr war aber nicht klar, wie viel Fahrt er aufnehmen würde, deshalb wollte sie lieber nicht an Bord sein. So weit der Plan. Um das Lenkrad zu arretieren, hatte sie die Bandschlinge dabei. Auf einem steilen, festen Weg hätte das vielleicht sogar funktioniert. Aber dummerweise arbeitete Seiler an dieser schlammigen Stelle, der Traktor kommt gar nicht ins Rollen. Tatsächlich schafft sie es nicht einmal am Steuer, ihn beim ersten Versuch überzeugend zu erwischen. Deshalb muss sie noch mal zurück. Als der Traktor dann halbwegs brauchbar steht, steigt sie ab, um die Geldscheine aufzusammeln – mit den Scheinen da unterm Traktor hätte es ja nicht mehr nach Unfall ausgesehen. Einen hat Seiler allerdings unter sich begraben. Außerdem vergisst sie darüber, die Bandschlinge ganz abzunehmen und die Handbremse zu lösen.»

«Also, alles in allem ein ziemlich verkorkster Mord», stellte Matthias fest.

«Tja, die wichtigen Dinge im Leben kann man eben nicht üben», sagte Christine.

«Ich hoffe nur, dass du nicht auch eines Tages genug von mir hast», sagte Matthias, nur halb im Scherz.

«Tja, da du nicht mit mir in die Berge gehst, müsste ich dich dann mit einem leckeren Pilzgericht vergiften», antwortete Christine.

Beide machten sich auf den Weg ins Unterstein, zur Jubiläumsveranstaltung der Weihnachtsschützen, zu der Hias sie eingeladen hatte. Matthias war gar nicht so begeistert von der Einladung gewesen, da er «verschärfte Almerei und exzessives Schuhplatteln» befürchtete. Schließlich war er Rocker und kein Trachtler. Aber Christine hatte ihn überzeugt, keine Grippe vorzuschützen und gefälligst mitzukommen.

❀ ❀ ❀

Das Unterstein war ein Wirtshaus mit Saal in der Schönau. Hier fanden Vereinstreffen, Hochzeiten und Heimatabende statt. Als Wirt war zurzeit ein Ramsauer drin, was theoretisch natürlich eigentlich gar nicht ging, praktisch aber schon, weil der einen sauguten Schweinsbraten machte.

Die Karten zur Jubiläums-Hoagascht waren innerhalb von Minuten ausverkauft gewesen. Es gab weniger Plätze als bei einem Konzert oder einer Aufführung des Bauerntheaters, denn eine Veranstaltung der Weihnachtsschützen war nicht denkbar ohne Bier und Schweinsbraten. Also brauchte man nicht nur Stühle, sondern auch Tische. So standen jetzt lange Tischreihen im Saal, die von der hinteren Wand auf die Bühne zuliefen. Doch der Bürgermeister war natürlich mit Freikarten bedacht worden und hatte reservierte Plätze ganz vorn an der Bühne bekommen. Dort wurden Christine und Matthias von Hias und seiner Frau begrüßt. Holzhammer war auch da, einer musste ja schließlich für Ordnung sorgen.

Kaum saßen sie, da ging es auch schon los. Die Darbietungen umfassten alles, was im Talkessel so an Kultur geboten war: Ziach und Diadonische, riesige Alphörner, die kaum auf die Bühne passten, selbstverständlich Schuhplattln und andere Tänze, aber auch almerische Handwerkskunst wie das Herstellen von Fuikln, den Kopfputzen, welche die Kühe beim Almabtrieb tragen. Es war offensichtlich, dass dies keine Maskerade für Touristen war, sondern gelebtes Brauchtum.

Christine bemerkte, mit wie viel Begeisterung alle mitmachten, vor allem die Kinder. Manche mochten die Bühne nach ihrem Auftritt gar nicht mehr verlassen, sodass es oben immer voller wurde.

Ein Weihnachtsschütze, der von Beruf Forstwirt war, trat als Borkenkäfer auf. Er machte sich lustig über die Obergescheiten in München, die behauptet hatten, «der Borkenkäfer kommt nicht über tausend Meter». Besonders gelungen fand Christine die Augen des Käfers, die offensichtlich aus Teesieben bestanden.

Dann war Pause, und der Vorhang wurde zugezogen. Holzhammer kam zu ihnen an den Tisch. Er erzählte, dass Hilde Stranek noch immer leugnete. «Des wird der Krampfhenne aber nix nutzen, mir ham ja derweil Indizien gegen sie zum Saufudern.» Das Tuch mit ihrer DNA, die schlammigen Geldscheine von ihrer Leine, den Handyanruf vom Gipfel, die Zeugenaussage von Gruber und schließlich auch noch DNA vom Sitz des Traktors. Der Staatsanwalt sähe die Sache genauso. Daher dringender Tatverdacht und Inhaftierung bis zur Verhandlung. Nur der Mordversuch an Gruber stand auf wackligen Füßen, denn da gab es als Indizien nur die Zeugenaussagen von Holzhammer selbst und seinem Sohn. Aber zwei Morde aus niedrigen Beweggründen reichten ja auch für lebenslänglich. «Jetzt kimm i wenigstens noch rechtzeitig dazua, mei Hütt'n winterfest zum machen», sagte Holzhammer zufrieden.

Dann klingelte jemand mit einer Kuhglocke, und der Vorhang wurde wieder aufgezogen. Das Singspiel begann.

Auf der Bühne erschien nun der «König vom Königssee» – eine Persiflage auf Bürgermeister Hias. Bald würde der Kampf um seine sechste Amtszeit eingeläutet werden, darum trug der König nicht nur eine Krone, sondern auch Boxhandschuhe. Er schritt wichtig hin und her und verteilte nach allen Seiten Olympiabewerbungen. Die Leute lachten, denn auch das entsprach den Tatsachen: Hias war wahrscheinlich der Bürgermeister, der weltweit die meisten Bewerbungen für Olympische Spiele aktiv miterlebt hatte. Leider hatte es nie geklappt.

Der König auf der Bühne sah dem Hias richtig ähnlich, fand Christine. Toll hatten sie den zurechtgemacht. Leise machte sie Matthias darauf aufmerksam. Der deutete nur auf den leeren Platz neben sich. Hias war weg. Christine sah wieder auf die Bühne. Konnte das sein? Kein anderer als der Hias spielte den König vom Königssee. Er persiflierte sich selbst. Als würde der Bayerische Ministerpräsident beim Starkbieranstich auf dem Nockherberg nicht verkniffen lächelnd unten im Saal sitzen, sondern oben auf der Bühne stehen.

«Er sieht sich halt am ähnlichsten», flüsterte Matthias der perplexen Christine zu. Das war mal wieder typisch Berchtesgaden.

Alles war wieder in Ordnung. Sogar die Bewirtung am Götschen hatte sich gebessert. Die unwirtlichen Wirtsleute hatten den Sommer nicht überstanden und betrieben jetzt unter dem Schutz der Mafia eine Pizzeria in Palermo.

Nur Dr. Fischer saß einsam in seinem getäfelten Büro und haderte mit sich. Wieder war ihm eine peinliche Panne passiert – den Bürgermeister verhaften. Wenn er so weitermachte, würde er auch noch in Berchtesgaden zur Persona non grata werden. Daher fasste er einen Entschluss: Er wollte versuchen, ein guter Berchtesgadener zu werden. Um sich zu assimilieren, würde er gleich morgen in einen Gebirgstrachtenerhaltungsverein eintreten.

## Fredrika Gers bei rororo

*Die Holzhammer-Reihe*

Die Holzhammer-Methode

Teufelshorn

Gut getroffen

Frühjahrsputz

Jan Weiler

# Kühn hat zu tun

Martin Kühn ist 44, verheiratet und hat zwei Kinder. Er wohnt auf der Weberhöhe, einer Neubausiedlung nahe München. Früher stand dort mal eine Munitionsfabrik. Aber was es damit auf sich hatte, weiß Kühn nicht so genau. Es gibt ohnehin viel, was er nicht weiß: zum Beispiel, warum von seinem Gehalt als Polizist nach allen Abzügen ein verschwindend geringer Betrag zum Leben bleibt. Wieso sich alle Frauen Pferde wünschen. Ob er sich ohne Scham ein Rendezvous mit seiner rothaarigen Nachbarin vorstellen darf. Warum er jeden Mörder zum Sprechen bewegen kann, aber sein eigener Sohn nicht mal zwei Sätze mit ihm wechselt. Da wird ein alter Mann erstochen aufgefunden, gleich hinter Kühns Garten in der Böschung.
Und Kühn hat plötzlich sehr viel zu tun.

*320 Seiten*

**«Ein sehr kluges Buch darüber, wo das Böse wohnt: unter deutschen Dächern.»**

*Denis Scheck*

Ro 356/1

MIX
Papier aus verantwortungsvollen Quellen
FSC® C083411

Das für dieses Buch verwendete Papier ist FSC®-zertifiziert.